KB265008

위험한 사랑

헤롤드 로빈스 지음 | 김성렬 옮김

이윽고 장로의 뒤를 따라 대중들이
하나 둘 자리를 뜨자, 주 예수와
그 여인만이 남게 되었다. 그때 주
께서 물으셨다.
"여인이여! 그대를 고발한 자들
이 어디로 갔느뇨? 아무도 그대를
벌 하지 않았느냐?"
여인이 주께 대답했다.
"주여! 아무도 없었습니다."
그러자 주께서
"그렇다면 나도 그대를 벌하지 않
겠노라" 하시더라.
《요한복음》 8장 중에서

제1부 | 성난 눈동자

형사법원 건너 편 주차장에 차를 세우자, 엔진도 끄기 전에 수위가 재빨리 달려와 차의 문을 열어 주었다.

나는 옆자리에 놓아둔 서류 가방을 챙겨 들며 생각해 보았으나, 이런 대우는 처음인 것이 확실했다.

"날씨가 좋습니다, 케이스 씨."

차에서 내려서자 수위가 인사말을 건넸다.

그의 말에 나는 무심코 하늘을 올려다보았다. 회색빛으로 찌푸린 12월의 하늘은 결코 좋은 날씨라고는 할 수 없었지만, 나는 고개를 끄덕여 주었다.

"그렇군, 제리."

내가 이렇게 말하며 그를 바라보자, 그는 의미있는 미소를 지었다. 말하지 않아도 그가 내 신상에 생긴 일들을 이미 알고 있음을 짐작할 수 있었다. 그의 표정이 그걸 말해 주었고, 나에 대한 갑작스런 융숭한 대우도 그 때문일 것이다.

"고맙소."

의례적으로 말한 후, 나는 광장을 가로질러 법원 건물을 향해 걷기 시작했다.

'소식이 빠르기도 하군.'

나 자신도 20분 전에야 알지 않았던가. 그것도 8마일이나 떨어진 한 병원의 병실에서……. 그런데도 이곳 사람들은 이미 그 사실을 알고 있지 않은가!

'영감'은 고통으로 인하여 얼굴이 잿빛으로 변한 체 병상에 누워 숨을 몰아쉬었고, 나는 그의 발치에 서 있었다.

"내 제의를 받아들여야 해, 마이크……."

그가 힘 없는 목소리로 속삭이듯 말해 왔으나 나는 고개를 저었다.

"안 됩니다. 그럴 순 없습니다."

"무슨 이유지?"

영감이 얼굴을 찡그리며 물었다.

"알고 계시겠지만……."

나는 잠시 망설인 후에 대답했다.

"다른 사람을 고르십시오. 적당한 인물들이 많은데, 하필이면 왜 저를 택하셨습니까?"

그러자 속삭이듯 말하던 영감의 목소리가 갑자기 날카로운 음성으로 변했다.

"그 작자들은 모두 정치적인 배경을 갖고 있기 때문이야! 믿을 수 있는 건 자네 한 사람 뿐이야. 내가 직접 채용한 사람도 자네 뿐이고……. 모두들 틈만 있으면 내 목을 노리고 있다는 걸 자네도 잘 알고 있지 않나!"

그의 말이 사실과 다르다는 것을 알고 있으면서도 난 대답하지 않았다. 그에 대한 나의 평상시의 버릇과 감정 때문이었다. 오히려 사무실 안에 정치적인 존재가 있다면, 바로 그 자신인 존 드와이트 잭슨 부장 검사였다.

목소리 보다 더 날카로운 그의 시선이 내 눈을 주시하고 있어 얼굴조차도 돌릴 수 없었다.

"자네, 날 처음 찾아왔을 때를 기억하고 있나? 법률 학교 졸업 증명서를 손에 들고 있던 자네는 입에 자갈을 문 것 같은 말투로 일자리를 구하러 왔다고 했었지. 그 이상한 이름인 밀리아드 케이스라고 자기를 소개하면서 말야. 그때 내가 왜 우리 사무실을 택했냐고 물었을 때, 자네가 뭐라고 대답한 줄 아나?"

물론 그 당시의 일은 너무나 생생하게 기억하고도 남았다. 그때 난 유일하게 마이크라는 약칭 대신 정식 이름을 사용했던 것이다. 그의 물음에 침묵한 채 서 있었다.

"내가 대답해 주지."

그는 베개에서 머리를 약간 쳐들었다.

"그때 자네는, '전 경관입니다. 법률 학교를 나온 제가 일할 곳은 여기밖에 없습니다.'라고 했어. 난 서슴지 않고 그 자리에서 자네를 채용했지. 자네가 한 말을 믿었기 때문일세."

여기까지 말한 그는 다시 머리를 베개 위로 떨어뜨렸고 목소리는 기운 없는 속삭임으로 바뀌었다.

"그런데, 지금 자넨 나에게서 도망치려 하고 있어."

"도망치려는 게 아닙니다. 부장 검사님……."

나는 서둘러 대답했다.

"이 일만은 맡을 수 없다는 뜻입니다. 저한테 적합한 사건이 아닐 뿐만 아니라, 제가 맡을 경우 부장님 신상에 좋지 않을 것 같아서 입니다. 처음부터 말씀드렸습니다만."

"그 때나 지금이나 난 그런 걱정은 안해 !"

나지막한 목소리였으나 힘주어 말하고 난 잭슨 부장검사는 얼굴을 돌리며 내뱉듯이 말했다.

"빌어먹을, 하필이면 이런 때에 누워 있어야 하다니 !"

나는 그가 말하는 의미를 알 수 있었다. 이제부터 몇 달 후에 주 정부의 사무실은 담배 연기와 독한 위스키 냄새로 꽉 차 있을 것이다. 새로운 주지사의 취임을 축하하기 위한 성대한 파티가 벌어질 예정이기 때문이다.

잭슨 검사가 그 순간을 자신의 명예로 만들기 위해 치밀하게 계산하고 행동해 왔다는 사실을 잘 알고 있는 나로서는 막바지에 와서, 그것도 그의 인기에 결정적 역할을 해줄 중요한 재판을 목전에 두고 병원 침대에 누워 있어야만 하는 그를 누구보다도 이해할 수 있었다.

"의사에게서 이야기를 들었겠지? 그자들은 입이 무거운 것 같지만

"케이스 씨, 이 사건의 담당 검사직을 맡게 됐다고 들었는데, 사실인가요?"

이럴 때 섣불리 대답하는 건 웃음거리가 되고 만다는 사실을 잘 알고 있는 나는, 어떻게 해서라도 그들의 포위망을 벗어나려고 기회를 노렸다.

"기자 여러분, 내게 잠깐이라도 여유를 주시지 않겠소?"

나는 붙잡고 늘어지는 그들에게 사정하다시피 애원하였다.

"여러분도 잘 아시다시피 난 오늘 아침에야 휴가에서 돌아오지 않았소!"

"잭슨 검사가 입원하기 직전에 당신에게 전보를 쳤다는 게 사실입니까? 그것은 당신에게 자기 자리를 넘겨주기 위한 신호가 아닌가요?"

나는 그들을 밀치고 건물 안으로 들어서며 기자실을 지나 엘리베이터로 향했다. 그러나 후래쉬 벌브가 펑펑 터지는 바람에 눈앞이 보랏빛으로 어지러워져 잠깐 동안 멈춰 서야만 했다. 겨우 엘리베이터 앞에 다다른 나는 그제서야 그들에게로 돌아서며 입을 열었다.

"여러분, 열두시 휴정 시간에 기자 회견을 할테니 그 때까지만 기다려 주시오. 그 자리에서 대답할 수 있는 거라면 뭐든지 말하겠소. 지금 나에게 필요한 것은 법정에 들어가기 전에 잠시 동안이라도 혼자 있고 싶으니 협조해 주시기 바랍니다."

내가 올라타자 안내양이 재빨리 엘리베이터 문을 닫아버렸다. 7층에서 내린 나는 홀 맨 끝에 있는 사무실로 향했다.

기다리고 있던 죠엘 레이더가 다가오며 손을 내밀었다.

"행운을 비네, 마이크."

"고맙네, 죠엘！ 정말 난 행운이 필요해."

죠엘은 바로 영감이 경계하는 대표적인 존재였다. 그는 영리하고 거칠고 야심만만한 인물로 나보다는 몇 살 위였다.

"영감은 어때?"

그가 물었다.

"잘 알잖아."

나는 미소를 지으며 대답했다.

"여전히 입심은 세지."

나는 이렇게 가볍게 대답하며 책상 앞으로 다가갔다.

"이봐, 그저께 의사가 왔을 때 자네가 있어야 했어."

죠엘이 내 뒤를 따라오며 말했다.

"그 의사가 자칫 했으면 영감의 주먹에 맞아 죽을 뻔 했거든."

"짐작할만해."

나는 모자와 코트를 책상 건너편 의자에 던져 놓고 자리에 앉아 그를 올려다보았다.

"자리를 빼앗은 것 같아 마음이 무겁군. 본의는 아니었다는 걸 이해해 주게."

죠엘이 씁쓸하게 웃음지었다.

"자리를 빼앗은 게 아냐, 마이크！"

그는 태연하게 대답하였다.

"자넨 그와 함께 그 사건을 조사하지 않았나? 이해하니까 부담 갖지 마."

이해하는 건 나 역시도 마찬가지였다. 그가 처음부터 이 사건을 맡을 생각이 없었다는 사실을 나는 잘 알고 있었던 것이다.

"알렉은 어디 있지?"

내가 물었다. 알렉 카터도 죠엘과 함께 법정에서 영감을 돕는 부검사였다.

"알렉을 알지 않나."

죠엘이 무뚝뚝하게 말했다.

"그래도 영감이 서류는 자네를 위해 책상 위에 놓고 가더군……."

신경이 예민하고 심장이 약한 알렉은 법정에 들어가기 전엔 꼭 화장실을 다녀오는 버릇이 있었다. 그러나, 그는 일단 법정에 들어서면 유능한 검사였다. 나는 책상 위를 훑어보았다. 깔끔하게 정리된 서류가 눈에 띄었다.

나는 다시 죠엘에게 시선을 주었다. 이 사무실에서 나보다 5년이나 선배인 그가 쉽게 기회를 넘겨줄 것 같지 않은 표정을 짓고 있었다.

"내 사무실에 가 있을테니 볼 일이 있으면 부르게, 마이크?"

"고마워, 죠엘!"

그가 나가고 문이 닫히는 걸 보고 있던 나는 담배를 꺼내 피워 물고 서류를 들여다보았다.

'기소장'이라고 서류 맨 위에 표기되어 있었다. 그것을 집어든 나는 등 뒤 창문을 통해 들어오는 햇빛이 서류를 비치도록 의자를 반쯤 돌려 앉았다. 대문자로 타이핑이 된 큰 글자들이 또렷하게 다가왔다.

고 소 인; 뉴욕주 검찰청
피고소인; 마리안 프루드

그 글자를 보는 순간, 나는 깊은 가슴 속에서 타오르는 듯한 아픔을 느껴야 했다.

'이래서는 안 된다! 지나간 것은 모두 옛 일이다. 이제 나는 현실 속에서 살아야 한다.'

나는 눈을 감았다. 영감이 이번 사건에 개입하지 못하도록 했어야 했다는 후회가 또다시 엄습하여 왔다.

나는 깊게 심호흡을 하여 가슴 속의 아픔을 씻어내려고 애써 보았으나 뜻대로 되지 않았다.

과연, 내가 그녀로부터 완전히 벗어나 본 적이 있었던가 하는 의문이 들었다. 지금도 나는 그녀를 처음 만났던 순간을 똑똑하게 기억하고 있다. 천 년이나 지난 일처럼 생각되었으나, 사실은 그리 먼 옛날이 아니었다. 바로, 1965년의 불행한 여름에 찾아온 피할 수 없는 운명이었다.

그 당시를 살아본 사람이라면 누구나 불안과 고통으로 가득 찬 메마른 여름을 기억하고 있으리라. 거리마다 흘러 넘치는 실업자들의 벗겨진 어깨 위에 불같은 햇살은 사정없이 쏟아져 내렸다. 나의 아버지도 그들과 다를 바 없었다. 2년에 걸친 건물 관리인이라는 직업은 아버지를 힘 없는 노인으로 만들어 버렸다.

끼니를 해결하기 위해서는 나도 돈을 벌어야만 했다. 86번가의 길모퉁이에 신문판매대를 차려 놓고 토요일밤부터 일요일 아침까지 신문을 팔았다. 신문과 잡지 나부랭이를 밤 9시부터 이튿날 10시 반까지 꼬박 밤을 새워가며 장사를 해야만 했다. 그때 난 열여섯 살이었으며, 신앙심이 두터운 어머니는 내가 미사에 빠지기라도 하면 당장 큰일이라도 날 것처럼 생각하는 바람에, 신문팔이가 끝나면 곧바로 성 어거스틴 성당 11시 미사에는 꼭 참석했다.

그 일요일도 평상시와 다름없는 날이었다. 미사가 시작되기 직전 거의 비어 있는 뒷좌석으로 기어들다시피 숨어 들어간 나는 자리에 앉자마자 쏟아지는 졸음과 새로운 전쟁을 하지 않으면 안 되었다.

그러나, 채 눈을 감기도 전에 누군가 어깨를 두드리는 걸 느꼈다. 나는 거의 반사적으로 몸을 비켜 새로 온 사람을 위해 길을 터 주었다. 눈은 그대로 감은 체였다. 하지만, 또다시 어깨를 두들기는 바람에 이번엔 눈을 떴다. 그래도 다가온 사람들의 모습을 식별하는데는 일분 가량의 시간이 필요했다. 바로 그 순간, 졸음이 싹 가시는 물결 같은 감동이 밀어닥쳤다.

내 시선은 나이 든 한 여인의 모습을 스치듯 보았다. 퇴색한 잿빛 머리나 피로에 지친 표정은 흥미거리가 될 수 없었다. 그녀는 양해를 구한다는 말을 중얼거리며 내 곁을 지나쳤다.

내 흐린 시선에 빛을 주고 졸음으로 늘어져 있던 신경을 한순간에 일깨운 것은 그녀 뒤에 서 있는 ─ 딸인 듯했다 ─ 내 나이 또래의 소녀였다.

눈부시게 빛나는 금발은 어깨까지 물결치듯 내려와 있었고, 금방이라도 터져버릴 듯한 진홍빛 입술, 그 속에 숨어서 반짝이는 새하얀 이빨, 고전적일 만큼 가늘고 오똑한 코, 적당히 솟아오른 광대뼈의 윤각, 그녀의 매혹적인 용모는 졸음을 쫓아버리기에 충분했다.

그러나, 무엇보다도 나를 사로잡은 것은 그녀의 눈이었다. 조금 사이가 넓은 갈색눈은, 따뜻함과 사려 깊음을 간직한 체 타오르는 정열을 감출 수 없다는 듯 상대의 시선을 빨아들일 것처럼 강렬했다. 나는 그 표면을 뚫고 깊이 숨겨져 있는 곳까지 들어가기 위해 기를 쓰며 그녀의 눈을 쏘아보았지만, 그것은 허사였다. 부드러운 것 같으면서도 용납되지 않는 비밀의 장막이 드리워져 있는 미로의 눈이었다.

그녀가 시선을 돌린 체 바로 앞을 스치며 지나가는 순간, 나는 온몸이 저려오는 아찔함을 느꼈다. 그녀보다 몸집이 크기가 두 배나 큰 어머니는 털끝 하나 스치지 않고 지나갔으나, 그녀는 그렇지 못했던 것이다.

"실례해요?"

이렇게 말하는 그녀의 어조에는 묘한 웃음이 감돌았다.

나는 무엇인가 어울리지 않는 애매한 대답을 더듬거리고 있었으나, 때마침 모두가 무릎을 꿇는 옅은 소음에 묻혀 버리고 말았다. 나도 무릎을 꿇으며 그녀에게서 시선을 떼지 못하는 촌스러움을 보여주었다.

앞의 긴 의자를 잡고 거의 무릎을 꿇은 자세로 눈을 감은 그녀와 어머니는 모아 쥔 두 손에 이마를 묻고 알아들을 수 없는 외국어로 쉴 새 없이 기도를 올리고 있었다. 내 시선은 다시 소녀에게로 돌아왔다.

그녀의 몸에 얇은 여름옷이 착 달라붙어 꽃향기 같은 체취가 아련히 풍겨 오고 어깻쭉지가 땀으로 젖어 살갗의 촉촉함이 너무나 자극적이었다.

나는 애써 눈을 감고 기도에 집중해 보려고 노력하였으나 마음은 심한 갈증에 안절부절하다가 조금 시간이 지니자 안정이 되는 것 같아 그대로 눈을 감고 견딜 수 있었다. 그러나, 순간 그녀의 몸이 내게로 쏠리듯 지그시 누르는 바람에 번쩍 눈을 뜨지 않을 수 없었다.

순간적으로 그녀를 바라보았으나 내 몸에 기대고 있다는 것조차 깨닫지 못하고 눈을 감은 체 기도에만 열중해 있는 모습이었다. 나는 가쁜 숨을 들이키며 몸을 옆으로 옮겼다. 하지만, 여전히 눈을 감은 그녀가 나를 따라 움직여 오는 것이 아닌가. 좌석의 맨 가장자리에 앉아 있는 나는 더 이상 물러설 자리가 없었다. 옆으로 움직였다간 통로로 떨어지지 않으면 안되었기 때문이다.

나는 더 이상 밀려나지 않으려고 기를 쓰며 '주님의 말씀'에 열중하려 했으나 소용없는 일이었다. 내 마음은 이미 악마가 점령하고 있었던 것이다.

마침내 미사가 끝나고 모두들 일어날 때가 되어서야 나는 안도의 숨을 내쉬며, 그녀를 바라볼 수 있었다. 그녀는 나 같은 건 안중에도 없다는 표정으로 앞쪽에 시선을 주었다. 그때 내가 좌석 밖으로 나서려는 순간, 그녀가 먼저 앞질러 나가려고 하는 몸짓에 길을 터 주기 위해 뒤로 물러서자, 그녀도 걸음을 멈추고 나를 따라 물러서는 것이었다.

돌연한 행동에 영문을 몰라 어리둥절한 표정으로 바라보자, 그녀는 미소를 지으며 자기 어머니를 먼저 나가도록 길을 터 주기 위해 내 등에 바짝 기대고 어머니가 통로로 나가게 한 다음, 그녀는 천천히 몸을 돌려서 나와 마주 보았다.

뭔가 알 수 없는 분노를 느낀 나는, 그녀의 눈을 똑바로 쏘아보았다. 그녀의 짙은 눈빛 속에는 이제껏 누구에게서도 보지 못한 조롱하는 듯한 웃음기가 서려 있었다. 그 불분명한 눈길은 내 가슴 속에서 거칠고 위험스런 불길로 타오르기에 충분한 열정이 끈적거렸다. 한편 미소를 짓는 그녀의 입술이 열리면서 기대하지도 못했던 말이 튀어나왔다.

"무도회에서 밤을 새웠나 보지, 마이크?"

그녀는 입술조차 거의 움직이지 않은 체 말했다.

결국, 기습을 당한 꼴이 된 나는 그녀가 사람들 틈 속으로 사라져 갔을 때야 비로소 내 이름을 알고 있다는 사실에 놀라지 않을 수 없었다.

나는 통로를 따라 걸으면서 그녀가 누구인가를 알아내려고 생각에 빠졌다. 만약, 그때 그녀를 끝까지 알아내지 못했더라면 내 인생은 훨씬 순조로운 방향으로 활기 찬 삶의 길목에 이르렀을 것이라는 생각을 하지 않을 수 없었다.

나는 추억의 장에 막을 내렸다. 서류는 아직도 내 손에 들려있었고 당장 읽어야 할 사건 내용이었다. 이제 40분 후면 법정에 서야 한다. 정신을 집중시키기 위해 나는 천천히 고소장의 글씨 한 자 한 자를 읽어내려갔다.

옆문을 통해 법정으로 들어섰다. 우리의 출현으로 소란스럽던 법정 안은 일순간에 조용해졌다. 법정 오른편에 마련되어 있는 좌석에 앉아, 나는 애써 방청객 쪽을 바라보지 않았다. 만족할 줄 모르는 음흉한 호기심으로 모여든 그들에 대한 분노를 보여주기 싫어서였다.

자리에 앉은 나는 허리를 반듯이 펴본 후에 테이블 위에 서류를 정리해 놓았다. 온몸이 뻣뻣해지는 긴장감을 느꼈다. 이번 재판은 챔피언 쉽 쟁탈전 같은 강도 높은 사건이었기 때문에 입술이 말랐다.

나는 내 목소리를 확인하고 싶어 죠엘에게 말을 건넸다.

"지금 몇 시인가?"

그가 커다란 벽시계를 흘끔 바라보고 나서 말했다.

"열 시가 거의 다 됐군."

"좋아 ! "

우리는 적당한 시각에 입장한 셈이다.

나는 피고석에 시선을 던졌다. 아직 그 자리는 비어 있었다.

나를 보고 있던 죠엘이 귀띔해 주었다.

"비토는 언제나 마지막 순간에 나타나지. 자신의 행동을 인상적으로 보이기 위한 계산된 태도야."

나는 말없이 고개를 끄덕였다. 비토는 자신이 하는 짓이 무엇인지를 잘 알고 있는 영리한 인물이었다. 뉴욕에서도 가장 특출한 형사소송 전문 변호사로 꼽히는 그는 멋진 체격과 용모에 흰 머리를 가진 푸른 눈의 소유자였다. 그는 소송에서 거의 패하는 일이 없었다. 그는 우리 사무실의 멤버들마저 하나같이 우러러보고 있을 정도의 거물급 인물이었다.

갑자기 방청석 쪽에서 웅성거리는 소리가 들려오고, 복도에서 터지는 카메라 후래쉬 불빛이 법정 안에까지 흘러들어왔다. 돌아보지 않아도 어떤 인물들이 법정으로 오고 있는지 알 수 있었다. 방청객들의 웅성거림이 일종의 레이더 구실을 하기에 충분했다.

내가 머리를 들어 바라보았을 때 그들은 자신 만만한 태도로 입장하고 있었다. 변호사 비토가 나에게 등을 돌린 자세로 그의 고객이 먼저 입장하도록 안내하는 모습이 눈에 들어왔다. 그런 비토에게 목례를 하고 머리를 드는 순간 마리안 프루드와 내 시선이 허공에서 마주쳤다.

그녀의 눈이 조금은 커지는 듯했고, 나는 그 속에 숨겨져 있는 것을 읽기 위해 쏘아보았다. 그러나, 그 눈에는 그토록 오랜, 지난 날 나를 침몰시킨 깊은 장막이 드리워져 있었다. 두 시선의 만남은 순간적으로 끝내야 했다. 그녀는 서둘러 시선을 거두고 자기 자리를 향해 몸을 움직였다.

나는 그녀가 걷는 모습을 바라보았다. 평상시와 조금도 다름 없는 평온한 걸음걸이였다. 검은 투피스에 푸른 코트를 걸친 그녀의 몸가

짐은 작은 틈도 찾을 수 없는 도도한 자세였다.

여전히 눈부신 금발을 짧게 잘라 머리 위로 올려 빗었다. 우아한 모습으로 자리에 앉은 그녀는 스커트를 펴서 무릎을 덮자, 이어 비토가 그 옆자리에 앉아 무슨 이야기인가를 나누기 시작했다.

죠엘이 내 귀에 속삭였다.

"진짜 여자군."

그의 말투에는 탄복하는 기색이 역력해서 나는 말없이 고개를 끄덕여 주었다.

"사내라면 누구도 그 점은 부정할 수 없겠어."

죠엘이 다시 속삭였다.

이 순간, 내가 할 일은 끓어오르는 분노를 내색하지 않는 인내 뿐이었다. 하지만, 그것은 쉬운 일이 아니었다. 그녀는 변함없이 자신이 여성이라는 점을 최대한으로 이용하고 강조했으며, 어느 남자라도 그저 지나칠 수 없을 정도의 강렬한 매력을 발산하는 여자였다.

"저런 여자를 감옥에 처 넣는다는 게 남자로서는 수치스런 일인지도 모르지."

죠엘이 키득거리며 말했다.

"어쨌든 남자를 위해 절대적으로 필요한 존재니까 말야."

나는 더 이상 치밀어 오르는 분노를 억누를 수 없었다.

"그만두게, 죠엘!"

내 목소리는 싸늘했다.

"여긴 법정이야. 술집에라도 온 줄 아나?"

내 말에 반발하려던 죠엘이 나의 눈빛을 보고서는 얼어붙은 듯 입을 다물고 자기 앞에 놓인 서류를 만지작거렸다. 안정되지 않는 감정 때문에 연필로 메모지를 두들기고 있을 때, 알렉이 옆구리를 쿡쿡 찌르는 바람에 머리를 들었다.

변호사 헨리 비토가 우리 쪽으로 다가오고 있었다. 나는 그가 산책 나온 노인처럼 태평한 걸음걸이로 다가올 때까지 그를 바라보았을 뿐이다. 비토가 의미있는 미소를 지으며, 나를 바라보며 입을 열었다.

"영감은 어떠시오, 마이크?"

"잘 계십니다, 비토씨."

나도 미소를 지으며 대답해 주었다.

"이런 때 드러눕게 된 것이 그에게는 퍽 다행스런 일이요."

그의 목소리는 맨 앞줄에 자리잡고 있는 기자석까지 들릴 만큼 컸다. 순간적으로 나는 물러설 수 없는 일이라는 생각에 목소리를 높여 대답했다.

"그분이 눕는 바람에 모든 행운이 당신 쪽으로 몰려간 걸로 아는데요?"

그러나, 그는 조금도 변함없는 표정과 어조로 말했다.

"만약 그가 주지사가 된다면, 이 재판을 대신 맡아준 당신에게 크게 감사해야 할 것이요."

나는 천천히 몸을 일으켰다. 헨리 비토의 키도 컸지만, 8피트 2인치인 내 키에는 미치지 못했다. 무엇보다도 나의 떡 벌어진 어깨와 흉하게 일그러진 코는 그를 나약하게 보이기에 충분한 조건이었다.

약간 당황한 표정으로 날 쳐다보는 그에게 미소를 지어 보였다.

"염려해 주셔서 고맙소. 당신도 이 재판이 끝나면 그를 지지해 줄 것이라 믿소, 비토 씨 ! "

그는 여전히 희미하게 미소를 짓고 있었으나 대답은 하지 않았다. 내가 그와 기자들 사이를 가로막는 꼴이 된 이상 대답할 이유가 없다고 생각했을 것이다. 그는 여유만만하게 손을 흔들어 보이고는 등을 돌렸다. 나는 능구렁이 같은 변호사가 제자리로 돌아가 앉는 것을 보고나서야 자리로 돌아왔다.

죠엘이 내가 앉자마자 속삭였다.

"저 자의 술수에 말려 흥분해선 곤란해."

나는 싸늘하게 미소를 지었다.

"염려말게."

"주먹이라도 날릴 걸로 생각했소."

내 왼편에 앉아 있는 알렉의 목소리였다.

나는 그에게도 애써 미소를 지어보였다.

"나도 그런 생각을 했었소."

"너무 당신의 표정이 심상치 않아서……."

그러나, 알렉의 말은 재판봉 소리에 막혀 버렸다.

덜거덕거리는 의자 소음에 이어 부스럭거리는 옷소리와 함께 장내의 사람들이 일어섰다. 재판장이 입장하고 있었던 것이다. 재판장 피터 아멜리 판사는 작달막한 키에 배가 툭 튀어나온 통통한 인물로 법복을 입은 대머리 인형 같은 우스꽝스런 모습이었다. 그는 자리에 앉자마자 재판봉을 들어 방정맞을 정도로 빠르게 두들겨 댔다.

서기의 목소리가 장내를 울렸다.

"조용히 해 주십시오. 지금부터 본 법정을 개정하겠습니다. 재판장
은 피터 아멜리 판사이십니다."

이제 주사위는 던져졌다. 돌이킬 수 없는 곳까지 이른 것이다. 남은
것은 싸움뿐이다. 심판은 이미 링 안에 올라와 있었다.

순간 지금까지 온몸을 빳빳하게 만들던 긴장감이 씻은 듯이 사라졌
다. 이제는 세상의 그 무엇도, 아픈 추억마저도 나를 더 이상 괴롭히
지 못할 것이다. 나에게는 그럴 여유가 없었다. 내 앞에는 꼭 이겨야
할 일만이 가로놓여 있을 뿐이다.

잠시 후 판사의 고갯짓을 받고 나는 자리에서 일어서서 침착한 걸
음으로 배심원석을 향했다. 피고석 앞을 지나칠 때 그녀는 고개를 들
지 않았으나 언제나 하는 버릇대로 곁눈으로 나의 일거일동을 놓치지
않고 살피고 있으리라는 것을 짐작할 수 있었다.

배심원석 앞에 이른 나는 잠시 그들의 모습을 훑어본 다음 낮으나
힘을 주어 입을 열었다.

"배심원 여러분, 본인은 홈런왕 조 디마지오 대신 방망이를 쥔 핀
치 히터와 같은 기분이라는 걸 말씀드리고 싶습니다. 하지만……."

그때, 나는 방청객들의 웃음소리로 소란해진 장내가 가라앉을 때까
지 잠시 기다려야만 했다.

"하지만, 누가 디마지오를 대신할 수 있겠습니까?"

이렇게 묻고 난 나는 틈을 주지 않고 다음 말을 이었다.

"아무도 없습니다!"

나는 입가에 미소를 흘리며 배심원석과 방청석을 찬찬히 살펴본 다음 분위기가 뜻대로 되어가는 걸 느끼며 계속했다.

"그런데도 뉴욕 주정부는 이 주의 법과 질서와 양식을 어지럽힌 범죄를 응징하기 위해 모든 점에서 선임자에 비해 부족한 본인을 이 사건의 담당 검사로 선임했습니다. 따라서, 본인은 뉴욕 주정부를 대표하여 마리안 프루드의 죄상을 고발하는 바입니다."

비토가 내 발언에 대해 곧 이의를 제기했으나 예상대로 재판부는 이를 기각했다. 나는 곧바로 본론으로 들어갔다.

"지금부터 피고 마리안 프루드에 대한 기소장을 낭독하겠습니다. 다음의 사실은 충분한 심증과 물증에 의해 밝혀진 피고의 죄상입니다.

—피고 마리안 프루드는 파크 에비뉴 모델협회라는 허울좋은 단체를 내세워 수많은 젊은 여성들에게 불법적이고 비도덕적인 행위를 제의, 유도하여 매춘부로 전락시켰습니다.

—피고 마리안 프루드는 그녀의 고객들의 비밀 행위를 알고 있는 것을 기화로, 그들을 공갈 협박하여 상당한 액수의 금품을 갈취했습니다."

나는 낭독을 멈추고 순간적으로 배심원들의 표정을 살폈다. 그들은 흥미를 보이는 기색이 역력했다.

"지금까지 낭독한 사실을 간추리면 매춘 조장 및 갈취, 공직자에 대한 뇌물 공여, 공갈 협박에 의한 금품 갈취 등의 죄목입니다."

　내가 입을 다물자 방청석과 배심원석에서 웅성거리는 소리가 들려오기 시작했다. 나는 들고 있던 서류를 간추리며 웅성거림이 가라앉길 기다려 다시 입을 열었다.

　"배심원 여러분, 너무도 잘 아시겠지만 매년 수천 명이나 되는 젊고 아리따운 여성들이 스타의 꿈을 안고 이곳 뉴욕으로 몰려들고 있습니다. 그들은 하나같이 브로드웨이의 무대나 TV의 광고 모델 또는 은막의 대 스타의 꿈에 들떠 있는 선량한 젊은 여자들입니다. 그러나, 그들을 기다리고 있는 것은 깊고, 어둡고, 위험한 함정입니다. 그 함정은 바로 저기에 앉아 있는 피고 마리안 프루드와 같은 인간들이 파 놓은 악의 장소입니다."

　나는 피고석으로 시선을 돌렸다. 그녀는 연필을 틀어쥔 체 자신의 앞에 놓인 책상의 어느 지점을 응시하고 있었고, 그녀의 바로 옆에는 비토가 여전히 입가에 미소를 지으며 앉아 있었다.

　"마리안 프루드!"

　내가 소리치자 그녀는 놀란 듯 고개를 번쩍 치켜들었다. 그녀의 시선과 내 시선이 뒤엉켰다. 그녀의 눈에는 이제껏 본 적이 없었던 괴로운 표정이 떠올라 있었다. 그녀의 눈을 노려보던 나는 다시 배심원들을 향했다.

　"여러분, 바로 저 여인이 경멸하고 있는 뉴욕 주검찰청은 총력을 다 하여 혐의 사실을 낱낱이 증명하여 명백한 죄상을 밝힐 것입니다. 우리가 살고 있는 뉴욕주의 안녕과 법과 질서를 무시하고, 인간 본연의 도덕성을 짓밟을 권리라도 지니고 있는 것처럼 행동해 온

가증스런 한 인간에게 내려질 죄의 댓가에 배심원 여러분의 공정한
판정을 기대하겠습니다.”

나는 배심원들에게 논고를 되새길 여유를 주기 위하여 잠시 테이블
로 돌아가 보충 서류를 챙겨들고 다시 그들 앞으로 갔다.

“여러분, 지금부터 마리안 프루드의 행위를 추적하는 우리와 보조
를 함께 하여 주시길 바랍니다.”

배심원들이 하나같이 흥미로운 표정으로 다음 말을 기다리고 있다
는 걸, 나는 순간적으로 느낄 수 있었다.

“지난 5월 어느 날 오후, 한 젊은 여인이 루즈벨트 병원에 실려 들
어왔습니다. 불법적인 수술로 내출혈을 일으켰습니다. 병원 측에서
는 최선을 다 했는데도 불구하고 환자의 상태는 급속도로 악화되어
사경에까지 이르렀습니다. 관례에 따라 이 사실은 곧 우리에게 통
보되었고, 우리가 그곳에 달려갔을 때, 환자는 극도로 악화되어 많
은 이야기는 할 수 없었지만, 사고 경위에 필요한 몇 가지 사실을
분명하게 알아 낼 수 있었습니다. 그녀는 자신이 파크 에비뉴 모델
협회에 소속되어 있음을 밝히며, 마리안 프루드를 불러줄 것을 요
청하고 있었습니다. 그녀는 마리안 프루드라는 인물이 자신을 도와
줄 것이라고 확신하고 있었던 것입니다. 그러나, 우리가 파크 에비
뉴 모델협회에 전화를 걸어 얻은 대답은 그런 여자는 이름조차 들
어본 적이 없었다는 것입니다. 그런데 그로부터 한 시간쯤 후에 마
리안 프루드가 우리에게 전화로 연락해 왔습니다. 그녀의 말에 의
하면 먼저 전화를 받은 직원이 실수를 했다며, 그 환자는 모델협회

에 등록이 되어 있다는 것이었습니다. 그러면서 직원 한 사람을 보내주겠다고 제의해 왔습니다. 하지만, 이미 때는 늦었습니다. 마리안 프루드가 전화를 걸어오기 직전에 환자는 숨을 거두었던 것입니다. 죽은 그녀의 친구들의 증언에 의하면, 그녀는 약 1년 전에 이곳 뉴욕에 왔습니다. 처음 얼마 동안은 외출 한 번 제대로 못할 만큼 경제적으로 허덕이던 그녀가, 6개월이 지나면서부터 갑자기 옷차림이 화려해지고 생활이 호사스러워졌다는 것입니다. 이와 같은 갑작스런 변화에 대해 주위 친구들에게 파크 에비뉴 모델협회와 관련을 맺게 되어 수입이 좋아졌다고 말했다는 것입니다. 그 때부터 그녀는 밤낮으로 외출이 잦아지고 친구들과 만나는 기회가 줄어든 이유를 모델 일이 바빠서 그렇다고 해명했다는 것입니다. 하지만 협회의 기록을 조사한 결과 우리는 커다란 모순점을 발견할 수 있었습니다. 그 기록에 따르면, 그녀는 6개월 동안 모델로서의 일은 두세 번 밖에 하지 않았고, 이로 인한 수입은 백 이십 오 달러에 불과했습니다."

여기에서 잠시 말을 멈춘 나는 서류를 뒤적이는 척 하며 주위의 반응을 기다렸다. 장내는 물을 끼얹은 듯 조용했고 모든 눈과 귀가 나에게 집중되어 있음을 느낄 수 있었다.

"그녀에 대한 조사가 진행되고 있는 동안 우리는 이스트사이드의 한 고급 아파트에서 국내 유수의 여성 속옷 제조업자들 몇 명이 특별한 파티를 열 예정이라는 정보를 입수하였습니다. 우리가 그들의 파티에 관심을 보이지 않을 수 없었던 것은, 파크 에비뉴 모델협회와 모종의 관련을 맺고 있다는 사실을 알아냈기 때문입니다. 그들이 모델협회와 관련을 맺고 있는 목적은 그런 단체야말로 언제 어디에서나 필요한 여자들을 공급 — 본의가 아니니 양해하시기 바랍니다. — 할 수 있다는 관계자의 이야기를 듣게 되자 우리는 촉각을 세우지 않을 수 없었습니다.

결국 제보에 따라 파티장을 기습했을 때, 눈앞에 벌어져 있는 광경에 아연해지지 않을 수 없었습니다. 완전히 나체가 된 네 명의 남자와 여섯 명의 여자가 — 자세한 설명을 말씀드리지 못하는 점을 양해해 주십시오. — 기묘한 광경을 연출하고 있었습니다. 그 여자들은 하나같이 직업이 모델이라고 했으며, 그 중에 한 여자가 파크 에비뉴 모델협회 소속이라고 말했다가, 동료들의 눈총을 받자 자신의 말을 얼버무렸습니다. 하지만, 조사에 의해 그 여인들 모두가 파크 에비뉴 모델협회 소속임을 확인할 수 있었습니다.

바로 그 때부터 경찰과 우리 검찰은 협회에 대한 본격적인 수사에 착수했던 것입니다."

나는 들고 있던 서류에서 다른 묶음을 찾아 내서 읽기 시작했다.

"파크 에비뉴 모델협회 1968년 6월 등록. 회화, 사진, 패션쇼를 주요 업무로 선정하여 모델들의 권익과 활동을 향상 촉진시키기 위해 결성된 임의 단체, 회장 마리안 프루드."

다음 장을 넘겼다. 회장 마리안 프루드에 관한 경찰 보고서였다. 나는 배심원석 앞으로 다가가면서 재빠르게 읽어내려갔다.

"마리안 프루드 — 1949년 11월 뉴욕에서 출생, 미혼. 전과 사실;

1966년 4월 첫 구속. 범죄 사실; 살인용 무기로 의부를 피습, 로드 쥬브닐 법원의 유죄 판결로 로드 게이어 미성년 감화원에 수감, 1967년 11월 18세 성인으로 출소.

1968년 2월 두 번째로 구속. 범죄 사실; 매춘을 목적으로 한 호객 행위, 유죄 판결 30일간 노동형.

1973년 4월, 세 번째 구속. 범죄 사실; 매춘과 거액 절도 교사 혐의, 무죄 판결, 증거 불충분으로 기각. 이후 구속 사실은 없음. 도박과 불법 숫자 도박의 상습자로 1980년 9월 로드 드레고 법원에 증거 보관.”

낭독을 마친 나는 조심스럽게 서류를 챙겨들고 나서 배심원 쪽을 바라보았다.

“본 사건을 수사하는 과정에서 우리의 성실하고 양심 있는 수사관들은 참을 수 없는 분노와 고통을 감수해야 했다는 점을 밝혀둡니다. 선량하고 아름다운 여자들을 매춘, 협박, 공갈, 갈취 등 범죄의 구렁텅이로 몰아넣었고, 그들의 흉험한 손길은 이 사회를 움직여가는 지도층에까지 미치고 있으며, 이 모든 범죄적 사실이 몰염치와 부도덕과 야심의 표본 같은 한 여인에 의해서 자행되고 있다는 사실을 알게 되었을 때, 우리는 분노와 고통을 참을 수 없었던 것입니다. 그 여인이 바로 저기에 앉아 있는……”

나는 몸을 돌려 극적인 몸짓으로 피고석을 가리켰다.

“피고 마리안 프루드입니다 !”

이렇게 끝을 맺은 나는 배심원들을 돌아보지도 않은 체 내 자리로 돌아왔다. 장내는 참았던 물결이 한순간에 밀려오듯 웅성거림의 파도로 일렁였다. 자리에 앉은 나는 테이블을 노려보았다. 눈이 타는 듯 뜨거워져 있어 몇 번인가를 깜박여야 했다.

"훌륭해요. 이제 저 여자는 침몰할 겁니다!"

알렉의 흥분된 속삭임이 들려왔다.

나는 머리를 들지 않았다. 그녀와 시선이 마주치는 게 싫었고, 사실 두렵기조차 했던 것이다. 배심원석 앞에서 열변을 토한 일이 천 년이나 지난 먼 옛날의 일처럼 여겨졌다.

판사의 재판봉이 테이블을 두들기는 소리에 이어 아멜리 판사의 제법 무거운 목소리가 들려왔다.

"본 법정을 두 시까지 휴정한다."

나는 그가 자리에서 일어나 퇴장할 때 거의 자동적으로 몸을 일으켰다. 곧 이어 나는 말없이 전용문을 통해 검사실로 향했다.

오히려 도둑처럼 몸을 숨겨 기자들의 눈을 피해 법원을 빠져 나온 우리는 단골 식당 올드 밀 레스토랑으로 몰려가 구석자리를 차지하고 앉았다. 나는 홀쪽으로 등을 돌리고 죠엘과 알렉은 마주보는 자리를 택했다. 웨이트리스가 왔다.

"식사 전에 한 잔 했으면 좋겠군."

나는 진 온더 룩스에 레몬 조각을 몇 개 띄워 줄 것을 부탁했다.

"자네들은?"

그러나, 죠엘과 알렉은 고개를 저었다. 내 등 뒤의 홀쪽에서 웅성거리는 소리가 들려왔다. 나는 돌아보지 않고도 무슨 일인지 알 수 있었으나 죠엘을 바라보며 묻는 표정을 지어보였다.

죠엘이 고개를 끄덕이며 말했다.

"그들이 왔어."

나는 씁쓸한 미소를 짓지 않을 수 없었다.

"확실히 이 나라는 너무나 자유로워……."

갑자기 술을 기다리는 게 지루해졌다.

"빌어먹을, 뭘 이렇게 꾸물거리고 있지?"

"술은 왜 안 가져오는 거야!"

내가 짜증스럽게 내뱉자, 알렉이 서둘러 대답했다.

"웨이트리스가 가는 길에 주문을 받고 있어요."

잠시 후에 다가온 웨이트리스가 술잔을 내려놓으며 나에게 묘한 표정을 지어보였다. 영문을 몰라 어정쩡한 표정을 짓던 나는 술잔을 집어들고서야 그 이유를 알 수 있었다. 접시받침 위에 메모지가 놓여 있었던 것이다.

나는 싸인을 보지 않아도 그게 누가 보낸 메모인지 금방 알 수 있었다. 어린아이가 갈겨 쓴 것 같은 그녀의 서투른 글씨는 변함이 없었다.

'멋진 순간을 위해 기꺼이 초대합니다. 행운을 빌어요.'

그 밑에 '마자'라는 어지럽게 쓴 싸인이 눈에 들어왔다. 그것이 그녀의 애칭이다.

나는 동료들이 눈치채지 않게 재빨리 메모지를 구겨 버렸다. 이런 돌발적인 짓이 내가 그녀를 좋아하게 하는 요소 중의 하나였다. 그녀는 무엇이든 두려워하지 않는 여자였다.

만약, 이번 사건에서 나에게 행운이 온다면, 그녀는 적어도 십 년 동안을 감옥에서 지내야 한다는 사실을 알면서도, 나에게 행운이 있기를 빈다고 한 의도는 허세나 비꼬는 게 아니었다. 그녀는 어릴 때부터 그런 성격의 소유자라는 걸 누구보다도 나는 잘 알고 있었다.

나는 술을 한 모금 마셨다. 차갑고 달콤하면서도 목줄기를 내려갈 때면 타는 듯한 자극을 주는 진 온더 룩스는 언제나 내가 좋아하는 술이었다. 언젠가 그녀와의 데이트를 즐긴 후에 집에 돌아오자 어머니가 하시던 말씀이 떠올랐다.

"애야, 마자는 너에겐 어울리지 않는 여자다."

나는 아무런 대답도 하지 않고 어머니를 바라보았다. 울기에는 어울리지 않는 나이였으나 내 눈에는 눈물이 고여 있었다.

"그 애가 나쁘다고 말하는 건 결코 아니다!"

어머니가 다시 부드러운 목소리로 타이르셨다.

"하지만, 너에게는 어울리지 않는 여자야. 그 애는 사랑을 받지 못하고 자랐기 때문에 사랑을 이해하지 못하는 사람이 될 거다."

나는 완강하게 머리를 저으며 내 방으로 들어가 버렸지만, 그 이후 어머니의 말은 뇌리 깊이 자리잡고 나를 괴롭히는 요인이 되었다.

'사랑을 모르는 여자!'

이제서야 나는 어머니가 말씀하신 뜻을 새삼 깨달을 수 있었다. 그 한 마디야말로 그녀의 생애를 단적으로 표현해 주는 말이었기 때문이다. 사실 그녀는 사랑을 모르는 인간이었다.

제2부 | 유혹의 계절

거리의 천사 | 제과점 문을 밀치고 들어선 그녀는 그 자리에 잠시 서 있었다. 가게 안이 너무 어두워 눈에 익숙해지기까지는 시간이 필요했기 때문이다. 그녀의 등 뒤로 보이는 거리에는 눈부신 햇빛이 쏟아지고 있었다.

가게 안에는 아무도 없었다. 잠시 후 천천히 카운터로 다가선 그녀는 손에 든 동전으로 카운터 대리석판을 두들겼다.

"잠깐, 잠깐만 기다리십쇼. 갑니다."

귀에 익은 가게 주인 레니스 영감의 허겁스러운 목소리가 들려왔다. 가게 뒤편에 그의 방이 있었던 것이다.

"괜찮아요, 아저씨. 서두실 것 없어요."

그녀가 싱긋이 미소를 지으며 대답했다.

"기다릴게요. 저예요."

서둘러 옷자락을 여미면서 모습을 나타낸 주인은 그녀를 알아보자 우선 탄성부터 울렸다.

"마자!"

그의 목소리에는 반기는 빛이 역력했다. 나이에 어울리지 않게 잽싼 몸놀림으로 카운터 뒤에 선 주인은 이를 드러내고 싱글거리며 물었다.

"뭘 좀 줄까?"

"담배 다섯 가치 주세요. 트웬피 그랜드로요."

그녀의 말에 거의 자동적으로 담배 선반을 향해 돌아서려던 주인은 멈칫하며 미심쩍은 표정으로 그녀를 돌아보았다.

"염려마세요."

주인의 마음을 빤히 알고 있는 그녀가 재빨리 대답했다.

"오늘은 돈 있으니까요."

열려 있는 담배갑에서 다섯 개피를 세어 뽑아든 주인은 카운터 위에 내려놓았으나, 그의 주름 투성이의 손이 담배를 덮고 있었다. 그 손은 그녀가 5센트 짜리 백동전 하나를 카운터 위에 내놓자, 그제서야 담배에서 떨어졌다.

먼지로 얼룩진 카운터 위에 새하얀 담배 개피들이 반짝이듯 놓여 있었다. 마자가 천천히 한 개피를 집어들어 입에 물자, 주인 영감은 기다렸다는 듯이 성냥불을 켰다. 담배에 불을 붙인 마자는 길게 한 모금 빨았다. 매큼하고 산뜻한 연기 내음이 폐 속 깊이 밀려들어가는 것이 느껴지자, 이번엔 길게 내뿜었다. 그녀의 입과 코로 푸르스름한 연기가 쏟아져 나왔다.

"아, 기분 좋다."

눈을 지그시 감았던 그녀가 눈을 뜨며 주인 영감을 바라보았다.

"학교에서 영영 못 빠져나오는 줄 알았어요. 하루 종일 피우고 싶
어 미치겠는데, 담배 한 개피 주는 애가 없잖아요."

영감은 민망할 정도로 그녀를 바라보았다. 헤 벌린 입술 사이로 잇
몸이 드러나 보기 흉한 몰골을 하고 있었다.

"그 동안 어디 갔었어, 마자?"

영감이 물었다.

"지난 주 내내 보이지 않더군."

"돈이 떨어져서 못 왔어요."

마자가 다시 생글거리며 말했다.

"외상도 밀렸잖아요?"

그러자 주인 영감은 좋은 기회라도 생겼다는 듯 팔꿈치를 카운터에
얹고 그녀에게 가까이 다가섰다.

"아니, 왜 그런 생각을 하지, 마자?"

그의 목소리는 끈적거릴 정도로 느끼했다.

"내가 언제 외상값 독촉을 한 일이 있었어?"

마자는 여전히 생글거리며 담배 연기만 내뿜을 뿐 아무런 대꾸도
하지 않았다. 영감의 손이 어느 새 카운터를 건너와 그녀의 한 손을
어루만지고 있었다.

"내가 언제나 기다리고 있다는 걸 모르나? 그 동안 얼마나 보고 싶

었는데……."

마자는 자신의 손을 주무르고 있는 주인 영감의 손을 내려다보았으나 손을 빼지는 않았다.

"다른 여자애들에게도 그러시겠죠?"

그녀는 일부러 샐쭉한 표정을 지어보였다.

"아냐, 너 같은 애는 없어, 마자!"

영감이 어린애처럼 도리질을 했다.

"넌 갓난아기 때부터 내 마음에 쏙 들던 아이였어."

"거짓말 마세요."

마자가 여전히 시치미를 떼자, 주인 영감은 몸이 타는 모양이었다.

"내 말을 믿어. 그러니까 너한테 만은 외상을 마음대로 주는 거야. 다른 아이라면 3달러 25센트씩이나 지게 하겠어? 어림없지."

그녀는 주인 영감의 눈을 들여다보듯 바라보면서 슬며시 잡혀 있는 손을 빼자, 순간 영감의 눈에는 아쉬운 빛이 떠올랐다. 그녀는 고혹적인 미소를 지었다.

"그럼 후렌시 키간은 어떻게 된 거죠? 그 애한테도 외상을 주신다면서요?"

영감은 갑자기 입술이 마르는지 혀로 입술을 빨았다.

"그 애한테는 독촉을 해서 받았어. 하지만, 너에게는 그런 적이 없었잖아."

그녀는 이 말에 대답은 하지 않고 카운터에서 물러나며 가게 안을 휘둘러 보았다.

"뭔가 좀 변한 것 같네요?"

그러자, 주인 영감은 자랑스러운 듯 미소를 지었다.

"페인트칠을 새로 했지, 뒷방은 더 근사하다구."

마자는 일부러 눈썹을 치켰다.

"아! 그랬군요."

"멋진 초록색으로 말끔하게 칠했지. 가게는 돈이 모자라서 뒷벽만 칠했지만 외상값을 다 받아 내면 전부 칠할 생각이야."

"죽는 소리 그만두세요, 레니스 아저씨."

마자가 웃으며 구두쇠 영감을 바라보았다.

"아저씨는 하느님보다도 돈이 많을 거라고 하던데요?"

영감의 얼굴이 붉어졌다.

"도대체 어떤 것들이 그 따위 소리를 해! 장사하는 꼴을 보면 알게 아냐?"

"그쯤 해 두세요. 난 잘 알고 있으니까요."

그래도 웃음은 거두지 않은 체 마자는 사탕이 들어 있는 유리로 된 진열장 앞으로 다가서며 고개를 숙여 들여다보았다. 그녀의 그런 모습을 보는 순간 영감은 갑자기 숨이 막히는 격정을 느꼈다. 어느 새 풍만하게 자란 젖가슴이 그녀가 고개를 숙이자 거의 드러나 보였기 때문이다.

"사탕을 좀 줄까?"

영감의 목소리가 다시 축축해졌다. 그의 속마음을 알고 있는 마자는 내색은 하지 않고 조심스럽게 말했다.

“이젠 돈이 없는 걸요.”

“내가 언제 돈을 달라고 했었니?”

영감은 이렇게 말하며 몸을 숙여 진열장의 문을 열고는 그 자세로 유리를 통해 그녀를 올려다보았다.

“어떤 걸 줄까?”

“아무거나 주세요. 우유가 많이 들어 있는 은하수 사탕이 좋아요.”

그녀로부터 눈을 떼지 않은 체 그의 손은 막대사탕으로 향하고 있었다. 그녀 뒤편의 밝은 빛으로 인하여 영감 쪽에서 보면 얇은 스커트 속의 몸이 또렷하게 보였던 것이다. 엉큼한 영감은 이미 오래 전부터 이런 수법으로 어린 여자애들의 몸매를 훔쳐 보는 더러운 취미를 즐기고 있었던 것이다. 그가 가게 안을 어두컴컴하게 해 놓은 두 가지 이유 중의 하나가 바로 이 치사한 취미 때문이었고, 또 한 가지는 전기료가 아까워서였다.

마자는 언제까지 이럴 것인가 하는 씁쓸한 생각을 하며 늙은 염소 같은 영감을 마주 내려다보았다. 주인 영감의 이런 취미는 이미 동네 계집애들 사이에 널리 알려진 일이었으며, 그들은 이것을 ‘엑스레이’라고 불렀다. 레니스의 쇼 케이스는 결국 두 가지로 이용되고 있었던 것이다.

이런 사실을 뻔히 알고 있으면서도 마자는 별로 개의치 않았다. 오히려 영감에게서 무엇인가를 얻어내려면 이쪽에서도 무슨 댓가를 지불해야 될게 아닌가. 실제로 주는 건 아무것도 없으니 개의할 필요가 없다는 생각이었다.

얼마 후 지루하고 짜증스러워진 그녀는 쇼 케이스 앞을 떠났다. 그러자, 예상했던 대로 거의 동시에 주인 영감도 몸을 일으켰다.

영감의 얼굴은 벌겋게 상기되어 있었으며, 이마와 콧잔등에는 땀방울이 맺혔다. 그는 사탕을 쥔 손을 카운터 위에 올려 놓은 다음, 다른 손으로 다시 그녀의 작고 흰 손을 움켜잡았다.

"이 동네 아이들 중에서 네가 제일 예뻐, 마자."

레니스 영감의 목소리가 떨리고 있었다. 그러나, 마자는 못 들은 척 쳐다보지도 않았다.

"정말이다. 마자 ! "

영감이 마자의 손을 잡은 손에 힘을 주었다.

"너무 성숙하고, 너무나 예뻐."

"내가 뭐 어린애인 줄 아세요? 만 열여섯 살이에요."

"아니 벌써?"

그는 놀란 목소리로 물었다. 세월이 너무도 빠르다는 생각이 들었던 모양이다. 사실 엊그제까지 어린아이 같았는데, 어느 새 결혼하여 떠나는 아이들을 보아왔던 것이다.

"그럼요."

"남학생 녀석들이 귀찮게 굴겠구나. 틈만 보이면 덤벼들려고 하겠지?"

"무슨 뜻이죠. 아저씨?"

마자가 시치미를 떼며 묻자, 영감은 속이 타는 듯 입술에 침을 축이고 다시 물었다.

“네 몸에 손을 대려고 하지 않든?”

잠시 영감의 손을 내려다보고 있던 마자가 고개를 들었다. 그녀의 입가에는 짓궂은 미소가 떠올라 있었다.

“어딜요?”

그러자, 영감이 손가락을 바들바들 떨며 그녀의 봉긋한 가슴 부분을 스치듯 건드렸다. 손가락을 통해 젊음의 팽팽한 탄력이 전해지자 영감의 얼굴이 확 달아올랐다.

“여기······.”

영감은 이렇게 말하며 그녀를 바라보았다. 혹시 놀라지 않았나 염려스러웠던 것이다. 그러나 마자는 태연하기만 했다. 그녀는 눈썹 하나 까닥 하지 않고, 오히려 묘한 미소를 짓고 있을 뿐이다.

“아, 그래요. 정말 사내애들은 틈만 있으면 만지려고 해요.”

마자의 이와 같은 태연한 대답은 레니스 영감을 놀라게 하기에 충분했다.

“그래서? 그럴 때 넌 어떻게 하지?”

그래도 그녀의 표정은 조금도 변하지 않았다.

“어떤 땐 그대로 놔두고, 어떤 때는 못하게 해요. 내 기분에 따라서죠. 기분이 좋은 걸 일부러 피할 필요는 없거든요.”

그녀는 잡힌 손을 빼며 말했다.

“사탕 주세요.”

레니스 영감은 엉겁결에 사탕을 그녀에게 건네주었다. 그녀의 가슴의 촉감과 방금 들은 말로 인한 충격이 그의 머리 속을 어지럽혀서 어찌할 바를 모르고 있었던 것이다.

"뒷방에 페인트칠한 걸 보고 싶지 않니, 마자?"

잠시 후 영감이 정신을 가다듬어 이렇게 물었으나, 마자는 대꾸를 하지 않고 사탕을 싼 종이를 벗겨 내고는 천천히 입에 넣으며 눈을 깜박였다.

"나와 함께 뒷방에 가 준다면……."

영감이 용기를 내어 은근한 제의를 해 왔다.

"네 외상값을 아주 잊어버릴 수도 있어."

사탕을 오물거리며 잠시 늙은 염소를 빤히 바라보던 마자는 말 한 마디 없이 돌아서서 문쪽을 향했다.

"마자!"

다급해진 영감이 애걸하듯 소리쳤다.

"외상값 뿐만 아니라, 돈을 좀 줄 수도 있어!"

그러나 카운터에서 조금 전에 산 담배와 성냥갑을 집어든 마자는 그대로 문으로 갔다.

"마자!"

영감의 애타는 목소리가 또다시 들려왔다.

"네가 원하는 건 뭐든지 줄 테니, 제발……!"

문의 손잡이를 쥔 마자가 고개를 돌려 가련한 늙은 염소를 바라보았다.

"안 돼요. 레니스 아저씨."

그녀는 여전히 생글거렸다.

“아직 그 정도로 급하진 않거든요.”

그녀가 나가고 문이 닫히자, 가게 안은 일순에 무덤처럼 무겁고 썰렁한 장소로 변해 버렸다. 늙은 염소 레니스는 패잔병처럼 어깨를 늘어뜨리고 뒷방으로 향했다.

무서운 아이들 | 사정없이 내리 퍼붇는 6월의 강렬한 햇살

은 아스팔트를 스펀지처럼 물렁물렁하게 녹여 발걸음을 옮길 때마다 찐득거리며 달라붙었고, 빌딩의 유리창에 반사되는 빛이 눈이 부시도록 쏟아져 내렸다.

가게를 나선 마자는 불타는 연옥같은 거리에 선뜻 나설 용기가 나지 않는 듯 사탕을 빨며 사방을 두리번거렸다.

비교적 넓은 거리는 거의 텅 비어 있었다. 멀리 길모퉁이에서 아이들 몇 명이 더위조차 잊은 듯 놀고 있었고, 한 여인이 정육점에 들어서는 모습과, 길바닥에 자욱을 남기면서 멀어져가는 택시의 뒷모습이 보일 뿐이었다.

사탕을 다 먹고 난 그녀는 포장지로 손가락을 닦아 쓰레기통에 버리고, 아직까지 한 손에 들고 있던 담배가치를 지갑에 넣은 다음 도로로 나섰다. 무방비 상태로 나서자 따가운 햇살은 사정없이 그녀를 열기로 적셨다. 금새 온몸에서 땀이 샘 솟듯 솟아났다. 순간, 그녀는 가게에서 일찍 나온 것을 후회하였다. 늙은 염소와 함께 있는 것은 짜증스러웠지만, 그 안은 더위를 피하기에는 적당한 장소였다.

내키지 않았으나 집으로 향하는 수밖에 없었다. 거리를 지나치며, 어느 상점의 벽시계를 보니 벌써 오후 세 시가 가까워지고 있었다. 이렇게 더운 날씨가 아니라면 절대로 집에 돌아갈 시간이 아니었으나, 이런 더위 속에 거리를 할 일없이 어정거린다는 것은 바보나 정신 이상자가 하는 짓이다.

돈만 있다면 86번가의 극장엘 가기에 알맞은 시간이다. 대형 에어컨이 찬 공기를 쏟아내고 있어 극장 안은 냉장고 속처럼 시원했다. 10센트만 있으면 하루 종일 시원한 곳에서 그럴듯한 쇼와 영화를 즐길 수 있었지만, 오늘은 그럴 처지도 못 되었다.

"마자!"

바로 그때 누군가 그녀를 부르는 소리가 들려왔다. 늙은 염소의 목소리는 아니었다. 여자의 목소리였다. 돌아다보니 친구 후렌시였다.

체격도 크고 엉덩이와 젖가슴이 큼직한 후렌시는 어디서부터 달려왔는지 숨을 몰아쉬고 있었다. 마자보다 한 살이나 위인 그녀는 검고 굵은 머리카락에 검고 푸른 눈동자를 가진 큰 몸집의 아이였다.

"어디 가는 거니, 마자?"

"집에……."

마자는 하기 싫은 대답을 하듯 내뱉았다.

"밖에 있긴 너무 더워서……."

후렌시의 얼굴에 실망의 빛이 떠올랐다.

"쇼를 보러가는 줄 알았어."

"돈 가진 거 있니?"

마자가 물었다.

"없어."

"나도 없어."

이렇게 말한 마자는 다시 걷던 방향으로 돌아섰다.

"정말 너무해 ! "

후렌시가 짜증스럽게 말했다.

"온 세상 사람들이 모두 다 빈털털이야 ! "

마자가 씁쓸한 미소를 지으며 옆눈으로 친구를 바라보았다.

"너도 이제 철이 드는 모양이구나."

잠시 말없이 나란히 걷던 후렌시가 마자의 팔을 붙잡았다.

"좋은 생각이 있어 ! "

마자가 그녀를 돌아보았다.

"늙은 염소, 레니스 ! "

후렌시는 눈을 반짝였다.

"잘 만하면 입장료 정도는 뜯어 낼 수 있을 거야 ! "

마자가 고개를 저었다.

"거긴 벌써 다녀오는 길이야."

"그래서?"

후렌시가 알 수 없다는 표정으로 물었다.

"아무것도 없어."

마자가 두 팔을 벌려 보였다.

"늙은 염소에게 엑스레이를 즐기게 한 대가로 사탕을 얻었지."

“그런데?”

“그것뿐야. 그리고는 새로 페인트칠을 한 뒷방을 구경시켜 주겠다는 거야? 내가 미쳤어.”

후렌시가 잠시 머뭇대다가 입을 열었다.

“사탕은?”

마자가 미소를 지었다.

“늦었어.”

그녀는 의미있게 배를 쓸며 웃어보였다.

“벌써 먹어 치웠거든.”

“미치겠네 ! ”

후렌시가 한숨을 내쉬었다.

“오늘은 온종일 재수 옴 붙었어. 집에나 일찍 가는 게 좋겠다.”

그녀는 걸음을 옮기며 소매로 이마의 땀을 훔쳐 냈다.

“신경질 나게 왜 이렇게 덥지 ! ”

마자는 대답을 하지 않았다. 그들은 한동안 말없이 걸었다. 집에 거의 이르러서야 후렌시가 먼저 입을 열었다.

“집에 누가 있니?”

“모두 다 있을 거야.”

마자의 목소리는 짜증스러웠다.

“다섯 시가 돼야 엄마가 일하러 나가니까.”

그녀의 어머니는 빌딩 청소부로 새벽 두 시까지 일했다.

“의붓아버지도?”

그 소리를 듣자 마자의 표정이 싸늘해졌다.

"그 작자야, 온종일 퍼마시느라고 냉장고 옆에 거머리처럼 붙어 있겠지."

"그 사람 아직도 실업자야?"

후렌시가 묻자, 마자는 기가 차다는 듯이 웃었다.

"실업자냐고? 그런게 아니라 일할 이유가 없는 '오뉴월 개팔자'지, 먹여 주겠다. 술 있겠다, 뭐가 걱정이야."

"언젠가 너에 대해서 묻던데……."

"뭐라고 물어?"

"사내아이들과의 관계 같은 걸 묻더라."

마자가 입술을 지그시 깨물었다.

"그럴 거야. 그래서 뭐라고 했니?"

"아무 말도 안 했어. 내가 머저리인 줄 아니?"

그 말에 안심한 듯 마자가 한숨을 내쉬며 말했다.

"고마워. 무슨 꼬투리라도 잡아 괴롭히려는 거야. 날 미워하고 있거든."

"잘 알고 있어."

바로 옆집에 살고 있는 후렌시가 그런 걸 모를 리가 없었다.

"이따금이 아냐, 언제나 그래."

그들은 어느덧 집 근처에까지 와 있었다. 길 양쪽에는 하나같이 우중충하고 낡아빠진 아파트 건물이 늘어서 있어 빈민가를 대변해 주었다. 한때는 제법 그럴 듯했을 이 벽돌 건물은 너무나 퇴색하고 낡아서 몰골이 말이 아니었으며, 밝은 햇빛에 더러운 유리창들은 처참한 느낌마저 들게 하였다.

그들은 아파트 입구 계단 앞에서 걸음을 멈췄다. 회색 도둑고양이 한 마리가 덮개가 없는 쓰레기통에 뛰어들어 파리떼를 쫓다가 쓰레기를 마구 헤쳐대자, 마자와 후렌시는 그 광경을 보며 할 말을 잃었다.

잠시 후 계단을 올라서려던 그녀들은 길 건너편에서 휘파람 소리가 들려오자 동시에 돌아섰다. 당구장에서 막 나온 것으로 보이는 또래의 사내아이들 셋이 그녀들을 바라보고 있었다. 그중 한 아이가 소리쳤다.

"이봐 후렌시, 네 옆에 있는 금발 아가씨는 누구지?"

그녀들은 마주 보며 눈짓을 교환한 다음, 후렌시가 돌아서서 그들에게 소리치듯 대답했다.

"이리 와서 알아보지, 그래?"

그러자, 사내아이들은 무엇인가를 속삭이기 시작했고, 마자는 그런 그들을 유심히 살펴보았다. 방금 후렌시에게 소리친 아이는 바로 아랫 동네에 살고 있어서 그녀도 몇 번인가 본 적은 있지만, 이름은 몰랐다. 나머지 두 아이는 한 번도 본 적이 없는 낯선얼굴들이었다.

낯선 두 아이는 똑같이 키가 컸으며, 잘 생긴 점에서는 같았으나 머리 빛깔이나 얼굴 생김은 전혀 달랐다. 한 아이는 금발에 가까운 갈색 머리에 호인다운 얼굴이었고, 다른 아이는 검은 머리에 감각적이고 날카로운 용모의 미남형이었다.

잠시 후 금발의 아이가 친구들에게 손을 흔들어 보이며 멀어져 갔고, 나머지 두 아이가 천천히 길을 건너왔다.

"오랜만이구나, 지미 !"

그들이 다가오자, 후렌시가 먼저 말을 건넸다.

지미는 눈이 약간 튀어나왔고, 얼굴엔 여드름 자욱이 더덕더덕한 작은 체격의 아이였다. 그는 뻐드렁니를 드러내보이며 미소 지었다.

"요샌 어디서 놀았니? 잘 안 보이던데?"

그가 후렌시에게 물었다.

"여기저기 쏘다녔지, 뭐."

후렌시와 지미는 친숙한 사이인 것 같았다.

"넌?"

지미는 잠시 발 밑을 내려다보다가 대답했다.

"나도 왔다갔다 했어."

그리고는 친구를 흘끔 보고 나서 다시 물었다.

"여기서 뭘 하고 있었지?"

"하긴, 뭘해."

후렌시가 마자를 돌아보며 미소를 지었다.

"너무 뜨거워서 집 안으로 피신하려던 참이야."

"우린 수영하러 가려고 하는데……."

지미가 친구를 돌아보며 재빨리 말했다.

"같이 가지 않을래?"

마자의 표정을 살핀 후렌시는 그녀도 가고싶어 하는 표정을 읽을 수 있었다.

"하지만, 수영복을 가지러 집에 들어갔다가는 못 나오게 될 거야."

지미의 친구가 웃고 있었다. 그의 웃음은 보는 사람을 끄는 묘한 매력이 있었다.

"거기 가면 수영복도 있어요."

목소리는 듣기 좋을 만큼 굵고 낮았다.

"이 친구 로스는 차를 가지고 있어."

지미가 다시 나섰다.

"코니섬으로 가려는 거야."

그 때서야 마자가 처음으로 입을 열었다.

"그렇다면 여기서 이야기만 하고 있을 이유가 없잖아?"

그러자, 로스라는 아이가 그녀의 팔을 잡아끌어 계단에서 내려서게 했다. 아직도 그는 듣기 좋은 웃음소리를 내었다.

"맞아요, 아가씨."

그의 시선이 마자의 눈에서 떨어지지 않았다.

"난 아가씨처럼 자기 마음을 솔직하게 털어놓는 사람을 좋아해."

그의 옆에 서게 된 마자도 시선을 피하지 않았다.

"천만에요. 그건 내 마음이 아니에요."

그리고는 상대를 내려다보는 듯한 묘한 웃음을 지었다.

"내 몸이 그러길 원하는 거예요. 덥기 때문이죠."

"그건 나도 마찬가지야."

로스의 말투가 달라진 것을 보면, 그 역시 지기 싫어하는 성격의 소유자인 것 같았다.

마자가 돌아다보니, 후렌시는 지미의 귓속말에 미소를 지으며 고개를 끄덕이고 있었다. 마자는 그런 친구의 행동이 못마땅했으나 옆의 로스를 바라보며 물었다.

"차는 어디에 있죠?"

"저 모퉁이에 세워뒀어요. 난 로스 드레고라고 하는데, 아가씨 이름은?"

"마자예요."

"그게 전부는 아니겠죠?"

로스가 미소를 지으며 고집스럽게 물어왔다. 마자는 그를 똑바로 보며 말했다.

"마자 안나 프루드예요."

"영국식 이름 같은데?"

로스가 혼잣말을 하듯 물었다.

"폴란드에서 왔대요."

로스의 차는 덮개가 없는 빅크 최신형이었다. 그는 차의 문을 열고 의기양양하게 서 있었다.

"모시고 갈 수레올시다."

그러나, 차 곁으로 다가온 마자는 선뜻 올라타지 않은 체 그와 고급스런 차를 번갈아 보았다.

"뭘 기다리고 계신가요, 아가씨?"

로스가 빙글거렸다.

"어서 타시지."

마자가 고개를 저으며 말했다.

"이런 식으로 즐기긴 싫어요."

로스가 어리둥절한 표정으로 물었다.

"훔친 차를 타고 말썽에 끼고 싶진 않아요. 내 문제만 해도 골치 아픈 게 많으니까요."

그 말에 로스가 웃음을 터뜨렸다.

"이 차는 훔친게 아니예요. 분명히 내 차입니다. 내 차요."

그래도 마자는 믿으려 하지 않았다.

"아, 그래요?! 어디서 그렇게 돈을 많이 버셨죠? 쓸데없는 소리 말아요. 아마, 당신 친구가 그냥 가버린 것도 그런 이유 때문일 거예요."

"내 친구? 아, 마이크 케이스 말이군요. 그 앤 일하러 간 거예요. 집에서 아버지를 돕는다나요. 효자에 우등생이거든요."

"믿지 못하겠어요."

설령, 그의 말이 사실이라 해도 마자는 믿고 싶지 않은 모양이었다. 그때 등 뒤에서 지미의 목소리가 들려왔다.

"염려말고 타요. 저 친구 아버지가 사준 거예요."

마자가 한 걸음 물러섰다.

"그럼 자기 차라는 걸 먼저 증명해 봐요."

"끝까지 내 말을 믿지 않을 거요?"

로스의 표정이 싸늘해 졌다.

"믿고 싶지만, 믿게 해 주지 않았잖아요. 내 친구 하나도 남자 말을 믿다가 지금 교화원에 가 있어요.”

로스는 울컥 화가 치미는 모양이었다.

“그럼 그만 둡시다！”

그의 목소리는 날카로웠다.

“여자가 없어서 아가씨에게 애걸복걸하는 건 아니니까！”

그 말이 떨어지자마자 그녀는 몸을 돌려 온 길을 되돌아가기 시작
했다. 그러나, 그녀가 모퉁이에 채 이르기도 전에 로스가 소리치며 달
려왔다.

“잠깐만 기다려요, 마자！”

그는 마자를 붙잡아 세우며 한 손으로 무엇인가를 꺼내들었다.

“저건 분명 내 차예요. 자 이걸 봐요.”

꺼내든 건 지갑이었다. 로스가 그것을 그녀에게 내밀었다.

지갑 속에서 먼저 그녀의 눈길을 끈 것은 시퍼런 고액권들이었다.
그렇게 많은 돈은 이제껏 본 적이 없는 마자였다. 그 반대편에 면허
증과 자동차 등록증이 끼어 있었다. 그 두 증명서에는 분명히 로스
드레고라는 이름으로 기록되어 있었고 재빨리 나이까지 훔쳐보았다.
만 18세였다.

마자는 말없이 지갑을 닫아 로스에게 건네주었다.

“자, 이제 됐죠！”

“왜 처음엔 보여주지 않았죠?”

여전히 마자는 녹록치 않은 자세를 유지하고 있었다.

“자존심이 상했던 거요.”

로스는 이렇게 말하며 멋쩍은 듯 미소를 지어보였다.

"미안합니다. 용서해 주겠죠!"

마자는 잠시 그를 바라보며 생각해 보았다. 그는 좀 색다른 사내아이였다. 이제껏 이런 아이는 만나본 적이 없었다. 말을 잘 했고, 거칠고 고집스러우면서도 미소를 지으면 그런 티가 싹 가시는 묘한 매력을 지닌 아이였다.

그녀는 대답 대신 미소를 지으며 손을 내밀어 그의 팔을 잡았다.

"자, 빨리 가요. 너무 더워서 옷 입은 체로 물에 뛰어들고 싶어요."

작은 연인들 | "여기가 어디죠?"

로스가 육중한 철대문 앞에 차를 세우고 경적을 울려대자, 마자는 의아스런 표정으로 물었다.

"씨 게이트 부근입니다."

미소를 지으며 대답하는 로스의 표정에는 오만함이 없었다.

"그리고 여긴 우리 집이구요."

"집이라뇨? 별장인가요?"

"별장이라기보다는 '여름집'이라고 하는 게 어울릴 거요. 아버지가 바빠서 휴가를 못 가시면 온 가족이 여기서 여름을 지내니까요."

수위로 보이는 한 중년 남자가 창구로 내다보았다.

"죠, 문 열어, 빨리!"

로스가 소리치자, 죠라고 불리운 중년 남자가 황급히 대답했다.

“알겠습니다. 드레고씨.”

이어 육중한 철대문이 천천히 열리자, 로스는 거침없이 차를 몰아 안으로 들어갔다.

마자는 주위로 시선을 던졌다. 울창한 숲 사이로 펼쳐진 드넓은 잔디밭, 그리고 저 멀리 보이는 아름다운 2층집, 그 너머로 반짝이는 푸른 바다, 그야말로 한 폭의 그림같은 풍경이었다.

“세상에……!”

그녀는 자신도 모르게 탄성을 울렸다.

“공원 한가운데서 사는 것 같겠어!”

로스가 아무 대꾸도 않자, 마자는 뒷좌석의 후렌시를 돌아보았다.

후렌시와 지미도 넋이 빠진 듯 주위를 살펴보고 있다가 마자와 시선이 마주치자 재빨리 고개를 끄덕였다.

“백만장자들이나 이런 데서 살 수 있을 거야?”

마자가 다시 로스에게로 시선을 돌렸다.

“지금 후렌시가 한 말 들었어요?”

로스는 말없이 고개만 끄덕일 뿐 고개는 돌리지 않았다.

“사실이 그런가요?”

마자가 다시 다그치자, 그는 고개를 저으며 입을 열었다.

“모르겠어.”

“당신 아버지는 갑부인가 보죠?”

그녀가 이렇게 물었을 때, 그는 집 앞의 드라이브 웨이를 돌아 차를 세우고 엔진을 끈 다음 그녀에게로 시선을 돌렸다. 그의 표정이 왠지 차갑게 느껴졌다.

"우리 아버지가 부자인 것과 우리가 여기에 온 것이 무슨 관계라도 있다고 생각합니까?"

마자는 그를 바라보며, 무엇 때문에 로스가 화를 내고 있는지에 대해 순간적으로 생각해 보았다.

"아니요."

표정이 굳어진 것도 순식간이었지만, 로스는 어느 새 미소를 지어 보였다.

"그럼 어서 들어가 수영복으로 갈아입어요. 멋진 바다가 기다리고 있으니까요?"

마자는 그가 가리키는 대로 건물 너머로 보이는 바다를 바라보았다. 넓은 백사장에 넘칠 듯 출렁이는 짙푸른 바다가 한없이 펼쳐져 있었다.

짙은 초록색으로 말끔하게 칠해져 있는 집은 너무 크다고 느껴질 정도였다. 로스가 뭐라고 하든 그의 아버지는 갑부일 것이라는 생각이 들었다.

열쇠로 문을 연 그가 앞장 서서 집 안으로 들어섰다.

"어서 따라와요."

그녀는 로스의 뒤를 따르며 화려한 가구들과 장식품들로 잘 꾸며진 응접실과 식당을 훔쳐보았다. 발이 빠질 정도로 폭신하고 두터운 양탄자는 발자국 소리조차 나지 않는 아주 고급스러운 것이었다. 그녀는 영화에서나 보았을 뿐 실제로 이런 곳에서 사는 사람을 만나본 적이 없다는 생각을 하였다.

이층으로 올라간 로스가 어느 방문 앞에서 멈춰 섰다.

"여긴 누나 방이요. 들어가 봅시다. 두 아가씨에게 맞는 수영복이 있을 거요."

마자가 그를 따라 방 안으로 들어섰다. 그녀의 뒤에서 후렌시가 숨을 들이쉬는 소리가 들려왔다. 돌아보지 않아도 그녀가 왜 그러는지 마자는 짐작할 수 있었다. 그녀는 이제껏 이런 집이나 방을 본 일이 없었기 때문일 것이다.

방 안이 온통 분홍과 푸른 비단으로 뒤덮힌 것 같았다. 커튼, 침대 덮개, 안락의자 등이 화려한 빛깔로 그녀들의 눈을 어지럽혔다. 양탄자는 따뜻한 장미 빛깔이었고 옷장과 화장대는 무게있고 두터운 고급 목제품이었다.

로스가 옷장문을 열었다.

"옷 갈아입는 걸 도와 드려야지."

지미가 다가오며 빙글거리면서 말하자, 후렌시가 키득거렸다.

"쓸데없는 소리 말고 나가자, 우리도 갈아입어야지."

로스가 그를 내몰며 방에서 나갔다.

그들이 나가자, 후렌시가 속삭였다.

"내 말이 맞아. 로스의 아버지는 틀림없이 재벌일 거야."

"쓸데없는 소리 그만하고 사내애들이 오기 전에 옷이나 갈아입어."

핀잔을 주며 옷장으로 다가선 마자는 놀라지 않을 수 없었다.

"어머나! 후렌시, 이것 좀 봐!"

옷장 한쪽에 20벌이 넘어보이는 갖가지 화려한 수영복이 걸려 있었던 것이다. 다가온 후렌시도 그걸 보고는 눈이 휘둥그레져 그저 바라보고만 서 있었다.

"세상에……!"

잠시 후 손을 뻗어 만져본 후렌시가 다시 놀랐다.

"마자! 이게 모두 진짜 모직품이야!"

마자는 블라우스와 스커트를 벗고 브래지어를 풀고 있었다.

숨이 넘어갈 듯 웃어대며 마자가 물에서 달려나오고 있었다. 그녀의 뒤를 바짝 쫓는 건 로스였다.

"그만 하세요, 로스! 모래투성이가 되겠어요!"

"씻어내면 될거 아냐!"

로스가 이렇게 소리치며 앞서 달려가는 마자의 발목을 나꿔채며 쓰러지자, 두 젊은 남녀는 모래 위에 나뒹굴었다. 그들의 젊은 웃음소리가 바다 멀리 퍼져갔다.

그들은 잠시 나란히 누워 가쁜 숨을 가라앉히자, 신선하고 짭짤한 바다 내음이 폐부 깊숙이 밀려들어오는 걸 느낄 수 있었다. 숨이 어느 정도 고르게 되자, 마자는 몸을 뒤채어 하늘을 바라보며 반듯이 누웠다. 따뜻한 햇살이 그녀의 온몸을 어루만졌다.

'아, 여기야말로 천국이구나!'

마자는 두 눈을 감았다.

옆에서 가쁜 숨을 몰아쉬던 로스가 잠잠해져 있는 것을 느끼고서야 마자는 눈을 떴다. 그는 팔꿈치를 세워 몸을 반쯤 일으킨 자세로 그녀를 내려다보고 있었다.

"어때, 즐거워요?"

그녀가 눈을 뜨자, 로스가 미소를 지으며 물었다.

마자도 미소를 띤 표정으로 솔직하게 대답했다.

"천국에 온 것 같아요."

"다행이군요."

로스가 몸을 일으켜 앉으며 바다 쪽을 바라보았다.

"저 친구들은 아직도 물 속에 있군. 그 속에서 살 생각인가."

마자도 그들을 바라보았다. 두 남녀가 바다 멀리서 물개처럼 장난질을 치는 모습이 보였다.

"그냥 두세요. 너무 좋아서 그럴만도 해요."

로스가 그녀에게로 시선을 돌렸다.

"그런데 왜 나왔죠?"

"충분히 즐겼어요."

그녀는 담담하게 말했다.

"좋은 것을 너무 즐기다가는 자신을 망가뜨리게 되죠."

로스의 얼굴이 그녀에게로 가까이 다가왔다.

"마자를 망가뜨려 주고 싶어."

그러자, 돌연 마자의 성난 눈길이 서슴없이 그의 눈을 쏘아보았다. 그것은 상대방의 야욕을 눌러버리기에 충분한 힘을 지니고 있었다. 마주 보던 로스가 눈을 깜박거렸다. 순간, 그는 이제껏 이렇게 완강한 눈을 가진 여자를 본 적이 없다는 생각을 했다.

그의 눈빛이 힘을 잃어가는 것을 본 마자는 미소를 지으며 천천히 고개를 저었다. 그것은 분명히 상대를 거절하는 몸짓이었으나 한편으로는 더욱 불붙게 하는 마력이었다.

갑자기 무너지듯 로스의 머리가 그녀의 가슴으로 떨어져왔다. 그는 마자의 풍만하게 자리한 가슴 사이에 얼굴을 묻고 가쁜 숨을 몰아쉬었다. 그때, 마자의 얼굴에는 야릇한 미소가 떠오르며, 사내들이 그녀에게서 원하는 것이 무엇이며, 또 자신이 그들에게 줄 수 있는 것이 어떤 것인가를 확인하는 순간이었다.

이럴 때면 그녀는 자신이 여자임을 만족하게 여겼다. 과정이 어떻든 간에 강해지는 쪽은 그녀 자신이 아닌가. 그녀는 로스의 머리를 힘껏 감싸안았다.

로스는 비명이라도 지르고 싶을 정도로 헐떡거렸다. 그런 그의 귀에 마자의 속삭임이 들려왔다.

"로스, 당신은 귀여운 남자예요."

그녀가 감싸안은 팔을 풀자, 로스는 몸을 굴려 모래에 얼굴을 묻고 가쁘게 숨을 몰아쉬었다. 마자의 손길이 그의 어깨를 가볍게 어루만져 주었다.

"당신이 좋아질 것 같아요, 로스!"

로스가 고개를 들어 그녀를 바라보았다. 그의 표정은 수치심과 격정으로 일그러졌다.

"마자, 왜 그런 짓을 했지?"

"당신을 좋아하기 때문이에요."

그녀는 상대를 어루만지는 미소를 잃지 않고 다정하게 속삭이듯 말하고 있었다.

"그리고 행복하게 해드리고 싶었어요."

어느 새 몸을 일으켜 조금 전과는 반대 자세로 그를 내려다보고 있던 마자의 얼굴이 로스에게로 숙여졌다. 순간 눈을 감아버린 로스는 뜨거운 입술이 자신의 얼굴 곳곳을 누를 때마다 타는 듯한 전율이 온몸에 전해지는 것을 억제할 수 없었다.

마지막으로 그의 입술을 스치고 지나가는 그녀의 숨결이 멀어졌다고 생각하고 있을 때, 마자의 손이 그의 어깨를 가볍게 흔들었다.

"모래를 씻고 함께 들어가요."

그러나, 전신의 힘이 한꺼번에 빠져나간 듯한 나른함에 젖어 있는 로스는 거친 숨을 죽이며 고개를 저었다.

"먼저 들어가. 곧 따라 들어갈테니까."

하지만, 그것도 순간이었다. 암사슴같이 매끈하고 탄력 있는 그녀의 모습이 멀어져가자 로스도 몸을 일으켜 모래사장을 달려 그녀의 뒤를 쫓았다.

위험한 장난 | 하늘은 차츰 구름이 많아지면서 붉은 기운이 돌기 시작했다. 이미 기울기 시작한 태양은 넘어가기가 못내 아쉬운 듯 했고 어느덧 열기가 빠져나가면서 시원한 바닷바람을 몰고왔다.

마자는 로스가 펼쳐 놓은 담요 위에 앉아있었다.

"지금 몇 시쯤 됐을까?"

그녀가 혼잣말처럼 중얼거리는 소리를 들은 로스가 감았던 눈을 뜨고 하늘을 바라보며 말했다.

"6시 15분쯤 됐을 거야."

"아니, 시계도 없이 어떻게 알죠?"

로스가 빙글거렸다.

"어렸을 때 소년단원이었거든……."

"나도 소년단에 들어갈 걸 그랬죠? 시계를 살 수 없는 가난한 사람들에게는 안성맞춤이겠는데요?"

웃으며 이렇게 말하면서 마자는 무의식적으로 그의 무릎에 손을 얹었다. 그녀의 손길이 닿자, 로스가 본능적으로 몸을 움츠리는 걸 느낀 마자는 놀라 손을 떼었다.

"미안해요. 싫어한다는 것을 그만 잊었어요."

"천만에! 미안하다니 무슨 소리야?"

"내가 만지면 싫어 하는 것 같던데요?"

로스가 완강하게 고개를 저었다.

"싫어서 그러는게 아냐. 정말이야. 그런 일에 익숙하지 못해서 그럴 뿐이야."

"그렇다면 날 좋아한다는 뜻인가요?"

"그 더러운 당구장 창문을 통해 처음 봤을 때부터 마자를 좋아하게 됐어."

"진정인가요?"

그녀는 이제 미소를 짓고 있었다.

"진정이야."

이렇게 대답하는 로스의 눈빛은 진지했다.

"후렌시와 함께 나타났을 때부터 난 눈을 뗄 수가 없었지. 덕분에 게임은 엉망이 되어 버렸고, 그랬더니 마이크가 씻으러 가자고 하더군."

"마이크라뇨? 우리와 함께 오지 않고 가버린 그 금발 말인가요?"

로스가 고개를 끄덕였다.

"그 친구 마자 이야기를 해도 고개조차 들지 않았지."

"뭐라고 했었는데요?"

로스가 다시 빙글거렸다.

"엄마, 저 예쁜애 사줘! 그랬지."

마자가 로스의 옆구리를 주먹으로 내질렀다.

"못됐어요!"

"지미가 옆에 있어서 다행이었지. 그렇지 않았다면 아마 우린 못 만났을 거야."

"천만 다행이로군."

마자가 비꼬는 투로 말했다.

"그 금발 친구의 생각이 옳았을 지도 모르죠."

"그 친구 미워하지 마, 좋은 애니까."

로스가 정색을 하며 말했다.

"침착해서 좀 답답하긴 하지만, 아주 좋은 친구야. 그 앤 여자 문제로 말썽을 피워본 적이 없어. 아마 여자 친구 하나 변변하게 없을 걸. 공부 밖에 몰라. 앞으로 법률가가 될 거라더군.”

“동갑인가요?”

“아니, 한 살 어리지만 같은 반이야.”

마자는 은근히 짜증스러워지기 시작했다. 세상에 자기를 좋아하지 않는 남자가 있다는 사실에 자존심이 용납지 않았던 것이다.

“그 사람 로스 당신보다 못났어요.”

“고맙군.”

로스가 시큰둥하게 대답했다.

“그렇게 생각해 주는 여자는 마자가 처음인 것 같은데. 다른 여자애들은 그 친구를 알게 되면 나 같은 건 거들떠보려고도 하지 않았거든…….”

“그저 척하는 사람일 거예요. 머리가 빈 아이들은 그런 사람에게 혹 하기 일쑤죠. 하지만 난, 그런 사람을 보면 못 견뎌요. 구역질이 나거든요.”

“그렇지 않아. 그 친군, 정말 훌륭해.”

로스가 끝까지 고집을 부렸다.

“그 친구, 아마 여자애들이 자기를 좋아한다는 것조차 잘 모르고 있을 거야.”

서늘한 저녁 바닷바람이 스치자, 마자는 몸을 가볍게 떨면서 움츠렸다.

“이제 그 사람 이야긴 그만해요. 나와는 상관없는 일이니까요.”

이렇게 말하며 그녀는 바다 쪽을 살폈다.

"아니, 후렌시는 어디 갔죠?"

"마자가 잠들어 있는 사이에 집 안으로 들어갔어. 후렌시가 춥다고 해서……."

그 말을 들은 마자도 몸을 일으키며 기지개를 켰다.

"우리도 그만 들어가는 게 좋겠어요. 나도 추워지는 것 같아요."

로스는 그대로 누운 체 마자를 올려다보고 있었다. 완전히 성숙한 여자의 흠잡을 데 없는 몸매였다.

'몇 살쯤 됐을까? 열일곱?'

이제까지 그 나이에 저토록 성숙한 몸매를 지닌 여자를 본 적이 없다는 생각이 들었다.

그녀가 무의식 중에 팔을 머리 위로 치켜올리며 기지개를 켜자, 그는 겨드랑이에 소복히 돋은 금빛 털을 볼 수 있었다. 몹시 자극적인 그 털밑으로 풍만한 젖가슴이 엿보였고, 그 아래 잘록하게 들어간 허리와 동그랗게 윤곽이 돋보이는 둔부, 그리고 매끈하게 뻗어내린 다리가 아름다운 조화를 이루어 아름다움을 더해 주었다.

로스가 자신의 몸매를 살피고 있다는 것을 깨달은 그녀는 미소를 지었다. 자신의 아름다운 몸매를 누군가 열심히 봐주기를 바라는 여자의 본능을 즐기고 싶었다.

그녀의 미소를 본 로스는 자신도 모르게 물었다.

"몇 살이지, 마자?"

"맞춰봐요."

그녀가 미소를 거두지 않은 체 되물었다.

"열일곱?"

그녀는 실제 나이보다 높이 봐주는 게 자랑스러웠다.

"비슷해요."

고조되어 오는 감정을 감당할 수 없다는 듯 로스가 팔을 뻗어 그녀의 다리를 감싸안으며 넘어뜨렸다. 웃음을 터뜨리며 쓰러진 그녀의 얼굴 아주 가까운 곳에 그의 얼굴이 있었다. 로스는 모험을 감행하기로 각오한 표정이었다.

"아리따운 아가씨, 키스를 해도 용서해 주겠어?"

한껏 점잖함을 보이려 했으나 결국 그의 목소리는 떨렸다.

예상과는 달리 그녀의 눈빛은 조금도 변하지 않았다.

"언제라도 좋아요."

그녀의 약간 쉰 듯한 목소리는 차분히 가라앉아 있었다.

그의 입술을 받아들이는 그녀의 입술은 뜨겁고 적극적이었다. 이번에는 거부하는 몸짓도 숨도 못쉬게 하던 기습적인 포옹도 없었다. 그저 뜨겁고 황홀한 순간이 이어지고 있을 뿐이었다. 이대로 계속 된다면 어딘가 끝이 없는 곳으로 떨어져 버릴 것만 같은 환희와 절망감의 연속이었다.

갑자기 불안해진 로스가 그녀를 밀어내다시피 하며 입술을 뗐다.

"집 안으로 들어가는 게 좋겠어."

그가 숨을 헐떡이며 말하자, 마자가 고개를 끄덕였다.

"좋아요."

그리고는 몸을 일으켜 로스가 일어서길 기다렸다.

그녀의 시선을 피해 담요를 집어든 로스는 그것으로 앞을 가리고는 곧장 집을 향해 달려갔다.

그의 뒤를 따르던 마자가 손을 뻗어 담요 한쪽 귀퉁이를 잡아당겼다. 그 바람에 로스가 황급히 뒤를 돌아보자, 그녀는 짓궂은 웃음을 머금었다.

"뭘 숨기고 있나요, 로스?"

그의 얼굴이 붉게 달아올랐다. 금방이라도 욕설이 튀어나올 듯이 입술이 일그러졌으나 그들은 이미 집에 와 있었다. 로스는 입을 여는 대신 문을 열어 그녀를 먼저 집 안으로 들어가게 했다.

무심코 응접실 문을 연 마자는 그 자리에 못 박힌 듯 멈추어섰다. 그녀는 뒤 따르는 로스에게 다급하게 손짓하며 입술에 손가락을 세웠다.

"저길 봐요."

그녀의 입가에 짓궂은 웃음이 감돌았다.

"연인들의 모습이군요."

후렌시와 지미는 서로 상대방의 품에 안겨 잠에 골아 떨어져 있었다. 그들의 몸에는 놀랍게도 실오라기 하나 걸치지 않은 체였다.

처음에는 숨이 막힐 정도로 충격을 받았던 로스도 그들을 바라보자 웃음이 터지는 걸 어쩔 수 없었다. 지미는 뼈가 앙상하리 만큼 마른 체격인 반면, 후렌시는 그를 덮어누를 정도로 뚱보였기 때문이다. 로스는 웃음을 참느라고 입을 틀어막았다.

"깨울까?"

로스가 키득거리며 물었다.

"안 돼요. 몹시 피곤해 보여요. 가련한 연인들이잖아요."

마자가 머리를 저었다.

그들은 발꿈치를 들고 조용히 응접실을 지나 이층으로 올라갔다.

"샤워를 할 수 있을까요?"

"찬물도 괜찮다면……."

로스가 대답했다.

"아직 히터를 돌리지 않아 더운물이 나오지 않는데……."

"상관없어요."

그녀는 자신의 옷을 챙겨들고 침실에 딸려 있는 욕실 안으로 들어섰다. 문을 걸어 잠근 마자는 잠시 귀를 기울이며 기다렸다. 로스가 나가고 침실문이 닫히는 소리를 듣고 나서야 그녀는 미소를 지으며 커튼을 친 다음 샤워기를 틀었다.

물이 차기는 했으나 기분은 더없이 좋았다. 그녀는 샤워를 무엇보다도 좋아했으나 집에서는 부엌에서 눈치를 보아가며 몸을 닦아야만 했다. 이런 것이 진정한 인간의 삶일 것이다. 그녀는 어느 새 콧노래까지 흥얼거리고 있었다.

그녀가 샤워를 끝낸 것은 거의 10분 가량이 지나서였다. 커튼을 한 쪽으로 걷고 발을 막 내놓으려던 마자는 기겁을 하며 손으로 입을 가렸다. 언제 어떻게 들어왔는지 커다란 목욕 수건을 손에 든 로스가 그 곳에 서 있었던 것이다.

"이게 필요할 것 같아서……"

그는 들고 있던 수건을 내밀며 빙글거렸다.

그녀는 커튼 자락으로 몸을 반쯤 가린 체 움직이지 않고 그를 노려보았다.

"어떻게 들어왔죠?"

"문으로 들어왔지."

그가 등 뒤에 있는 문을 가리켰다. 그곳에도 문이 있다는 걸 마자는 까맣게 모르고 있었던 것이다.

"내 방으로 통하는 문이야. 어쨌든 이걸 받아. 금발 아가씨는 감기에 특히 약하다고 들었거든……"

그녀는 나꿔채듯 수건을 받아 몸에 둘렀다.

"고맙군요."

그녀의 목소리는 싸늘했다.

"잠깐."

로스가 다가왔다.

"화가 난건 아니겠지? 화났어?"

"염체 없고 무례한 사람들을 싫어할 뿐예요."

"장난으로 놀려주려고 그런 것 뿐야, 마자."

그가 다급하게 그녀의 어깨를 잡아끌며 키스를 하려 했다.

그러나 마자는 완강하게 고개를 돌렸다.

"난 조금도 재미있지 않아요. 나가 주세요. 옷을 입어야 해요."

마자의 체온이 두터운 수건을 통해 전해져 오자, 로스는 아래층 소파에 누워 있는 두 남녀의 모습이 떠올라 몸을 부르르 떨며 더욱 세차게 그녀를 끌어안았다.

"이런 꼴로 날 내쫓을 수는 없어."

로스의 목소리는 격정에 떨었다. 심장이 격렬하게 요동치고 있는 소리가 들릴 정도로 흥분에 휩싸였다.

마자는 조금도 물러서지 않고 그를 노려보았다. 그녀의 눈초리에는 얼음처럼 차가운 것이 서려 있었다.

그런 그녀를 바라보자, 로스는 갑자기 걷잡기 힘든 분노가 치미는 걸 느끼며, 그녀를 바짝 끌어안으려 했다. 그러나, 그녀의 반항은 완강했다. 자칫하면 그녀를 놓칠 것 같은 생각에 온 힘을 다해 벽쪽으로 몰아부쳤다. 마자가 벽에 부딪혀 꼼짝 못하게 되자, 로스는 이를 드러내며 빙글거렸다.

"쓸 데 없는 짓은 안 하는게 좋아. 마자, 내가 널 여기까지 왜 데리고 왔는지 몰라서 그래?"

그래도 마자는 말 한마디 없이 그를 노려볼 뿐이었다. 그 표정은 조금도 겁을 내거나 두려워하는 기색이 아니었다. 그런 점이 로스를 더욱 거칠게 만들었다.

그는 그녀의 몸을 감싸고 있는 타올을 잡아채며 벗기려 했으나 마자의 저항에 뜻대로 되지 않았다. 화가 치밀대로 치민 로스는 그녀의 뺨을 사정없이 후려쳤다.

"수작 떨지 마, 건방진 계집애 ! "

거칠게 숨을 몰아쉬며 로스가 소리쳤다.

"그래 봐야 소용없어. 넌 얼마든지 그럴 수 있는 애라는 걸 후렌시
한테서 들었어!"

마자의 뺨에는 붉은 손자국이 또렷하게 나 있었다. 그녀는 자조적
인 미소를 머금은 체 눈을 내리깔았다.

"이러지 말아요, 로스!"

그녀의 태도가 고분고분해졌다고 느낀 로스는 기분이 더 한층 고조
되었다.

"그렇다. 계집들은 때로 거칠게 다뤄야 할 필요가 있거든……. 남
자가 어떻다는 걸 알게 해 줘야 한단 말야!"

로스는 자신만만하게 그녀에게 다가섰다. 그러나 그녀의 몸에 닿았
다고 느끼는 순간, 그는 사타구니의 타는 듯한 통증에 멈칫 그 자리
에서 허리를 숙였다. 어떻게 그렇게 되었는지, 언제 그녀의 무릎이 그
곳을 쳤는지 그로서는 기억이 없었다. 다만 충격을 느꼈을 때는 아랫
배가 끊어질 듯 아픈 통증에 거의 정신을 잃을 지경이었다.

그는 믿기지 않는 눈길로 그녀를 바라보며 비틀거렸다.

"마자! 아니 이럴 수가……!"

바로 그때 두 번째의 충격이 가해져 왔다고 느끼는 순간, 그의 몸
은 갈대처럼 그 자리에 나뒹굴었고, 그런 그를 마자는 차갑게 내려다
보고 있었다.

로스가 기를 쓰며 고개를 들어 그녀를 바라보자 옷을 들고 나가던
마자가 문가에서 돌아서며 그에게 내뱉듯 말했다.

"그런 짓을 원했다면 후렌시를 택했으면 될거 아냐!"

그녀의 말에 조금은 제정신으로 되돌아온 로스가 더듬거렸다.

"내가 원한 건 너야. 마자, 다른 애는 필요 없었어……."

"할 짓과 절대로 해서는 안 될 짓이 있어. 나에게는 그것이 분명해야 되거든."

다소 가라앉은 그녀의 어조는 철모르는 어린아이를 타이르는 듯한 느낌을 주었다.

"내가 어떤 여자라고 생각했지, 로스?"

그녀는 이렇게 내쏘듯 묻고는 대답도 기다리지 않은 체 욕실에서 나가 버렸다.

마자의 모습이 사라지자, 그는 차가운 타일 바닥에 얼굴을 묻으며 중얼거리고 있었다.

"마자, 정말 넌 어떤 여자일까?"

이어 그는 아득하고 나른한 곳으로 떨어지는 기분을 느꼈다.

떠나지 못하는 철새들 | 로스가 눈을 뜬 것은 그로부터

오랜 시간이 흐른 뒤였다. 주위는 어두웠고 아무 소리도 들려오지 않았다.

눈을 뜬 후에도 한동안 자신이 지금 어디에 있는지 분간하지 못하고 있던 로스는 몸을 뒤척이다가 침대의 부드러운 탄력을 느끼고서야 지난 일을 기억할 수 있었다.

그는 혼미해져가는 상태에서 비척거리며 목욕탕을 나와 침실 침대 위에 쓰러졌던 것이다. 그것 뿐이었다. 누가 언제 자기의 몸 위에 이불을 덮어주었는지에 대한 기억은 전혀 없었다.

"이제 정신이 나요, 로스?"

불쑥 들려오는 목소리에 놀란 그가 소리나는 쪽으로 고개를 돌렸다. 그 목소리가 마자라는 것을 알 수 있었지만, 모습은 보이지 않았고, 다만 어둠 속에서 담배 불빛만 타올랐다.

로스가 몸을 일으켜 앉았다. 이제서야 모든 걸 알 수 있었다. 욕실에서의 일, 침대까지 와서 쓰러진 일, 그리고 자신이 잠든 사이에 마자가 이불을 덮어주었으리라는 것도…….

그는 오한과 함께 전율을 느끼며 몸을 부르르 떨었다.

"그래."

로스가 볼이 멘 소리로 대답했다.

담뱃불이 다시 한 번 밝아지더니 나직한 목소리가 들려왔다.

"피우고 싶어요?"

"줘!"

어둠 속에서 마자가 움직이는 기척에 이어 침대가 그녀의 무게로 가라앉는 걸 느낄 수 있었다. 담뱃불이 그의 얼굴 앞으로 다가왔다. 그것을 잡아채듯 받아 입에 문 로스는 깊숙이 빨아들였다. 매캐하면서도 산뜻한 담배 연기가 폐부에 스며들자 기분이 한결 나아졌다.

"지금 몇 시쯤 됐지?"

"아홉 시쯤 됐을 거예요."

로스는 다시 한 번 힘껏 빨아들인 다음 코와 입으로 길게 내뿜었다. 머리 속이 맑아지는 것 같았다.

"다른 애들은 어디 있어?"

담뱃불로 그녀의 모습을 알아보려 했으나 허사였다.

"아직도 아래층에 있나?"

"아뇨."

마자의 짤막한 대답이 들려왔다.

"당신이 침대에 쓰러져 있는 모습을 본 후렌시가 겁이 난다며 집에 가겠다고 하자, 지미도 함께 갔어요."

로스는 씁쓸한 기분이 드는 걸 어쩔 수 없었다. 상대가 필요로 할 때 달아나 버리다니, 그래도 친구란 말인가! 그러나 지미 같은 인물에게서 그 이상을 기대한다는 건 무리한 희망 사항이다. 만약 그가 마이크였다면 절대로 그런 짓은 하지 않았을 것이다.

"그 애들에게 내가 왜 그렇게 됐는지 이야기했어?"

"천만예요."

마자가 잘라 말했다.

"그럴 이유가 없잖아요. 그건 당신과 나의 일이지, 그들과는 상관없는 일 아닌가요?"

"그렇다면, 그들은 어떤 생각을 했을까?"

"아프다고 했어요."

침대가 약간 흔들렸다. 그녀가 쿡쿡거리며 웃었기 때문이다. 그러나, 그는 웃을 생각이 전혀 없었다.

"그럴듯 했어요. 벌벌 떨기까지 하구요."

분노가 치밀어 올랐다. 만약 그가 정말로 아프다고 생각했다면 도망쳐간 그들의 행동은 비열하기 짝이 없는 것이다. 가장 필요로 할 때 내팽개치고 사라져 버린 것이 아닌가! 옆에 있기만 한다면, 허리를 꺾어 놓고 싶은 심정이었다. 마자의 모습을 보려고 했으나 바로 옆에 있는데도 너무 어두워 보이지 않았다. 그는 손을 뻗어 침대 옆의 스위치를 올렸다. 갑자기 실내가 밝아져 눈이 부셔 깜박거리다가 그는 마자를 돌아다보았다.

"넌 왜 그것들과 함께 가지 않았지?"

그의 목소리가 날카로워진 것도 무리는 아니었다.

마자는 대답 대신에 그를 빤히 바라보았다.

"그런 짓을 한 후인데 머물러 있을 필요가 있었을까?"

그의 목소리는 여전히 거칠었다.

"내 일은 내가 알아서 해요."

어느 새 그녀는 옷맵시를 단정하게 차리고 있었다. 머리는 뒤로 곱게 빗어 리본으로 묶었고, 분홍빛 립스틱을 칠한 입술은 담배 불빛에 도발적인 모습으로 반짝였다.

"왜 그래?"

로스가 다시 비비 꼬인 어조로 물었다.

"갑자기 혀가 굳어 버렸나?"

"난 당신과 함께 왔어요."

마자의 목소리는 차분했다.

"갈 때도 같이 가야 한다고 생각했어요."

그의 입가에 비웃는 듯한 웃음기가 떠돌았다.

"그런 일을 당하고도 내가 데려다 주리라고 생각했나? 어이 없는 아가씨로군……."

그녀의 눈동자가 커질대로 커져 흰 자위가 거의 안 보이는 눈으로 로스를 뚫어지게 바라보고만 있었다. 그 눈동자는 무엇인가를 말하고 있었으나 로스는 무엇을 의미하는지 짐작할 도리가 없었다.

"왜 그렇게 생각했지?"

아무런 대답이 없어 멋쩍어진 로스가 다시 묻자, 그녀는 낮은 한숨을 내쉬고는 몸을 일으켰다. 구석에 놓인 의자에서 자그마한 손지갑을 집어든 그녀는 로스 쪽에 눈길도 주지 않고 문을 향해 발걸음을 옮겼다.

그녀의 손이 문의 손잡이를 잡자, 그 때까지 말없이 바라보고 있던 로스가 소리쳤다.

"마자 !"

그녀는 걸음을 멈추고 그를 돌아다보았다. 그런 마자의 행동은 차분하기만 했다.

"어딜 가는 거지?"

그는 자신이 생각해 봐도 바보같은 질문을 하고 있다고 생각했다.

"집에……."

그녀는 아무런 감정도 나타내지 않고 담담하게 대답했다.

"이젠 아무렇지도 않잖아요?"

"차비는 있어?"

"그런 걱정은 말아요."

그때 로스의 손이 잽싸게 그녀의 손지갑을 나꿔챘다.

"돈은 어디 있지?"

그의 목소리는 왠지 싸늘했다.

"너희 둘 다 한푼도 없다고 후렌시가 그랬는데?"

그래도 마자의 표정은 조금도 변하지 않았다.

"걱정 말라고 했을 텐데요."

로스가 지갑을 열고 그 속을 들여다보았다. 낡은 지갑 속에는 빗 하나, 부러진 담배 두 개피, 립스틱, 성냥갑 몇 개가 있을 뿐이었다.

"당신 지갑은 베개 밑에 있을 거예요."

마자는 그가 무엇을 찾고 있는지 잘 안다는 듯한 목소리로 차분하게 말했다.

"내가 그 곳에 넣어놨어요."

본능적으로 로스는 베개 밑에 손을 넣어 지갑을 꺼내들고 펼쳐 보았다. 모든 것이 그대로였다. 그러자 그는 잠시나마 그녀를 의심했던 자신이 부끄러웠다.

"이젠 내 지갑을 돌려주실까요?"

그녀의 어조는 끝끝내 얄미울 정도로 차분했다.

"너무 늦었어요. 이젠 그만 돌아가야 해요."

순간적으로 그녀를 올려다본 그는 지갑에서 십 달러 짜리 지폐를 한 장 꺼내 그녀의 지갑에 집어 넣은 다음 내밀었다.

"택시를 타……."

그러나, 지폐는 다시 침대 위로 떨어졌다.

"사양하겠어요. 당신같은 사람에게는 아무것도 받고 싶지 않아요."

그리고는 침실의 문이 닫혔다.

순간적이었으나 예기치 않은 그녀의 행동에 놀란 나머지 멍한 상태로 앉아 있던 로스가 황급히 일어났다. 그러나 누군가가 자신의 몸에서 수영복을 벗겨 알몸이라는 것을 깨달은 그는 침대 커버로 허겁지겁 몸을 감싸고는 침실에서 뛰쳐나갔다.

"마자! 잠깐 기다려!"

계단을 거의 내려갔던 마자가 로스의 외침 소리에 걸음을 멈추고 돌아다보았다. 잠깐 그를 바라보던 마자는 미소를 짓다가 마침내 웃음을 터뜨렸다.

갑자기 그녀가 큰 소리로 웃어대자 어리벙벙해 있던 로스는 슬그머니 화가 치밀었다.

"뭣 때문에 웃는 거야!"

로스가 소리치는데도 그녀의 웃음은 멈추지 않았다.

"지금 어떤 꼴인지 알아요?"

그녀는 웃음을 삼키며 겨우 말을 이었다.

"꼭 물에 빠진 유령같아요!"

돌아서서 거울을 본 로스 자신도 자기의 모습에 웃기 시작했다. 제멋대로 헝클어진 머리에 창백한 얼굴, 그리고 하얀 시트로 온몸을 감싼 자신의 모습은 그야말로 유령같은 모습이었다.

"잠깐만 기다려 줘, 마자."

그녀를 따라 한동안 웃고 난 로스가 미소를 지으며 말했다.

"옷을 입고 데려다 줄 테니까."

이에 마자는 가볍게 고개를 끄덕였다.

"여기서 내리는게 좋겠어요."

차가 그녀의 집 근처 길모퉁이에 이르자, 핸들을 잡고 있는 로스에게 말했다.

"의붓아버지가 창문에서 내다보고 있을 거예요."

그녀의 말대로 길모퉁이에 차를 세운 로스는 먼저 내려 그녀를 위해 문을 열어주었다. 그리고 그녀가 내릴 때는 손까지 잡아주었다.

보도에 마주 선 그들은 잠시 의미있는 시선으로 상대방을 바라보았다. 마자가 먼저 손을 내밀었다.

"즐거웠어요, 로스. 고마워요."

그녀의 음성은 차분하고 예의 바른 것이었다. 로스는 그녀의 표정에서 비꼬는 듯한 빛을 찾아보려고 했으나 곧 쓸데없는 염려라는 것을 깨닫고는 손을 내밀어 마자의 손을 마주 잡았다.

"다시 만날 수 있을까, 마자?"

"원한다면요."

그녀가 담담하게 대답하자, 로스가 고개를 끄덕였다.

"그러길 원해."

손을 마주잡은 체 그를 바라보던 마자가 다시 입을 열었다. 그녀의 얼굴은 진지했다.

"미안해요. 로스! 정말 아프게 해드릴 생각은 없었어요."

로스가 미소를 지었다.

"괜찮아. 사과는 내가 해야지. 정말 내가 어리석었어."

잠시 후에 그녀가 손을 뺐다.

"가 봐야겠어요. 우리 집 늙은이가 화가 잔뜩 나 있을 거예요."

"전화번호를 알려주지 않겠어?"

로스의 말에 그녀는 난처한 표정을 지었다.

"우리 집엔 전화가 없어요."

"그럼 어떻게 연락을 하지?"

이번엔 로스가 무안한 표정을 지었다. 그는 어느 집에나 전화가 있
는 것으로 생각해 왔던 것이다.

"난 오후 세 시쯤이면, 대게 레니스 제과점에 있어요. 제과점은 당
구장 건너편에서 학교 쪽으로 조금만 올라가면 보여요."

"그럼 내일 세 시에 전화할게……."

"좋아요."

이렇게 말하고 난 마자는 잠시 머뭇거리다가 작별 인사를 했다.

"잘 가요, 로스."

로스도 미소로 답해 주었다.

"안녕, 마자."

그는 멀어져가는 마자의 뒷모습을 바라보았다. 그녀의 걸음걸이는
보기 좋았다. 머리를 똑바로 들고 또박또박 걷는 걸음걸이로 온 땅덩
어리가 자기 것이라는 듯 서슴없는 그 모습엔 자연스런 자부심까지
엿보였다.

그녀의 모습이 계단을 올라 낡은 아파트 건물 안으로 사라진 뒤에야 로스는 차로 돌아왔다. 그녀가 걷던 길을 서서히 달리고 있던 그는 언뜻 당구장의 불이 켜져 있는 것을 보고는 차를 세웠다.

그의 예상은 빗나가지 않았다. 일단의 무리 속에 큐대를 잡고 비스듬히 서 있는 지미의 모습이 보였던 것이다. 가까이 다가가자 그가 친구들에게 떠들어 대는 소리가 들려왔다.

"……침대 위에 너구리처럼 뻗어있더군. 겁이 난 내 계집애가 경찰이 오기 전에 빨리 가자고 안달을 하잖아. 그런데도 그 금발 계집애는 누군가 있어야 한다면서 안 가겠다는 거야. 독종이더군. 하지만 우린 알게 뭐야. 그대로 놔두고 나와 버렸지……."

떠들어대던 지미는 육감에서인지 로스 쪽으로 고개를 돌렸다. 그를 발견하는 순간, 지미는 몹시 당황한 표정 속에서도 멋쩍은 미소를 지어보였다.

"아, 왔구나 로스. 좀 어때? 아깐, 정말 그럴 듯하게 놀았어……."

로스의 표정은 싸늘했으나 눈빛만은 타오르고 있었다.

"더러운 개자식! 왜 도망쳤지?"

"그런게 아냐, 로스!"

순간 지미의 얼굴이 일그러졌다.

"후렌시가 겁이나 간다고 하길래 데려다 줘야 했던 거야. 마자가 있었잖아……."

로스가 당구대를 돌아 지미에게로 다가가자 주위의 무리들이 흩어지며 길을 내주었다.

“만약 내가 정말 아팠다면 어떻게 됐을까, 지미?”

그의 목소리는 날카로우면서도 차분했다.

“정말 도와줄 사람이 필요한데 계집애 하나 뿐이었다면 어떻게 됐을 것 같아！”

이제 로스와 마주 보게 된 지미는 완전히 사색이었다. 그러나, 그는 애걸하는 듯한 미소를 잃지 않고 변명하기에 바빴다.

“하지만, 아무 일도 없었잖아? 만약 무슨 일이 있었더라도 마자가 알아서 했을 거야. 그 애는 그만한 능력이 있는…….”

그는 말을 끝내기도 전에 비틀거리며 뒤로 물러섰다. 로스의 잽싸고 매서운 주먹이 그의 턱을 후려쳤던 것이다. 비틀거리던 지미가 중심을 잡고 들고 있던 큐대로 로스를 힘껏 후려쳤다. 하지만, 그의 반격은 하잘것 없는 자기 방어에 불과했다. 날아오는 큐대를 팔로 막고 뛰어든 로스는 지미의 배와 턱을 사정없이 난타했다.

지미는 뼈없는 동물처럼 맥없이 허물어졌다. 팔꿈치에서 타는 듯한 통증을 느끼며 로스는 쓰러진 지미의 손에서 큐대를 뺏아들고 무서운 기세로 꺾어 들었다. 주위의 누군가 덤벼들지 몰라 무기가 필요했던 것이다. 그러나 로스의 완강한 기세에 눌렸는지 누구 하나 나서려 들지 않았다.

부러진 큐대의 끝은 날카롭게 갈라져 있었다. 그것과 바닥에 쓰러져 신음을 내뱉고 있는 지미를 번갈아 본 로스는 이를 악물었다.

“좋아, 맛을 보여주지！”

그가 다시 큐대를 고쳐잡고 그 끝으로 지미의 얼굴을 짓찧으려는 순간, 누군가 뒤에서 양 팔로 그를 껴안는 사람이 있었다.

"이거 놔! 이것 놓지 못해!"

로스가 몸부림치며 악을 썼으나 껴안은 팔에 점점 힘이 가해질 뿐 쉽게 풀 것 같지 않았다.

"놔! 이런 자식은 죽여 버려야 해!"

"진정해, 로스!"

귀에 익은 목소리가 로스의 귓전을 때렸다.

"더 이상 말썽을 피워선 안 돼!"

굵고 묵직한 그 목소리는 더운 날 차가운 물을 뿌려주는 샤워 물줄기 같았다. 로스는 그 목소리를 듣는 순간 분노의 물결이 사라지고 제정신이 드는 걸 느낄 수 있었다. 마침내 호흡이 정상으로 돌아온 로스가 침착하게 말했다.

"알았어, 마이크."

로스는 돌아보지도 않고 말했다.

"이젠 괜찮으니 놔 줘."

자기를 감싸고 있던 완강한 팔이 풀리자, 로스는 돌아보지도 않은 체 문쪽으로 향했다. 카운터에서 그는 지갑에서 지폐를 꺼내 하얗게 질려 있는 주인 영감에게 던졌다.

"그거면 소란을 피운 댓가는 될거요."

먼저 밖으로 나온 그는 차에 올라 기다리고 있었다.

잠시 후에 발자국 소리가 다가와 그가 앉아 있는 차의 문 앞에 멈춰서자, 로스가 기다렸다는 듯이 입을 열었다.

"집까지 운전해 주겠나, 마이크?"

그는 여전히 쳐다보지도 않고 말했다.

"난 너무 지쳤어."

운전석에 올라 앉은 마이크가 담배에 불을 붙여 로스의 입에 물려 주었다. 한 모금 깊숙히 빨아들인 로스가 등받이에 머리를 얹고 길게 내뿜었다.

"자넨 언제나 날 보호해 주는군."

미식축구를 할 때면 그가 공을 갖고 뛰면 마이크가 언제나 그를 상대편으로부터 방어해 주었던 것이다.

마이크가 미소를 지으며 말썽 많은 친구를 바라보았다.

"내가 제 때에 도착해서 천만다행이었어. 만약 그대로 놔 뒀다간 죽이고 말겠더군. 도대체 왜 그런 거야?"

이 말에 로스가 피식 웃었다. 조금 전에 미쳐 날뛰던 때와는 전혀 딴판이었다.

"여자 때문에 내가 흥분했던 것 같아."

로스가 설명하기 시작했으나 마이크는 고개를 저었다.

"또 여자로군. 아까 그 금발 때문이겠지?"

로스가 친구를 쏘아보았다.

"마이크, 그 애는 다른 애들과는 달라!"

그래도 마이크는 막무가내였다. 그는 담배에 불을 붙여 물면서 대수롭지 않게 받아 넘겼다.

"난 이해할 수 없어. 여자 때문에 말썽을 피운다는 건 어리석은 짓이야."

잠시 마이크를 노려보던 로스는 눈을 감고 다시 등받이에 머리를 얹었다.

'그래, 넌 이해하지 못할 거다.'

차가 움직이기 시작했다.

로스는 눈을 감은 체 옆에서 운전하고 있는 친구에 대해서 생각해 보았다. 그는 매사에 너무나 조심스럽다. 기회가 와도 잡으려 하지도 않는 성품이다. 그가 겁쟁이라서 그런 것일까? 아니다. 그가 아는 한 마이크는 절대로 겁이 많은 인간은 아니다. 그렇다면…….

그것은 그의 성격이고, 그가 선택한 삶의 방식이며, 어쩌면 신념이라고까지 할 수 있을 것이다.

그런 그가 마자같은 여자를 이해하려 들 리가 없다. 더구나 그는 마자를 겪어 보지도 않았지 않은가. 그에게 그녀가 다른 여자애들과는 전혀 다르다는 것을 설명한다는 건 무리였다.

로스는 눈을 감은 체 미소를 지으며 고개를 가로저었다.

위험한 관계 | 그녀가 막 들어서자마자 전화벨이 울렸다.

"내가 받을 게요, 레니스 씨."

마자가 전화기가 있는 곳으로 달려가며 말했다.

"나한테 온 전화일 거예요."

그녀는 전화박스 문을 닫고 수화기를 들었다.

"여보세요?"

"마자?"

어김 없는 로스의 목소리가 가느다랗게 들려왔다.

"네."

"로스야."

"알고 있어요."

"뭘 하고 있었어?"

"아무것도 안 해요. 너무 더워서 꼼짝도 못하겠어요."

"드라이브나 할까? 강변으로 가면 시원할 거야."

"좋아요."

"지금 곧 그쪽으로 데리러 가지."

로스는 서두르고 있었다.

"조금만 기다려 줘."

"하지만……."

마자가 망설이듯 말했다.

"그전에 집에 가서 옷을 바꿔 입어야겠어요. 땀에 젖어 흉해요. 어디 만날 장소를 정해요."

"그럼 83번가의 세차장에서 기다릴게. 오래 걸릴까?"

"한 삼십분이면 될 거예요."

"너무 기다리게 하지 마."

그녀는 상대편에서 전화를 끊는 소리를 듣고 나서야 수화기를 내려 놓고 전화박스에서 나왔다. 기다리고 있던 레니스 영감이 의심스런 눈길로 그녀를 살피고 있었다.

"누구지?"

"친구예요."

마자가 시큰둥하게 대답하고는 문으로 향하자 영감이 부리나케 그녀의 팔을 움켜쥐었다.

"사탕 좀 줄까?"

마자가 고개를 저었다.

"생각 없어요."

그리고는 다시 움직이려 했으나 영감의 손이 놓아주지 않았다.

"돈은 받지 않을게."

마자가 싸늘하게 미소지었다.

"그러니까, 돈을 못 모으죠."

그녀는 잡혀 있는 팔을 슬그머니 뿌리쳤다.

"오늘은 시간이 없어요. 지금 집에서 엄마가 기다리고 계세요."

닭 쫓던 개 꼴이 된 레니스 영감은 문을 향하는 마자의 젊은 몸을 우두커니 바라보고 있다가 끝내 한 마디 덧붙였다.

"마자가 원한다면 뭐든 해 줄 수 있다는 걸 잊지 마."

"고마워요. 기억해 두죠."

문 밖으로 나올 때까지 돌아보지도 않은 체 말없이 그녀는 제과점을 나섰다.

마자가 집으로 돌아왔을 때 어머니 카티가 문을 열고 나왔다.

“일찍 오는구나.”

“네, 엄마.”

어머니가 재혼한 이후 마자는 줄곧 거리감을 두고 대하고 있었다.

“학교에선 별일 없었니?”

어느 새 자신보다도 더 키가 자란 딸을 보면서 일종의 불안감을 느끼며 카티가 물었다. 왠지 딸 마자는 그녀를 항상 불안하게 만들었기 때문이다.

마자가 의아스런 표정으로 어머니를 바라보며 대답했다.

“그럼요. 왜요? 무슨 일이라도 있어야 하나요?”

딸의 당돌한 태도에 카티는 당황해 하지 않을 수 없었다.

“아니……. 그저 묻는 거란다.”

자신의 태도가 약간 지나쳤다고 생각했는지 마자가 목소리를 부드럽게 하며 물었다.

“어디 가시는 길이예요?”

“시장에…….”

카티는 짧게 대답했으나 거짓말이었다. 얼마 전부터인가 몸에 이상을 느끼고 있던 그녀는 벼르던 끝에 병원엘 가는 길이었다. 그녀는 자기 몸의 이상이 무엇 때문인지 잘 알고 있었다. 임신한 것이다. 마자와 지금의 갓난아기인 피터를 제왕절개 수술로 분만한 그녀로서는 아이를 또 낳는다는 것은 생각할 수도 없는 일이었고, 나팔관에 이상이 있어 중절수술도 위험하다는 사실을 잘 알고 있는 그녀는 불안한 나날을 보내고 있었다.

피터의 술이 원인이었다. 언제나 취해 있는 그는 아내의 몸 따위는 생각도 해주지 않는 마구잡이 인물이었다.

그렇다고 그런 사실을 아직도 어리다고 여기고 있는 딸에게 털어놓을 수도 없는 일이라, 그녀는 거짓말을 했던 것이다.

"오늘 오후에 뭘 할 거냐?"

카티는 거북스러움을 감추기 위해 화제를 돌렸다.

"친구 집에서 공부하기로 했어요."

마자도 천연덕스럽게 꾸며댔다.

"옷을 갈아입으려고 집에 들른 거예요. 땀으로 온통 젖었거든요."

"집에 들어가면 조용히 해, 아기가 자고 있으니까."

"알았어요."

아파트에 들어선 마자는 귀를 기울여 보았다. 아무 소리도 들리지 않았다. 뒷꿈치를 들고 발소리를 죽여가며 어머니의 방을 들여다보니, 열어놓은 창가 의자에 앉은 체 잠들어 있는 의붓아버지 피터의 모습이 보였다. 무릎 위에 신문을 펼쳐 놓고 고개를 약간 옆으로 떨구고 코를 골고 있는 것으로 보아 틀림없이 술에 취해 곯아떨어졌음이 분명했다. 마자는 안심하며 자기 방으로 향했다.

어린 피터도 유아용 침대에서 잠들어 있었다. 조심스럽게 옷장문을 열고 속옷과 블라우스, 스커트를 꺼내 침대 위에 펼쳐놓은 그녀는 재빨리 입고 있던 옷을 벗고 속옷 차림으로 부엌으로 향했다. 목욕탕이 따로 없는 이 아파트에선 부엌에서 씻는 수밖에 없어 식구들의 눈치를 살펴야 했다.

세면대에 물을 받은 그녀는 브래지어를 풀어 의자에 걸쳐놓고 서둘러 씻기 시작했다. 소리를 죽여가며 씻는 일이란 쉬운 동작이 아니었다. 그래도 이런 목욕에 익숙해진 마자는 온몸을 비누로 깨끗이 씻고 수건으로 물기를 훔쳐낸 다음 의자를 매만졌으나 잡히는 게 없었다. 혹시 떨어졌나 싶어 바닥을 살펴보았으나 아무것도 보이지 않았다. 불현듯 어떤 예감에 고개를 번쩍 쳐든순간, 그녀는 기겁하지 않을 수 없었다. 의붓아버지 피터가 브래지어를 손에 든 체 그녀를 똑바로 바라보며 빙글거리면서 서 있는 것이 아닌가.

"떨어져 있더구나."

그는 뻔뻔스러운 얼굴로 들고 있던 수건을 내밀었다.

"그래서 주워 주려고 온 거야."

놀라움과 수치심으로 커진 그녀의 눈동자에 분노가 차오르고 있었다. 그녀는 팔을 뻗어 수건을 나꿔챘다.

"눈물나게 고맙군요. 수건 떨어지는 소리에 깬 모양이죠?"

그녀의 목소리는 상대방의 심장을 긁어내듯 날카로웠으나 피터는 이를 무시하고 여전히 빙글거리며 그녀의 몸매를 핥듯이 훑어보았다.

"네 어머니 카티도 젊었을 땐 너처럼 늘씬한 체격이었어."

"그걸 아저씨가 어떻게 알죠?"

마자는 어머니가 아무리 타일러도 그를 아저씨 아니면 피터라고 이름을 불렀다.

"그 때의 어머니는 아저씨 같은 사람이 이 세상에 있는지조차도 모르셨을 텐테요."

이렇게 내쏘며 마자가 그를 피해 지나치려 했으나 피터가 그대로 놔줄 리가 없었다. 그는 마자의 앞을 막아서며 팔을 잡아끌었다.

"마자, 넌 도대체 왜 그렇게 날 싫어하는 거지?"

그녀는 팔을 뿌리치며 그를 올려다보았다.

"싫어하는 게 아녜요. 당신이 이 집 안에 있다는 것 자체가 견딜 수 없이 비참한 일이에요!"

그러나, 피터는 마자의 말을 잘못 알아들은 것 같았다.

"그럼 내가 일자리를 구해서 매일 나가게 되면……."

이제 그의 음성은 애원에 가까웠다.

"……우린 예전처럼 친구가 될 수 있겠니?"

그녀는 어느 새 문 앞에 서 있었다.

"그럴지도 모르죠."

그리고는 그의 시야에서 사라져 버렸다. 그녀가 나간 뒤 닫힌 문을 바라보면서 피터는 이를 악물었다.

'건방진 계집애! 언젠가는 남자가 어떤 존재라는 걸 꼭 알려주고 말겠다.'

잠시 그 자리에 서서 씨근거리고 있던 그는 냉장고에서 술병을 꺼내 병째 들이켰다.

풀밭에 무릎을 꿇고 앉아 마자는 말없이 허드슨강의 물결에 시선을 보내고 있었다. 강을 스치며 건너온 산들바람에 그녀의 금발이 보기 좋게 나부꼈다.

"이번 여름 방학엔 일을 해야겠어요."

그녀가 불쑥 내뱉는 말에 누워 있던 로스가 일어나 앉으며 그녀를
바라보았다.

"왜 갑자기 그런 생각을 했지?"

"갑자기가 아네요. 우린 돈이 필요해요."

그녀는 여전히 강물에 시선을 던진 체 혼잣말처럼 말했다.

"남편이라는 작자는 술만 퍼 마실뿐 일은 할 생각도 안 하고…….
밤에 청소부로 일하는 어머니의 수입만으로는 살아가기가 벅차요."

"무슨 일을 할 수 있지?"

로스가 진지한 표정으로 물었다.

"어떤 일자리를 원하는데?"

"모르겠어요."

그것은 사실이었다.

"얼마 전까지만 해도 생각해 본 적이 없었거든요. 아마 상점의 점
원이라면 할 수 있겠죠. 주급 십오 달러 정도는 받지 않을까?"

로스가 어이가 없다는 듯 미소를 지으며 고개를 저었다.

"어림없어. 마자, 주당 팔 달러가 고작이야."

"웃지 말아요, 로스. 팔 달러면 어때요."

그녀가 대들듯 말했다.

"한푼도 못 버는 것보다는 훨씬 나은 일이 아닌가요!"

그녀의 신경질적인 반응에 로스는 의아스런 표정을 지었다. 그의
여동생도 여름방학에 돈을 벌겠다고 큰 소리쳤지만, 단 한 번도 일을
한 적이 없어 마자의 말도 대수롭지 않게 듣고 있었던 것이다.

“정말 일을 할 생각이야?”

마자는 말없이 고개만 끄덕였다.

로스는 풀잎을 하나 따 입에 넣고 자근거렸다. 마자를 보고 있으면 친구 마이크가 생각 날 때가 있었다. 그들 두 사람은 한 가지 돈에 대해 진지하고 민감하다는 공통점을 지니고 있었다.

문득 로스의 머리에 한 가지 생각이 떠올랐다.

“춤 출 줄은 알겠지?”

갑작스럽고 엉뚱한 질문에 그녀는 어이가 없었으나 나쁠 것 같지는 않아 미소를 지으며 대답했다.

“물론.”

“농담을 하는 게 아냐, 솜씨가 좋아야 해.”

그 때서야 그녀는 정색을 하며 고개를 끄덕였다.

“사람들이 잘 춘다고 그러더군요.”

벌떡 일어서며 바지를 털고 난 로스가 손을 내밀었다. 마자는 영문을 모른 체 그의 손을 잡고 일어났다.

“그럼, 가 보자구.”

그가 의미있는 미소를 지었다.

“좋은 일거리가 있을지도 몰라.”

그들이 들어서자 좁다란 통로에는 밴드의 댄스 음악이 강렬하게 흘렀다.

입구와 마주 보이는 벽면에 어서 오라는 듯이 환하게 웃고 있는 젊은 여인들의 사진이 수십 장 줄지어 걸려 있었고, 그 밑에는 붉은색

페인트로 커다랗게 쓴 다음과 같은 문구가 눈에 들어왔다.

'저와 춤을 추실까요? 10센트면 충분해요.'

그를 따라 층계를 올라가자 음악 소리가 더 크게 들려왔다. 층계를 다 올라서자, 또다른 입구 그 옆에 매표소가 있었다.

"두 장!"

로스가 매표구에 1달러 짜리 지폐를 밀어넣었다. 입장권을 받아든 그는 그것을 수위에게 내밀고는 마자를 안으로 안내하며 들어갔다. 거침 없는 행동이나 수위의 표정으로 미루어 보아 그에겐 이곳이 낯선 장소가 아니라는 것을 짐작할 수 있었다.

홀 안은 그다지 넓지는 않았지만, 자욱한 담배 연기로 인하여 불빛은 얼굴이나 겨우 알아볼 정도로 희미했다. 홀 맨 앞 무대에서는 밴드가 이제 막 한 곡을 끝낸 듯 플로워에서 춤추던 몇 쌍의 남녀가 테이블로 돌아가는 모습이 보였다.

테이블로 가는 통로에 줄지어 앉아있던 화려한 옷차림의 여자들이 로스의 모습을 보고는 미소를 지으려다 그가 혼자가 아니라는 것을 알고는 고개를 돌렸다.

로스의 안내로 테이블에 앉자 웨이터가 다가왔다.

"맥주."

웨이터를 보지도 않은 체 주문을 한 로스는 마자에게 눈으로 물었다.

"콜라."

웨이터가 물러가자 무대 위의 밴드가 다시 연주를 시작했다.

"준비됐어?"

로스가 물었다.

"준비는 언제나 돼 있어요."

마자의 입가에는 알 수 없는 미소가 떠돌았다.

그들이 테이블로 되돌아왔을 때 로스의 얼굴은 상기되어 있었다. 그녀의 춤 솜씨는 타고 난 천부적 재능이라고 여겨질 정도였다. 상대 방의 일부분처럼 느껴질 정도로 호흡을 잘 맞추었고 다른 여자애들처럼 찰싹 달라 붙지도 않으면서 전혀 거리감을 느끼지 않게 분위기를 이끌었다.

그가 맥주잔을 집어들자 마자가 의미있게 웃으며 물었다.

"어때요?"

로스는 우선 목부터 축여야겠다는 듯 맥주를 들이키고 나서 내뱉듯 말했다.

"춤이 뭔지 아는 것같더군. 어디서 배웠지?"

"렛슨같은 건 받아본 적도 없어요."

두 사람 사이에 잠시 침묵이 흘렀다. 마자는 그가 입을 열 때까지 기다렸다.

"여기서 일하는 여자들은 주당 이십 달러에서 오십 달러 정도는 벌어."

"춤만 추어서 말인가요?"

마자의 입가에는 아직도 미소가 머물러 있었다.

로스가 잠시 망설이다가 대답했다.

"대개 그런 셈이지."

"그러니까, 춤만으로 이십 달러 정도는 충분히 번다는 말이죠?"

마자가 넘겨짚듯 말했다. 로스는 놀란 듯 그녀를 빤히 보다가 왠지 자신이 없다는 표정을 지으며 고개만 끄덕였다.

잔을 들어 콜라를 몇 모금 마시고 난 마자가 다시 웃음 띤 얼굴로 물었다.

"당신은 여기 춤만 추러 오나요?"

그는 입을 굳게 다문 체 그녀를 노려보다가 고개를 끄덕였다.

"돈이 많이 들겠군요."

로스가 갑자기 짜증스러워진 듯 지폐 한 장을 테이블 위에 휴지처럼 던져 놓고 벌떡 일어섰다.

"가지!"

그녀도 말없이 따라 일어섰을 때 등 뒤에서 굵직한 남자 목소리가 들려왔다.

"어이 로스, 오랜만이군. 그 동안 어딜 갔었길래 통 얼굴을 보이지 않았나?"

깜짝 놀란 마자가 뒤돌아보니 키가 훌쩍 크고 회색빛이 섞인 검은 머리에 그늘진 날카로운 눈매의 사내가 그녀 뒤에 다가와 있었다. 그는 묘한 미소를 지었다.

그녀와 시선이 마주치자, 그가 로스의 대답을 기다리지 않고 다시 입을 열었다.

"아, 설명이 필요없겠군."

그는 마자를 바라보며 의미있는 웃음을 터뜨렸다.

"우리 가게 아이들 정도로는 자네를 만족시킬 수 없을 테니까."

그 말에 마자도 미소를 지으며 로스를 바라보았다. 그 역시도 웃음을 짓고 있었으나 눈빛은 차가웠다.

"오랜만이군요, 죠커."

그리고는 잠깐 망설이다가 소개를 했다.

"죠커 마틴 씨! 이 아가씬 마자 프루드요."

마자에게 고개를 끄덕인 죠커가 제의했다.

"자, 바로 갈까. 내가 한 잔 사지."

로스가 고개를 저었다.

"고맙지만 안 되겠어요. 우린 지금 가야 해요."

그러나 그의 팔은 이미 죠커에게 잡혀 있었다.

"아가씨, 이 친구 넉 달만에 나타났거든요."

죠커가 마자에게 빙글거리며 말했다.

"그리고는 날 보자마자 바쁘다며 꽁무닐 빼려는 겁니다. 가볍게 한 잔 할 시간은 있다고 말해 주지 않겠소?"

이 죠커라는 사내가 자기를 로스의 여자라고 단정짓고 있다는 생각에 마자는 미소를 지었다.

'남자란 어느 때 보면 무척이나 단순한 존재야.'

로스의 목소리가 그녀의 생각을 가로막았다.

"좋아요, 죠커. 그럼 간단하게 하는 겁니다."

로스 앞에는 맥주가 놓였고, 마자는 콜라를 마시기로 했다. 죠커가 빙글거리며 그녀에게 말을 건넸다.

"로스는 우리 가게에서 손꼽히는 단골이었죠. 그런데 요새 몇 달 동안 얼굴을 통 구경할 수 없었거든요. 하지만 아가씨를 보니까, 나무랄 수 없구려."

"죠커는 이 가게 주인이셔……."

로스가 짓궂은 미소를 흘리며 그녀에게 설명했다.

"한 마디로 돈밖에 모르는 양반이지."

마자의 시선이 회색빛 검은 머리의 사내에게로 향했다.

"그렇지 않은 사람이 이상한게 아닐까요?"

죠커 마틴이 껄껄거리고 웃으며, 마자의 어깨를 쳤다.

"똑똑한 아가씨군. 우리 모두가 이 행운아처럼 부자일 수 없는 노릇이니까."

그리고는 웃음 띤 입술과는 달리 차분한 시선으로 그녀를 바라보고 있었다. 마자는 이때 처음으로 그의 눈을 분명하게 볼 수 있었다. 날카롭고 예민한 눈매였다. 그가 불쑥 물었다.

"일자릴 찾고 있소, 아가씨?"

그녀가 대답하기 전에 로스가 말을 가로막았다.

"천만에……."

그의 목소리는 의외로 날카로웠다.

"아직 학생이오."

로스의 단호한 말에 그녀는 잠자코 있는 게 좋을 것 같다는 생각이 들어 콜라만 마시고 있었다.

"이봐, 로스. 내 사무실 뒤에 멋진 장소를 만들어 놨지. 가까운 시일 내에 들러 재미를 보는게 어때? 이 아가씨라면 함께 와도 좋아. 여자가 곁에 있으면 행운이 따를 수도 있으니까."

비밀 도박장을 차린 모양이었다. 여느 때 같으면 관심을 보일 로스가 아무 대꾸도 없이 맥주만 마셨다.

그들이 잔을 비우고 일어서자, 죠커는 문까지 그들을 배웅했다. 좁은 통로에 그의 목소리가 울렸다.

"잊지 말고 오라구. 로스, 서먹서먹하게 굴지 말고……."

두 사람이 층계를 내려올 때, 다시 음악이 시작되었고 그 소리는 그들이 거리에 나서자 자동차 소리에 묻혀 버렸다.

"어디로 갈까?"

차가 큰 길로 나오자 핸들을 잡고 있던 로스가 그녀를 보지도 않은 체 물었다.

"모르겠어요. 핸들을 쥐고 있는 건 당신이에요."

로스가 눈으로 흘깃보니 마자는 앞을 똑바로 바라보고 있었다. 그는 마자가 지금 무슨 생각을 하고 있는지 몹시 궁금했다.

"우리 집에 가서 뭘 좀 먹는게 어떨까?"

로스가 잠시 사이를 두었다가 나직한 음성으로 말했다.

"식구들이 싫어 하지 않을까요?"

로스가 고개를 저었다.

"모두 주말여행을 떠났어."

“좋아요. 가요.”

사실 그녀는 배가 몹시 고팠다.

“안녕하십니까, 드레고 씨?”

“안녕하세요.”

수위는 물론 엘리베이터 안내양에 이르기까지 만나는 사람들마다 깍듯하게 대해 주었다. 집 안으로 들어선 로스가 전등 스위치를 올리려 할 때 마자가 그를 제지했다. 로스가 어스름 속에서 그녀의 표정을 살폈다.

“왜 화를 내고 있죠?”

마자가 물었다.

“내가 뭐 잘못한 일이라도 있나요?”

그는 말없이 고개를 저었다. 그는 그녀를 죠커의 댄스 홀에 데리고 간 자신에 대해 화를 내고 있다는 말을 할 수 없었던 것이다. 그 댄스 홀 입구에 줄지어 앉아있던 쓰레기들 사이에 그녀가 끼게 해서는 안 된다는 것이 사명처럼 느껴졌다. 그들은 일주일 내에 그녀를 매춘부로 만들 것이다. 그녀가 아무리 돈이 필요하다고 하더라도 그런 일은 생각조차도 할 수 없는 일이었다.

그녀의 입술이 그의 볼에 닿을 정도로 바짝 다가와서 속삭였다.

“화 내지 말아요, 로스. 만난 지 몇 시간이 됐는데도 키스조차도 하지 않았군요.”

전기 스위치에서 손을 뗀 로스가 그녀를 와락 끌어안았다.

그녀가 샌드위치를 만들고 커피를 끓였다. 두 사람은 조그마한 램프가 밝히고 있는 아늑한 거실에서 라디오 음악을 들으며 푹신한 소파에서 음식을 먹었다.

"사실은 배가 지독하게 고팠었어요."

음식을 다 먹고 난 마자가 소파에 비스듬히 몸을 기대며 가벼운 한숨을 내 쉬었다. 로스는 담배를 피워 물었다.

"나도 주세요."

담배를 받아 문 그녀는 한 모금 빨고 길게 내뿜으며 말했다.

"당신은 자신이 얼마나 행복한 지 짐작도 못할 거예요."

로스가 놀란 듯 그녀를 바라보았다.

"무슨 이유에서 그런 소리를 하는 거지?"

마자가 감았던 눈을 뜨고는 그를 똑바로 바라보며 말했다.

"내가 사는 곳을 한 번만이라도 와 봤다면, 내 말을 이해할 수 있을 거예요. 거리나 이웃집에서 들려오는 시끄러운 소리도, 냄새도 없는 이곳은 너무 별천지 같아요."

로스는 아무 말도 하지 않았다. 대답할 말을 찾을 수가 없었던 것이다. 그는 샌드위치 접시와 찻잔을 거두어 들고 부엌으로 향했다.

그가 다시 돌아왔을 때 마자는 소파 등받이에 머리를 얹고 눈을 감고 있었다.

"마자……?"

조용히 불러보았으나 보기 좋게 솟아오른 가슴이 규칙적으로 천천히 오르내리고 있을 뿐 대답이 없었다.

"아, 깜박 잠들었나 봐요."

그가 곁에 앉는 기척에 눈을 뜬 마자가 미소를 지었다.

"그래, 곤하게 자더군."

"몇 시쯤 됐죠?"

"열 시가 거의 다 됐을 거야."

그녀가 놀라며 몸을 일으켰다.

"가봐야 겠어요."

당황한 로스가 그녀의 어깨를 움켜쥐었다.

"마자, 내가 너에게 미쳐 있다는 걸 알고 있지?"

그와 시선이 마주친 마자가 천천히 고개를 끄덕였다.

"내 감정을 받아주겠어?"

그의 얼굴은 창백했고, 거의 애원하는 듯한 어조였다.

"당신은 내가 알고 있는 사람들 중에서 가장 멋진 남자예요."

그녀가 미소를 떠올리며 애써 말하는 빛이 엿보였다.

"물론 나도 당신을 좋아해요."

"그런 뜻이 아냐!"

로스의 입에서 비명같은 외침소리가 터졌다. 그는 그녀를 와락 껴
안으며 입술을 덮친 다음 숨가쁘게 말했다.

"난, 널 원하고 있어. 너의 모든 것을…… 넌 그걸 느끼고 있을 거
야. 그리고, 너도 나와 같은 감정일 거야. 속이려고 들지 마!"

그에게 안긴 체 그녀는 잠시 동안 인형처럼 그를 올려다보고만 있

다가 마침내 입을 열었다. 그녀의 목소리는 의외로 가라앉아 있었다.

"만약 당신이 말한 대로 내 감정이 그렇다고 하더라도 내가 할 수 있는 일은 아무것도 없어요. 난 여자예요. 감정대로 모든 것을 허락해 버리면 여자는 그 때부터 고통과 해결할 수 없는 문제에 휘말리게 되고 말아요. 난 그렇게 되고 싶지 않아요."

"그런 거라면 적당한 방법이……."

"그런 뜻이 아니예요!"

그녀가 싸늘하게 그의 말을 막았다.

"당신을 위해 어떤 짓이든 할 수 있을지 몰라도, 그것만은 절대로 안 돼요."

뜨거워진 몸에 찬 물을 끼얹는 듯한 말에 그녀를 안고 있던 로스의 팔이 기운을 잃었다.

가지고 싶은 여자 | 오르내리는 사람들이 별로 없어 한가

한 오후였다. 마이크는 로스의 소개로 일요일 오후면 아파트 엘리베이터 보이로 일하고 있었다. 들고 온 가방에서 수학책을 꺼내든 마이크는 엘리베이터 문을 잠그고 그 앞에 놓여 있는 벤치에 앉아 책을 펼쳤다.

생각했던 것보다는 피곤하지 않았다. 교회에서 돌아온 이후 그는 어머니가 깨울 때까지 줄곧 낮잠에 골아 떨어졌던 것이다. 주위는 쓸쓸할 정도로 조용해 책을 보기에는 안성맞춤이었다.

그때 현관 로비를 가로질러 다가오는 발자국 소리가 들려왔으나 그는 책에서 눈을 떼지 않았다. 골치 아픈 문제가 거의 풀려가고 있었기 때문이다. 그의 옆을 스쳐 지나간 발자국 소리는 엘리베이터 안에서 멈췄다.

"또 만났군요, 마이크."

엘리베이터 안에서 갑자기 들려온 여자의 부드러운 목소리에 마이크는 놀라며 돌아보았다.

그녀가 미소를 지으며 그곳에 서 있었다. 그녀의 금발이 넘어가는 햇살에 반사되어 거의 하얗게 보일 정도로 빛났다.

"언제 올라갈 수 있을까요?"

그는 문득 깨닫는 게 있어 부리나케 일어섰다. 엘리베이터 문을 닫고 나서야 그는 마자를 돌아보며 물었다.

"내 이름을 어떻게 알았죠?"

그러나 그녀는 그를 똑바로 바라보며 미소만 짓고 있을 뿐 대답은 하지 않았다. 그녀의 도전적인 시선을 감당할 수 없어 고개를 돌린 마이크는 자기의 얼굴이 상기되어 있음을 느낄 수가 있었다.

"몇 층에 가십니까?"

그는 엘리베이터를 작동시키며 겨우 물었다.

"12층에 가요."

그 말을 듣고서야 마이크는 짐작이 가는 듯 고개를 끄덕이며 그녀를 다시 돌아보았다.

"로스의 여자군요."

그것은 묻는 것이 아니라, 거의 단정 짓는 말투였다.

그래도 그녀의 표정은 조금도 변하지 않았고 여전히 입을 다물고 있었다. 오히려 답답한 것은 마이크 쪽이었다. 그는 올라가던 엘리베이터를 세우고 다시 물었다.

"당신, 로스의 여자요?"

"속단하지 말아요!"

표정없는 그녀에게서 뜻밖의 날카로운 목소리가 튀어나왔다.

"분명히 알고 이야기하세요. 로스는 당신을 퍽 칭찬하던데 형편 없는 사람이군요. 한 여자를 보고 다른 여자까지 모두 그렇다고 판단하는 건 무례해요!"

마이크는 자신의 얼굴이 다시 화끈 달아오르는 것을 느꼈다. 그는 바닥을 내려다보며 중얼대듯 말했다.

"미안하게 됐군요."

마자는 똑바로 앞만을 바라볼 뿐 대답하지 않았다.

"미안하다고 말했소."

"들었어요."

여전히 그녀의 태도는 냉랭했다. 마이크는 울컥 화가 치밀어 오르는 것을 억누르며 말했다.

"그럼 뭔가 말이 있어야 할게 아니오!"

"재미있군요."

마자가 입가에 놀리는 야릇한 미소를 띠었다.

"당신이 미안하다고 하면 박수라도 쳐야 하나요?"

마이크는 벽에 등을 기대고 서서 그녀를 노려보았다. 이런 계집애들을 다루는 법이 있지. 그는 눈살을 꼿꼿이 하여 머리끝에서 발끝까지 찬찬히, 그리고 샅샅이 훑어내려갔다. 계집애들이란 이렇게 하면 대개의 경우 어쩔 줄 몰라 한다는 걸 알고 있었기 때문이다.

그러나, 다시 그녀의 얼굴로 시선을 옮긴 순간, 그는 자신의 의도가 빗나갔다는 것을 깨달았다. 그녀의 표정은 얄미울 정도로 담담하기만 했던 것이다.

"로스의 말이 맞군."

마이크는 입맛이 씁쓸한 지 내뱉듯 말했다.

"아가씨는 어딘가 다른 데가 있는 것 같은데……."

"문이나 여세요. 12층이에요."

어느덧 12층에 이르러 있었다. 마이크가 퍼뜩 놀라 허겁지겁 문을 열자, 그녀는 그를 보지도 않고 곧장 나갔다.

"고마워요, 마이크."

그녀가 복도를 걸어 로스의 아파트로 발걸음을 옮기는 동안, 그는 한 대 맞은 기분으로 멍하니 그녀의 뒷모습을 쫓고 있을 뿐이었다. 그녀의 걸음걸이는 거만할 정도로 자신있게 일직선을 유지하며 걸어갔다. 그녀가 초인종을 누르자 즉시 문이 열렸고, 이어 로스의 목소리가 들려왔다.

"어서 와, 기다리고 있었어. 마자!"

그녀가 들어가고 문이 닫혀 버린 후에도 그는 한동안 그곳을 바라보고 서 있어야만 했다.

다시 로비로 내려와 책을 펴들고 앉았으나 아무것도 보이지 않았다. 방금 눈 앞에서 사라져간 마자의 모습이 그의 망막을 어지럽혔던 것이다.

책장을 세차게 덮어도 그 모습은 사라지지 않았다. 몸을 가볍게 흔들며 자신있게 걷던 모습, 로스의 기름진 목소리, 아마 그는 빙글거리고 있었으리라……. 마이크는 벌떡 일어나 엘리베이터 안으로 들어섰다. 그러나 12층에 채 이르기 전에 그는 자신이 처음으로 여자 때문에 강렬한 질투를 느끼고 있다는 사실을 깨달았다. 물론, 그는 로스의 아파트에는 가지 않았다.

다행히 그녀는 혼자 엘리베이터 안으로 들어섰다.

"마자! 조금 전에는 미안했소."

마이크는 문을 닫기가 바쁘게 그녀에게 말했다. 마자는 의외라는 듯이 그를 바라보았다.

"진정이요. 아가씨에게 일부러 거칠게 대할 생각은 없었소."

그의 진지한 태도에 마자의 표정도 풀려갔다. 그 때서야 그는 그녀의 눈이 한없이 깊고 짙은 갈색이라는 것을 알았다.

"난 로스처럼 속 편한 처지가 못되오. 땀을 흘리고 기를 써도 힘들었어요. 그래서 그의 주위에서 할 일없이 맴도는 것들에게 신경질이 나 있었던 것이오."

순간 그녀의 입가에 웃음기가 번졌다. 그러나 그것은 조금 전처럼 상대를 조롱하는 듯한 분위기는 아니었다.

"그런 점은 저도 마찬가지예요. 그러고 보니 우린 공통점이 있군요.

앞으로 우리 사이좋게 지내요, 마이크."

마이크가 손을 내밀었다.

"약속합시다."

마자가 그 손을 잡았다.

"좋아요, 약속해요."

마이크의 손 안에서 그녀의 손이 조그맣게 보였다. 그가 그녀의 작은 손을 내려다보며 확인이라도 하듯 물었다.

"정말 로스의 여자가 아니오?"

"로스는 내게 잘해 줘요."

그녀는 여전히 미소를 지으며 차분하게 말했다.

"진정한 의미에서 잘해 주고 있어요. 다른 사내들과는 다른 면에서죠. 내 말뜻 알아듣겠죠?"

마이크가 고개를 끄덕였다.

"로스는 좋은 친구죠. 능력도 있고……. 하지만, 언젠가는 나도 아가씨에게 잘해 줄 날이 있을 겁니다."

그녀도 그를 똑바로 바라보며 말없이 고개를 끄덕였다. 웃음기가 걷힌 진지한 표정이었다. 그의 손을 잡고 차분하면서도 열의 있는 말을 듣고 있는 동안, 그녀는 자기의 가슴 깊은 곳이 따뜻하게 젖어드는 것을 느낄 수 있었다. 전에는 느껴 보지 못한 감정이었다. 그녀는 많은 남자들을 알고 있었고, 그들에 대한 분명한 감정을 지니고 있었으나 이런 경우는 처음이었다. 그들에게서는 전혀 느껴보지 못한 감정을 그녀는 지금 마이크에게서 절감하고 있는 것이다.

무엇이 자신을 그렇게 만들었을까? 마자는 그의 얼굴을 바라보며 그것이 무엇이든 간에, 이런 감정이 자신이 그리던 소망이며, 이와 같은 인물이 자기에게 특별한 존재가 될 것이라는 막연한 기대감에 젖어들었다. 그러나 그녀는 그런 감정을 내보이기가 싫은 듯 고개를 돌렸다.

"이 엘리베이터는 고장인가요?"

"마자!"

그녀의 돌변한 태도에 마이크가 당황한 목소리로 말했다.

"미안하지만, 빨리 보내주고 싶지 않아서 그래요."

더 우물거리는 것은 어리석은 짓이라는 생각에 마이크는 말없이 엘리베이터를 작동시켰다. 로비에 다다를 때까지 두 사람은 입을 다물고 있었다.

"다시 만날 수 있을까요?"

엘리베이터의 문을 열며 마이크가 나직하게 물었다. 그 말에 다시 그에게로 시선을 돌린 마자는 잠시 그의 얼굴을 똑바로 바라보며 고개를 끄덕였다.

"원하신다면……."

그리고는 서슴없이 예의 자신있는 걸음걸이로 멀어져 갔다.

집으로 향하는 계단을 올라가며 마자는 마이크와의 일을 생각하고 있었다. 아무리 생각해도 자신이 납득이 가지 않았다. 이제껏 사내 녀석들이라면 하나같이 자기를 노리갯감 정도로 취급하지 않았던가. 그러한 그들을 손아귀에 넣고 마음대로 주무르는 일은 그녀가 즐기는 가장 큰 즐거움이 아닌가.

그러나, 마이크는 그녀가 알고 있는 다른 남자애들과는 다른 것처럼 느껴졌다. 왜 그랬을까? 그 점을 아무리 생각해 봐도 윤곽이 잡히지 않아서 끝내 그녀를 안타깝게 만들었다.

집에 들어서던 마자는 상을 찌푸리며 문이 닫혀 있는 화장실 쪽을 바라보았다. 누군가가 토하는 듯한 소리가 들려왔던 것이다. 누굴까? 이런 일이야말로 그녀가 가장 못견뎌 하는 일이었다.

화장실 문이 열리면서 급히 나오던 의붓아버지 피터가 그녀를 발견하고 소리쳤다.

"뭘 하고 있어! 빨리 물 떠와. 엄마가 토하고 있잖아!"

물을 가지고 화장실로 달려가보니 어머니는 피터의 부축을 받으며 겨우 벽에 기대어 서 있었다. 마자에게서 받아든 물을 피터가 입에 대주자 어머니는 양치질을 하고 난 다음 나머지 물을 허겁스럽게 들이켰다.

"어떻게 된 거예요, 엄마?"

카티가 기운없이 고개를 저으며 기어들어가는 소리로 말했다.

"아무것도 아냐. 구역질이 좀 나서……. 먹은 게 없었나 보구나."

마자는 어머니의 말을 그대로 믿기가 어려웠다. 좀체로 체하는 일이란 없었으며, 그렇다고 토하거나 하는 일은 단 한 번도 없었다. 이런 일이 있었다면, 몇 년 전 어머니가 피터를 임신했을 때 뿐이었다. '그렇다면……!' 갑자기 불안이 그녀를 엄습했다. 만약 엄마가 또 임신을 했다면……. 의사가 절대로 안 된다고 몇 번씩 다짐하던 일을 마자는 기억하고 있었다.

"엄마, 정말 괜찮아요?"

카티가 고개를 끄덕이고 무슨 말인가를 하려 했으나 피터가 가로막고 나섰다.

"물론 괜찮고 말고……."

그는 기분이 좋은 듯 빙글거리기까지 했다.

"임신하면 당연히 이러는 거니까……."

마자가 어이없어 하는 표정으로 어머니를 바라보았다.

"사실이에요, 엄마?"

카티가 시선을 돌리며 말이 없자, 마자의 눈길이 사나워졌다.

"안 돼요! 의사가 위험하다고 한 말을 벌써 잊으셨어요?"

딸의 사나운 기세에 카티는 억지로 미소를 지어 모면하려 했다.

"의사들이란 항상 그렇게 말하는 거란다. 너무 걱정할 것 없어."

피터가 다시 끼어들었다.

"이번에도 틀림없이 사내 녀석일 거야."

다른 사람들은 어쨌거나 그는 여전히 빙글거렸다.

"다 아는 수가 있지."

그를 바라보는 마자의 시선은 싸늘했다.

"아저씨가 뭐 모르는게 있나요?"

마자의 비비틀린 말에도 그는 조금도 개의치 않는 표정이었다.

"그렇지, 알 만한 건 다 알지."

“그러시다면 엄마가 일을 못하게 됐을 때 먹고 살 일이나 궁리하세요!”

날카로운 어조에 정신이 번뜩 든 듯 피터가 마자를 노려보았다.

“그 좋아하는 술은 어떻게 마실 거죠? 설마 나보고 사 오라고는 할 수 없을 테니까, 잘 생각해서 하세요.”

“마자!”

카티가 놀라 소리쳤으나 이미 마자의 발걸음은 밖으로 향했다. 딸의 뒷모습을 바라보던 카티는 가슴이 저려오는 아픔을 느끼며 걸음을 옮겼다. 아무래도 쓰러질 것만 같아 누워야겠다는 생각이 들었다.

‘모든 것이 다 내 잘못이다. 피터와 재혼을 한 것도, 위험한 줄 알면서도 아이를 가진 것도……. 마자를 이해시킬 방법은 없을까?’

방에 들어선 그녀는 침대에 쓰러지듯 그대로 누워버렸다. 왠지 머지 않아 죽어버릴 것만 같은 불안감이 그녀를 괴롭히고 있었다. 부엌에서 피터가 냉장고를 여닫는 소리가 들려왔다. 또 퍼 마시는 거겠지, 그것도 어쩔 수 없는 일이다.

누워 있는 그녀의 볼 위로 눈물이 줄지어 흘러내렸다.

젊음이 흐르는 순간 | “죠커가 홀 뒷방에 재미있는 장소를 차렸다고 하더군.”

마이크가 앉은 체 이렇게 말하는 로스를 올려다보았다. 그의 기억에 낯익은 표정이 떠올랐다. 그것은 로스가 흥분하고 있다는 표식이었다.

"그런데……?"

마이크는 지금 로스가 원하고 있는 것이 무엇인지 뻔히 알면서도 물었다.

"한 판 붙어보겠다는 거지."

마이크가 천천히 몸을 일으키며 타이르는 듯한 어조로 친구를 만류했다.

"아버지의 말씀을 벌써 잊은 것은 아니겠지? 한 번만 더 말썽을 부리면 시골로 쫓아버리겠다고 하셨다지?"

"말썽을 부릴 생각은 없어. 잠시 짜릿짜릿한 모험을 해보고 싶다는 것 뿐야."

마이크가 어깨를 움찔해 보였다.

"지난 번에도 넌 그렇게 말했지만, 결국 유치장 신세를 졌잖아. 그때 널 빼내느라고 너희 아버지가 얼마나 애를 태우셨는지 모르진 않겠지?"

"염려 마, 죠커가 막아줄테니까."

"정 그렇다면 마음대로 해."

한 번 고집을 부리기 시작하면 무슨 일이 있어도 물러서지 않는 로스의 성격을 잘 알고 있는 마이크가 시선을 돌렸다.

"하지만, 그게 네 장례식이 될 거라는 것도 잊지 마."

"너도 같이 갔으면 하는데……."

로스의 말에 마이크가 다시 그를 돌아보았다.

"뭣 때문에? 난 한 푼도 없어."

"마자를 데려가고 싶은데 늑대놈들이 내 등 뒤에서 그 애한테 수작을 걸지 모르거든."

마자의 이름이 나오자, 마이크도 흥미가 일었으나 겉으로는 내색하지 않았다.

"그럼 데리고 가지 않으면 될거 아냐?"

"안 돼. 그 애를 내 행운의 여신으로 삼을 계획이거든……."

로스가 빙긋이 웃었다. 그는 진짜 노름꾼다운 면모를 보인다고 마이크는 생각하였다.

"그 애가 옆에 있으면 정말 행운이 올 것 같다고? 별 개떡같은 소리를 다 듣겠군."

마이크는 투덜거리고 있었으나 이젠 어쩔 수 없이 자신도 가야 한다는 걸 절실히 느꼈다.

"특별히 좋은 계획이라도 있나?"

마이크가 대답 대신 고개를 저으며 마자를 생각했다. 엘리베이터에서 그녀를 만난 지 벌써 일주일 이상 지났다고 기억되었다. 생각은 굴뚝같았지만 용기가 없어 그녀를 찾지 못했던 것이다.

"그럼 가자구."

로스가 끈질기게 졸라 댔다.

"인생은 짧은 거야. 죽을 때까지 책에다 코만 처박고 있을 작정이냐?"

"좋아. 가지 ! "

마이크도 더 이상 망설이지 않았다.

마자는 차 안에서 기다리고 있었다. 마이크의 모습을 발견한 그녀의 눈이 커졌다. 먼저 다가간 로스가 차의 문을 열었다.

"당신들 두 사람을 만나게 하는데, 꽤 고생했다는 사실을 잊지 말아야 해."

로스가 농담부터 던지며 두 사람을 소개했다. 그는 그들 사이에 이미 어떤 일이 있었으리라고는 생각지 못한 것 같았다.

"마자! 내 친구 마이크요. 이 아가씬 마자 프루드 양."

마자의 얼굴이 약간 상기되었으나 이내 미소를 지으며 손을 내밀었다.

"댁에 대한 이야기는 많이 들었어요."

그녀의 태도는 제법 예의 바르게 보였다.

뜻밖의 일에 잠시 당황해 하던 마이크도 그녀와 보조를 맞추기로 작정했다.

"마찬가지요."

그는 웅얼거리는 투로 말하며 그녀의 손을 잡았다. 그러나, 따듯한 그 손을 잡는 순간 짜릿한 전율을 느끼고 황급히 놓아버렸다.

"자리를 좀 내주시지."

로스가 운전석에 오르며 마자에게 말했다.

"마이크도 우리와 같이 가기로 했어."

쬬커의 댄스 홀에 이르는 동안 마자와 마이크 두 사람은 줄곧 입을 다물고 있었다. 줄기차게 지껄이는 건 로스 뿐이었다. 그는 동행하는 두 동료가 입을 다물고 있다는 것을 알고 있으면서도 그런 데 신경을 쓸 인물이 아니었다.

그들은 무대 가까운 테이블에 자리를 잡았다. 아홉 시가 가까운 시각이라 홀 안은 북적거렸다.

로스 자신과 마이크를 위해 맥주를 그리고, 마자가 마시도록 콜라를 주문했다. 웨이터가 물러가자, 그는 무대 뒤에 있는 작은 문을 바라보며 말했다.

"죠커에게 몇 시에 시작하는지 물어봐야겠어."

"곧 시작할 걸. 시간이 그렇잖아."

이렇게 대답하면서 마이크는 마자를 바라보며 의미있는 미소를 지었다.

"그 전에 네 아가씨와 춤부터 추는 게 어때?"

로스가 고개를 저었다.

"춤은 당신들이나 추시지. 난 할 일이 있는 몸이니까."

마자가 불쑥 일어나는 바람에 마이크는 놀라 올려다보았다. 그녀는 미소를 지으며 그에게 춤을 청하는 제스처를 보였다. 로스의 태도에 모욕감을 느낀 그녀가 오히려 적극적으로 나오는 게 분명했다.

"어때요?"

자신도 모르게 마이크도 벌떡 일어나서 그녀와 함께 플로워로 나갔다. 그러나 그녀의 몸이 닿는 순간 그의 몸은 딱딱하게 굳어 버렸다. 스텝이 제대로 밟아질 리가 없었고 결국, 그는 그녀의 발을 밟을 수

밖에 없었다.

"아, 미안합니다."

부끄러움과 긴장으로 그의 얼굴은 벌겋게 달아올랐다.

"안심하고 긴장을 풀어요."

그녀의 속삭임이 마이크의 귓가를 간지럽혔다.

"물어뜯지 않을 테니까요."

잠시 동안 조용히 춤을 추던 그녀가 다시 입을 열었다.

"날 찾을 줄 알았어요."

"그 동안 바빠서 시간이 없었소."

겨우 이렇게 말하고 난 마이크가 비꼬는 투로 덧붙였다.

"어차피 아가씨는 로스의 여자가 아니요……?"

"난 그런 말을 한 적 없어요."

"하지만 로스는 그렇게 행동하고 있던 걸요."

마이크가 따지고 들듯 볼멘 소리로 말했다.

"게다가 마자도 그런 그의 행동을 그대로 받아주고 있지 않소?"

"그가 어떻게 행동하든 나와는 상관없는 일이에요."

마자도 물러서려 하지 않았다.

"그런데, 왜 당신은 그 앞에서 날 전혀 모르는 것처럼 행동했죠?"

"그건 마자 당신도 마찬가지였지 않소. 난 당신이 그렇게 해주길
바라는 줄 알고 그랬던 거요."

음악이 끝나 테이블로 돌아오던 마자가 로스 앞에 섰다.

"저도 맥주 마셔도 될까요?"

“물론, 마음대로 마셔.”

로스는 아직도 작은 문에서 시선을 떼지 않은 체 건성으로 대답하였다.

그녀가 자리에 앉자 마이크가 자기 잔을 그녀에게 건네주었다.

“난 또 주문할테니, 우선 이걸 마셔요.”

그녀는 서슴없이 잔을 들어 단숨에 마셨다. 그 모습을 보며 마이크는 그녀가 무엇 때문에 화가 났는지 생각에 몰두했다. 그녀는 좀처럼 입을 열 기색이 아니었다.

“어떻게 됐어?”

마이크가 로스에게 물었다.

“기다리고 있는 거야. 웨이터가 알아보고 알려준다고 했어.”

잔을 비운 마자가 의아한 표정으로 두 사내를 번갈아 보다 로스에게 물었다.

“기다리다니 뭘요? 우린 여기 춤추러 온 게 아닌가요?”

그래도 로스는 그녀를 바라보지 않으며 귀찮다는 듯 손짓을 하면서 마이크에게 말했다.

“설명 좀 해 줘, 마이크.”

마이크는 짜증스러워졌다.

‘이 녀석은 언제나 이러거든 !’

귀찮은 일은 항상 남에게 미루어 버리는 게 로스의 습성이라는 걸 잘 알고 있는 그였다.

“네 일이니까, 네가 알아서 해.”

마이크의 의외의 반응에 로스가 그제서야 시선을 돌려 의아한 표정으로 두 남녀를 바라보았다.

"아니 어떻게 된 거야? 둘 사이에 무슨 일이 있었나?"

그들이 대답하지 않자, 로스는 하는 수 없다는 듯 마자에게 말했다.

"죠커가 뒷방에 도박장을 차려 놨다고 해서 한 판 해 보려고 온 거야. 그것 뿐야."

그의 말이 떨어지자마자, 그녀가 자리에서 일어섰다.

"그렇다면 왜 나한테는 춤추러 가자고 했죠. 왜 처음부터 그런 말을 안 한 거죠?"

그리고는 등을 돌렸다. 그대로 갈 기세였다. 로스가 황급히 그녀의 팔을 붙잡아 제지시켰다.

"마자와 함께 있으면 꼭 행운이 올 것 같아 함께 오자고 한 거야."

그녀가 로스를 내려다보며 어이없다는 표정을 지었다.

"그럼 마이크는 왜 함께 왔죠? 댁이 노름을 하는 동안 날 보호하기 위해선가요?"

"맞았어. 역시 영리하군."

로스가 그제서야 빙글거렸다.

"내 등 뒤에서 늑대같은 놈들이 마자에게 무슨 짓을 할지 모르잖아. 그러니까 보호역이 당연히 필요하지. 마이크는 내 둘도 없는 친구니까 믿을 수 있거든……."

그 말에 마자와 로스를 번갈아 보던 마이크가 빙그레 웃었다.

"천만에……. 날 믿었다간 큰 코 다칠 걸."

로스의 시선이 날카로워졌다.

"무슨 뜻이지, 마이크?"

마이크는 마자의 얼굴에서 시선을 떼지 않으며 대답했다.

"네 말이 맞았어. 로스, 마자는 다른 애들과는 비교할 수가 없어."

다시 자기 자리에 앉은 마자의 표정에도 웃음이 어렸다.

"좋아요, 두 분 기사님들. 날 걸고 결투를 하시죠."

그녀의 말에 세 사람은 일제히 웃음을 터뜨렸다. 티 없이 맑고 행복한 웃음이었다.

"내 생각이 맞았어 ! "

이마에 땀방울이 솟은 로스가 눈을 번뜩이며 마자에게 말했다. 그는 노름판에서 계속 따고 있는 중이었다.

"이대로 나가면 얼마가지 않아 모조리 긁을 거야."

고조된 감정을 숨기지 않고 속삭이고 난 로스는 눈을 찡긋해 보이고는 다시 도박판으로 돌아갔다.

"마자, 당신이 행운의 여신이신가?"

그녀가 돌아오자, 벽에 기대서서 바라보고 있던 마이크가 이죽거렸으나, 마자는 무료한 표정을 지었다.

"흥미 없어요, 이제 우린 가죠."

"아니, 로스는 아직 갈 생각이 없는 모양이던데?"

"그 사람이야 뭘하든 상관없잖아요?"

그녀는 정말 갈 모양이었다.

“난 가고 싶어요.”

“그럼 로스에게 이야기를 하겠소.”

그러나, 마자가 움직이려는 마이크를 막아섰다.

“안 돼요. 저 사람은 그대로 놔두세요.”

도박판의 로스는 여전히 운이 좋은지 벌겋게 상기된 얼굴에 웃음기가 사라지지 않고 있었다.

“여기 온 목적이 저거니까 마음껏 즐기라고 하세요.”

마이크가 그녀의 표정을 살폈다.

“왜 그러죠? 기분이 상했나요?”

“아녜요. 그저 가고 싶을 뿐이에요.”

“좋아요.”

이렇게 결정하고 난 마이크가 그녀의 팔을 잡고 로스를 향해 소리쳤다.

“우린 가겠네, 로스!”

로스가 그들에게 손을 흔들었다. 그러나 그는 마이크가 무슨 말을 했는지 또 알아들었는지 의문이었다. 그는 온 신경을 카드에 집중시키고 있는 것 같았다.

홀 안에서는 여전히 음악과 춤이 어우러지고 있었다.

“출까요?”

마이크가 은근히 제의했으나 마자가 고개를 가로 저으며 그대로 걸어나갔다. 그들이 거의 출구에 이르렀을 때 키가 큰 잿빛 머리의 사나이가 그녀의 앞을 막아섰다.

"오랜만이군, 아가씨."

그러나 그의 얼굴을 보지도 않고 비켜가려 했으나 사내는 그런 마자의 앞을 다시 가로막았다.

"친구로부터 도망치는 길인가?"

그 말에 고개를 들어 바라보니 죠커 마틴이었다. 그를 바라보는 마자의 눈길이 싸늘해졌다.

"피곤해서 먼저 가는 거예요. 비켜 주세요."

그녀의 냉랭한 태도에 죠커의 입가에 떠돌던 엷은 웃음이 순식간에 사라졌다. 그의 시선이 마자의 뒤에 서 있는 마이크를 향하자, 마이크는 멋쩍은 듯 어깨만 움찔해 보일 뿐이었다.

그가 비켜서자 지나치려던 마자는 죠커에게 팔을 잡히는 바람에 멈춰서서는 그를 노려보았다. 그러나, 그녀를 내려다보는 죠커의 표정은 장난기나 악의를 찾아볼 수 없이 차분했다.

"뭣 때문에 화가 났는지는 알 수 없지만……."

그의 굵은 목소리는 다정하기까지 했다.

"필요하다면, 여기서 일할 수 있도록 해 주지. 언제라도……."

마자의 표정이 그제야 풀렸다.

"고마워요, 마틴 씨. 다음에 와서 상의드릴게요."

그리고는 마이크의 팔을 잡아끌며 도망치듯 출구를 빠져 나갔다.

아파트 앞에 이르자, 마자가 마이크를 향해 돌아섰다.

"데려다 줘서 고마워요. 마이크, 이제 됐어요."

“천만에……..”

그녀가 계단을 올라가려 하자, 마이크가 서둘러 물었다.

“언제 다시 만날 수 있겠어요?”

“모르겠어요.”

마자가 잠시 망설이다가 말했다.

“왜 그러죠?”

마이크가 그녀의 뒤를 따라 계단에 올라서며 물었다.

“로스 때문인가요?”

순간 마자의 눈살이 꼿꼿해졌다.

“이상하군요. 그 사람과는 아무런 관계도 없다고 분명히 말했을 텐데요?”

“그럼 언제 만날 수 있는 거죠?”

마이크가 끈질기게 묻자, 그녀가 고개를 가로 저으며 한숨을 내쉬었다.

“정말 모르겠어요. 다음 주에 방학을 하면 난 일을 해야 할 테니까, 언제라고 확실히 말씀드릴 수가 없어요.”

마이크의 미간이 찌푸려졌다. 문득 질투심이 치밀었던 것이다.

“그래도 로스와 만날 시간은 내겠죠?”

그의 어조는 비비틀려 있었다.

“그 친구는 돈이 많으니까.”

“그 사람도 안 만나겠어요!”

그녀의 목소리도 날카로워졌다.

"그리고, 그렇게 돈이 많으면 휴지나 하라고 하세요. 내가 이런 말 했다는 걸 그 사람에게 전해 주세요."

"왜죠? 직접 하면 될거 아니요?"

"사기 노름이나 하는 사람, 다시는 만날 생각 없어요!"

마이크의 눈이 휘둥그레졌다.

"사기 노름이라니, 무슨 소리죠?"

"몰라서 묻나요? 잘 알텐데요?"

아연해진 마이크는 문득 떠오르는 기억이 있었다. 언젠가 비밀 도박판에서 사기 노름을 하다 싸움이 일어나 큰 사고를 저질렀던 일이 떠올랐던 것이다. 마이크를 노려보며 마자가 다시 말했다.

"몰랐다니 이상하군요. 같이 노름하던 자들이 나에게 한눈을 파는 사이에 로스는 카드를 바꿔쳤어요. 그런 식으로 날 이용한 거예요. 이제 아셨겠죠?"

"난 그렇게 비열한 짓은 하지 않아요."

그의 말에 잠시 무엇인가를 생각하던 마자가 고개를 가로 저었다.

"모르겠어요. 만약 당신이 그렇다면 날 이해할 수 있을 거예요. 당신은 돈이 필요한 사람이니까요. 하지만, 로스는 달라요. 그 사람은 돈이 쓸데없을 만큼 많잖아요. 그런데도……."

마이크가 그녀의 손을 잡았다.

"난 그런 줄 정말 몰랐어. 마자."

그의 솔직한 태도에 마자도 고개를 끄덕였다.

"좋아요. 받아들이죠. 잘 가요, 마이크!"

마이크가 잡고 있던 그녀의 손을 한 번 힘차게 흔든 다음 놓아주었다.

"잘 있어, 마자."

그는 그녀가 아파트 안으로 들어가는 것을 본 다음에야 돌아섰다.

아파트 입구 골목길로 접어들었을 때 어둠 속에서 누군가 불쑥 나타났다.

"마이크."

로스였다.

"웬일이야?"

"어디로 사라졌었지?"

못마땅한 어투였다.

"한참 따는 판이었는데……."

"마자가 집에 가길 원했어."

로스가 그 말은 들은 척도 않고 주머니에서 돈을 꺼내 들었다.

"네 몫이야. 20 달러 받아."

마이크는 로스가 내민 손을 바라보고 있었으나 돈을 받을 생각이 없는 모양이었다.

"왜 그래, 마이크? 어서 받아."

"사양하겠어, 로스. 그 돈은 전부 자네 거야."

"농담하지 마, 마이크. 자, 어서 받아. 이게 뭐 독약인 줄 아나?"

"집어넣어 ! "

마이크의 목소리가 거칠어지자, 로스는 무엇인가를 짚이는 것이 있었다.

"아, 마자가 이야기를 했군."

마이크가 대답을 않자, 로스가 미소를 지었다.

"간단한 일이야. 그 자들이 마자에게 정신이 팔려 있을 때 슬쩍 바꿔쳤지. 어린애한테서 과자를 뺏는 것보다 손쉬운 일이지."

로스가 빙글거리며 마이크의 어깨를 두들겼다.

"이것 봐, 기분 나쁘게 생각할 것 없어. 지금은 기분이 어떨지 모르지만, 내일 아침엔 다른 때보다 좋을 걸."

"싫다니까, 왜 이래!"

마이크가 후려치는 바람에 그의 주머니에다 넣어주려던 돈이 길바닥에 흩어졌다. 순간 표정이 변한 로스가 그를 노려보았다.

"정말, 너 왜 이러지?"

"내가 아무리 가난해도 그런 돈은 받고 싶지 않아. 만약 네가 잡혔다면 나와 마자도 모두 공범으로 몰렸을 거야. 왜 남의 의사도 물어보지 않고 그 따위 짓을 하는 거지?"

"걸리지 않았잖아. 그럼 그만인 걸 가지고 이렇게까지 할 필요는 없을텐데……."

이렇게 말하며 무릎을 꿇고 돈을 집으려던 로스가 갑자기 무슨 생각이 들었는지 의심스런 눈길로 그를 올려다보았다.

"마자를 데리고 어디 갔었지?"

"집에 데려다 줬다고 했잖아."

로스가 몸을 일으켰다.

"오래 걸리셨군. 난 여기서 한 시간 이상이나 줄곧 기다렸는데."

"걸었으니까, 그럴 수박에 없잖아. 세상의 모든 아버지가 자식에게 고급차를 사주는 건 아니니까……."

마이크의 말이 뒤틀려 나왔다.

"가면서 공원같은 데 들르지 않았어? 아니면 으슥한 골목같은 데 나……."

로스가 표정을 일그러뜨리며 다시 물었다.

"그런 데서 간단히 재미 좀 본 거 아냐? 마자 같은 풋내기 계집애 는 그런 짓을 좋아하는 법이거든……."

마이크의 주먹이 세차게 날았다. 다음 순간 로스의 몸은 맥없이 쓰 러졌다. 그의 입가에 피가 흐르고 입술이 순식간에 퉁퉁 부어올랐다.

마이크가 한 걸음 물러서서 그를 내려다보며 못을 박듯 소리쳤다.

"다음부터는 그 입을 조심해야겠어!"

겨우 몸을 일으켜 잠시 그대로 우두커니 앉아있던 로스가 천천히 입가로 손을 가져갔다. 손바닥에 끈끈하게 묻어 나오는 것이 피라는 것을 깨달은 로스가 마이크를 올려다보았다. 그의 눈은 분노로 이글 거렸다.

"언젠가는 이 빚을 갚아주마, 마이크."

입술이 부어올라 말소리가 분명치 않았지만 분노로 떨고 있는 음성 이었다.

"반드시 몇 배로 갚아주겠어!"

"언제라도 좋으니 염려말고 오시지."

마이크의 어조도 싸늘했다.

"반드시 그런 때가 올 거야."

로스가 고통으로 이를 악물며 내뱉듯 말했다.

"준비 단단히 하고 기다려야 할 걸."

"내 염려는 안 해 줘도 되니까, 네 걱정이나 해."

마이크가 마지막으로 이 말을 남긴 후 그의 아파트로 향했다.

사랑에 눈뜰 때 | 티켓을 한 웅큼 사 들고 홀에 들어선 로스는 눈이 어두운 실내조명에 익숙해질 때까지 잠시 기다리며 주위를 살폈다.

그가 예상했던 대로 그녀는 거기에 있었다. 죠커가 이 곳 댄서들에게 입히는 싸구려 유니폼을 걸치고 똑같은 모습을 한 계집들 사이에 끼어 앉아 있는 모습은 어두운 조명 아래서도 뛰어나보였다. 그와 같은 분위기는 남자를 끌어당기는 여자만의 매력이다. 사실 한눈에 남자를 사로잡는 매력을 가진 여자는 가만히 앉아있기만 해도 돋보이게 바련이다. 마자는 그런 면에선 타고 난 여자였다.

천천히 다가간 로스가 그녀 앞에 멈춰섰다.

"오랜만이군, 마자."

그녀도 그를 올려다보았다.

"오랜만이군요."

이렇게 말하는 그녀의 눈에서 로스는 아무런 표정도 읽어낼 수 없었다. 그것은 완전한 무표정의 가면에 가려진 눈이었다.

"춤출까?"

"티켓을 사셨나요?"

감정이 전혀 나타나지 않는 말투에 로스는 울컥 치미는 게 있었으나 말없이 티켓 한 장을 내밀었다.

그것을 받아든 마자도 표정없이 일어나며 플로워로 향했다.

품에 안고는 있지만, 로스는 전혀 모르는 여자와 마주 하고 있는 기분이었다. 그저 음악에 맞춰 기계처럼 움직이고 있을 뿐이다.

"방학을 한 지도 벌써 두 주일이나 됐으니 만난 지 3주가 됐군."

"시간이란 빠른 법이니까요."

그녀가 거의 무의식적으로 대답했다.

"왜 날 피했지?"

"그런 적 없어요. 바빴을 뿐이죠. 먹고 살려면 일을 해야 하니까."

"나에게도 변명할 기회는 줘야 할게 아냐?"

"나한테 변명할 의무라도 있단 말인가요?"

그녀의 반응은 어디까지나 냉랭했다.

"당신은 이미 다 자랐어요. 자기 일은 자기 마음대로 하세요."

"그런데, 왜 날 안 만나려는 거지?"

마자는 그의 눈을 똑바로 노려보았다. 그의 눈빛에는 어딘가 야수를 연상케 하는 요소가 그늘져 있었다. 거칠고 무절제하고 어디까지나 이기적인 그런 눈빛이었다.

"난 이용당하고는 참을 수 없는 성격이에요."

음악이 끝나자, 그녀는 곧바로 테이블로 향하려 했다. 그러나, 로스가 그녀를 놓아주지 않았다. 그의 손에는 또 한 장의 티켓이 들려있었다. 그것을 받아든 마자는 다시 음악이 시작될 때까지 로스와 한 걸음 거리를 두고 인형처럼 우두커니 서 있었다.

"마자, 난 네가 날 좋아하는 줄로 알았어."

"그랬어요. 하지만, 당신은 날 제대로 대접해 주지 않았어요."

"미안해."

로스가 멋쩍은 듯 웃음을 지었다.

"이제 다 지나간 일이야. 그리고, 내가 그랬다고 해서 피해를 입은 사람은 아무도 없잖아?"

마자가 고개를 가로저었다. 그녀의 눈빛은 서글픔으로 젖어드는 듯했다.

"틀렸어요. 피해를 입은 사람이 바로 나예요. 난 당신이 그런 사람인지는 전혀 몰랐어요."

"너무 심각하군, 마자 ! 한 순간의 가벼운 장난으로 생각하면 별일 아니잖아 ! "

로스가 그녀를 거칠게 끌어안았다. 얇은 옷이 가로막고 있었으나 로스는 그녀의 튕겨 낼 듯한 탄력과 체온을 느꼈다. 남자의 피를 끓게 하는 마력을 지닌 여자라는 걸 새삼 절감하지 않을 수 없었다.

"사내들이란 이따금 그런 장난을 치고 싶을 때가 있는 법이야."

"그건 장난이 아녜요."

마자의 표정은 여전히 굳어 있었다.

"만약, 당신이 돈을 필요로 하는 사람이라면 난 이해할 수 있었을 거예요."

"마자, 제발 그만 해 둬."

그들은 어두운 구석으로 와 있었다. 그때, 로스가 갑자기 입술을 대려 했으나 마자가 재빨리 고개를 돌려 피했다.

"이러지 말아요, 로스!"

그녀가 앙칼진 목소리로 내쏘았다.

"난 여기서 일을 하고 있는 거예요."

"이것 봐 마자! 난 모레 떠나면 다섯 달 후에나 돌아오게 돼. 떠나기 전에 만나야겠어."

마자는 완강히 고개를 저었다.

"그럴 수 없어요."

"아니 왜?"

로스의 목소리가 거칠어지자, 그녀는 그의 눈을 똑바로 마주보았다.

"정말 알고 싶나요?"

"그래 말해 봐."

그녀는 한숨을 쉬고 나서 다시 입을 열었다.

"첫째, 그럴 생각이 없구요. 둘째, 그럴 시간이 없어요. 엄마가 드러눕는 바람에 낮에는 어머니와 어린 동생을 돌봐야 하고 밤에는 돈을 벌어야 해요. 이유는 이만하면 충분하겠죠?"

"안돼!"

로스가 거칠게 내뱉으며 다시 그녀에게 달려들었으나 이번에도 마자는 잽싸게 그를 피했다. 바로 그 순간 누군가의 억센 손이 로스의 어깨를 잡아제꼈다.

죠커 마틴의 커다란 몸집이 로스 바로 뒤에 버티고 서 있었다.

"이봐 친구!"

죠커가 빙글거리며 말했다.

"아무리 자네라도 점잖게 굴지 않으면 쫓아내는 수밖에 없어."

로스의 얼굴에서 핏기가 가셨다.

"좋아, 마자. 그게 원하는 거라면 할 수 없지."

그는 이렇게 내뱉고는 돌아서서 멀어져갔다.

테이블로 돌아가는 마자의 옆에 죠커 마틴이 따라 붙었다.

"친구가 몹시 화가 난 것 같군 마자."

"이젠 친구가 아니예요."

그녀의 말에 죠커가 의아스러운 표정을 지었다.

"이상하군. 지난 번엔 아주 다정해 보이던데."

"그랬었죠. 하지만, 이젠 지나간 일이예요. 그는 내가 참을 수 없는 짓을 했어요."

죠커가 그녀의 표정을 살피며 물어왔다.

"무슨 짓을 했는데?"

그녀는 잠시 망설였으나 결국, 직접적인 대답은 피했다.

"여하튼 나쁜 짓을 했어요."

"사기 노름같은 거겠지?"

죠커는 대수롭지 않은 투로 물었으나 마자는 놀란 기색을 감출 수 없었다. 그런 그녀를 바라보던 죠커가 미소를 지었다.

"우리를 바지저고리로 알았던 모양이지? 천만에, 우리는 프로야. 그
자리에서 이미 알고 있었어."

"그럼 왜 그대로 놔두었죠?"

죠커가 그녀의 어깨를 두들겼다.

"서두를 것 없었거든……. 그 친구 아버진 갑부니까. 그가 사기친
돈보다 몇 배로 불어서 우리에게 돌아올 거야. 그때까지 조용히 기
다리는 거지. 그런 돈은 돌아오기 마련이니까 일부러 소란을 피울
필요가 없지 않겠어?"

유니폼인 싸구려 이브닝 드레스를 벗어 조심스럽게 걸고 옷장을 잠
근 마자는 재빨리 얼굴을 거울에 비춰본 다음 서둘러 문으로 향했다.
열두 시가 조금 지나 있었다. 일은 별로 고되지 않은 편이었다. 주간
에는 여섯 시간 정도 일하면 되었다. 그러나 주말엔 피곤했다. 오후
다섯 시부터 새벽 두 시까지 끌려다니며 춤을 추고나면 완전히 물에
젖은 솜뭉치가 되고 말았다.

시끄러운 거리에 나선 그녀는 오늘도 어김없이 가로등 밑에서 그녀
를 기다리고 있는 그의 모습을 발견할 수 있었다. 마이크는 그녀가
일을 시작하던 날부터 하루도 거르지 않고 기다렸다가 집까지 데려다
주었다.

그녀의 입술에 미소가 번졌다.

"안녕 마이크."

그는 말없이 웃음으로 그녀를 맞았다.

나란히 걷기 시작한 마자가 다시 입을 열었다.

"매일 밤 기다려 주지 않아도 괜찮아요. 혼자 집에 갈 수 있어요."

"좋아서 하는 일이야."

마이크의 음성은 다정하게 변해 있었다.

"그러다 죽으면 어떡하죠? 매일 열 두 시간씩이나 일을 하잖아요."

"즐거움이 없다면, 그 인생은 죽은 거나 마찬가지가 아닐까?"

듣는 사람의 가슴을 따뜻하게 해주는 다정한 어조였다.

"커피 한 잔 할까?"

그녀가 고개를 끄덕였다.

"좋아요. 하지만, 이번엔 내가 살 차례라는 걸 잊지 말아요."

"잊을 리가 있나 ! "

마이크의 듣기 좋은 웃음소리가 밤공기를 울렸다.

커피숍의 카운터에 나란히 앉은 두 남녀의 모습은 다정한 연인들의 모습 바로 그것이었다.

"커피 두 잔?"

이렇게 주문하던 마이크가 그녀를 돌아보았다.

"젤리 도너츠를 나눠 먹을까?"

그녀가 고개를 끄덕이자, 그것까지 주문하고 난 마이크가 그녀의 표정을 살폈다.

"어머니는 좀 어떠셔?"

"좋은 편은 아니예요."

그녀의 표정이 순간 어두워졌다. 일하던 도중에 쓰러진 어머니 카티는 그 때부터 하혈이 시작되어 그대로 몸져 누워 있었던 것이다.

"출혈이 멎지 않으면 며칠 내로 수술을 받아야 한 대요."

"큰일이군. 그렇지만 너무 걱정 마, 잘 되겠지."

마이크의 다정한 위로는 언제부턴가 그녀에게 큰 위안이 되었다.

그녀는 희미하게 미소를 지으며 고개를 끄덕였다. 그녀가 처음 일을 시작했을 때 펄펄 뛰던 어머니의 모습이 떠올랐다. 하지만, 이제는 그녀가 버는 주당 20달러라는 돈이 없으면, 그녀의 식구들은 굶어 죽을 수 밖에 없는 처지였다. 피터란 인간은 술을 퍼 마시는 것 이외에는 아무런 쓸모가 없는 쓰레기 인간이었다.

커피와 도너츠가 놓이자 마자가 재빨리 도너츠를 두 개로 갈라 큰 쪽을 마이크에게 내밀었다.

"오늘 로스가 왔었어요."

그 말에 표정이 굳어진 마이크가 자기 앞에 놓인 커피를 바라보며 물었다.

"뭐라고 해?"

"다섯 달 동안 어디에 가 있는다고 하면서 떠나기 전에 만나자고 하더군요."

"그래서?"

"거절했어요. 그 사람 나한테 어떤 짓을 하려다가 죠커에게 쫓겨났어요."

잠시 동안 말이 없던 마이크가 입을 열었다.

"아버지가 유럽에 보내는 거야."

마자가 한숨을 내쉬었다.

"속편한 사람도 있군요. 돈이 많으면 인생도 즐거울 거예요."

"아직도 로스를 좋아하는 모양이지?"

마자가 고개를 저었다.

"그렇진 않은 것 같아요. 하지만, 그는 다른 사람들과 다른 점이 있다는 것 만큼은 인정해 주고 싶어요."

"돈이 많으니까……."

"그것과는 달라요."

"그럼 뭐지?"

그녀는 마이크를 바라보며 잠시 생각에 잠겼다.

"그에게는 말하는 스타일이나 행동하는 걸 보면 보스 기질이 있는 것 같아요. 모든 사람이 자기를 위해 존재한다고 생각하는 지도 모르죠. 어쨌든 보기 싫은 일은 아니예요. 보스가 된다는 것은 아무나 할 수 있는 일이 아니니까요."

이렇게 말하던 그녀가 빈 잔을 내려다보고 있는 마이크의 어깨에 얼굴을 비볐다.

"그렇지만, 내가 좋아하는 건 당신 마이크예요."

그러나 마이크의 표정은 어두웠다. 그녀가 말하는 '보스 기질'을 오히려 마자에게서 느꼈던 것이다.

살 인 | 일주일만에 골든 그로우 댄스 홀에 다시 나온 마자는

얼굴이 핼쑥하고 눈이 퀭하니 꺼져 있었다. 수술대에서 숨져간 어머니의 장례식을 치뤘다.

성 어거스틴 성당에서 거행한 장례식은 간단했으나 쟈노비츠 신부는 사려 깊고 다정한 태도로 장례식을 주관했다. 그는 고인이 카톨릭 신도로서의 성실했던 생활을 감동적인 말로 칭송하며 남아있는 사람들은 고인을 본보기로 삼아야 할 것이라고 기도를 올렸다.

장의차가 묘지로 향하는 동안 마자는 울지 않은 체 의부 피터 옆에 말없이 앉아 있었다. 간단하고 빠르게 매장이 끝나자, 그들은 어린 피터가 기다리고 있는 집으로 돌아왔다.

집에는 이웃집의 아낙네가 아이를 돌봐주고 있었고, 빈민구호국에서 나온 사람들이 기다리고 있었다. 그들은 어린 피터를 맡아 기르겠다고 나섰으나 마자는 어린 동생을 고아원에 보낼 수 없는 일이었다. 낮에는 자신이 돌보면 될 것이고, 일하러 나가는 밤에는 피터가 집에 있을 것이니 염려 없다는 그녀의 고집에 구호국에서 나온 사람들은 가을 학기가 시작되어 다시 학교에 나가게 될 때까지는 마자의 의견을 그대로 받아들이기로 하고 돌아갔다.

댄스 홀 입구에 선 마자는 새삼 주위를 돌아보았다. 그 사이에 많은 변화가 있었던 것처럼 아주 낯설기까지 했다. 그러나 사실 변한 것은 아무것도 없었다. 싸구려 실내 장식, 희미한 푸른 조명, 밴드의 피로에 지친 듯한 멜로디, 모든 게 그대로 였는데도 그녀에게는 왠지 생소하게만 느껴졌다.

몸집이 큰 웨이터 한 명이 그녀에게로 다가왔다. 고릴라를 닮은 머저리 같은 그의 얼굴에는 아무런 표정도 나타나 있지 않았다.

"마틴 씨가 좀 보자는데……."

그는 엄지손가락을 구부려 사무실 쪽을 가리켰다.

그녀는 대답을 하지 않고 플로워를 가로질러 사무실로 갔다. 노크를 하자, 안에서 죠커 마틴의 목소리가 들려왔다.

"들어와요."

그는 책상 위에 펴 놓은 서류를 들여다보고 있었다. 그의 책상 앞으로 다가간 마자는 그가 올려다 볼 때까지 잠자코 기다렸다.

한동안 그대로 서 있어도 죠커가 머리를 들 생각을 하지 않자 참다 못한 마자가 먼저 입을 열었다.

"날 보자고 그러셨나요?"

그제야 죠커는 고개를 끄덕이며 말했다.

"아, 앉아요. 이걸 마저 본 다음 이야길 하자구."

그녀는 의자를 끌어다 앉으며 죠커를 바라보았다. 회색 빛깔이 도는 검은 머리에 윤곽이 뚜렷한 그의 얼굴은 여느 때와 달리 냉정한 느낌을 주었다.

마침내 고개를 든 죠커가 그녀를 바라보며 미소를 지었다. 눈은 차가웠으나 입술은 다정함을 느끼게 하는 것이 죠커의 특징이었다.

"어머니가 그렇게 되셔서 정말 안 됐어. 마자! 이렇게 말한다고 위로가 되진 않겠지만……."

그녀의 시선이 약간 아래로 떨어졌다.

"고마워요."

금방이라도 울음이 터질 것만 같았다. 아직도 그 이야기만 나오면 견딜 수 없이 슬퍼지는 그녀였다. 잠시 동안 입을 다물고 그녀를 바라보던 죠커가 내키지 않는 듯한 말투로 입을 열었다.

"구호국 조사관이 찾아왔더군. 마자의 직업을 조사하고 있었어."

순간 그녀의 표정이 공포로 굳어졌다. 그런 눈치를 챈 죠커가 안심하라는 듯 미소를 지었다.

"겁낼 것 없어. 마자가 경리로 일하고 있다고 했으니까."

그녀의 시선이 다시 떨어졌다. 그녀의 목소리는 여차하면 흐느낌으로 변할 것 같은 절박감에 젖어 있었다.

"어떻게 감사해야 할지 모르겠어요, 마틴 씨."

죠커가 책상 위의 서류를 들여다보며 말했다.

"왜 나이를 말하지 않았지?"

"말했으면 일을 시키겠어요?"

"글쎄, 그러지 않았겠지."

"그렇기 때문이었어요. 게다가 묻지도 않으셨구요."

"난 그런 점은 생각지도 않았어. 보기엔 나이가 충분히 든 것 같았으니까."

희미한 미소가 그녀의 입가에 떠올랐다.

"사실이에요. 일을 하기엔 충분히 자랐어요."

의자에서 일어선 죠커가 그녀에게 다가와 어깨를 두들겨 주며 고개를 끄덕였다. 그는 그녀 나이였을 때의 자신을 생각해 보았다.

"그래, 나도 그렇게 생각하고 있어."

"그럼, 그대로 일을 해도 괜찮겠어요?"

"그래요."

자신에게 다짐이라도 하듯 힘주어 말하고 난 죠커가 덧붙여 말했다.

"하지만 정신을 바짝 차리고 있어야 해. 무슨 말썽이나 소란스러운 일이 생기면 재빨리 이곳에서 빠져나가는 걸 잊지 마. 만약 여기서 일하는 것을 들키는 날엔 이 댄스 홀은 문을 닫아야 하니까."

"염려마세요. 조심할테니까요."

그녀는 쫓기듯 일어섰다.

"약속드릴게요."

죠커가 문을 열어주었다.

"저에게 베풀어 주신 호의를 절대로 잊지 않겠어요."

문가에 서서 분장실로 향하는 마자의 뒷모습을 바라보던 죠커는 알 수 없다는 듯이 고개를 저었다. 도저히 제 나이로는 보이지 않았던 것이다. 게다가 그녀에게는 천성적으로 남자를 끌어당기는 매력이 있었다. 보통 여자들은 평생을 살아도 갖지 못하는 힘이며 매력이었던 것이다.

무슨 이유로 그녀 때문에 위험을 감수하려는 것일까? 죠커는 자신도 알 수 없는 심정으로 문을 닫았다.

그녀가 부엌으로 들어섰을 때 테이블 위에 신문을 펼쳐놓고 읽고 있던 의붓아버지 피터가 그녀를 바라보았다.

“아이는 어때요?”

“별일 없어.”

피터가 대수롭지 않게 대답했다.

“일찍부터 잘 자고 있어.”

방으로 들어간 그녀는 요람 속의 아이를 들여다보았다. 아이는 엄지손가락을 입에 문체 편안하게 잠들어 있었다. 그 손가락을 조심스럽게 빼내주던 마자는 문득, 기척을 느끼고 돌아보았다.

피터가 방문 앞에 서서 그녀를 바라보고 있었다. 그녀가 노려보자 그의 얼굴이 달아올랐다.

“무슨 일이죠?”

그녀가 날카로운 목소리로 묻자, 그는 당황해 우물쭈물하다가

“아무것도 아냐.”

말을 더듬으면서 서둘러 부엌으로 돌아갔다.

가슴 속에서 치미는 것이 있었으나 그녀는 가까스로 참으며 잠옷으로 갈아입은 후 부엌으로 나갔다. 세수를 할 수 있는 곳이 그곳 밖에 없었기 때문이다. 그녀가 싱크대에 물을 받고 씻기 시작하자 의자에 앉아서 그녀를 훑어보고 있던 피터가 물었다.

“오늘도 그 마이크라는 녀석과 같이 왔겠지?”

“그래요.”

그녀는 얼굴에 비누칠을 하면서 건성으로 대답했다.

“널 좋아하는 모양이지?”

“그럴 거예요.”

"집에 올 땐 바로 오니? 어디 으슥한 데 들러서 오는 게 아니고?"

그녀가 날카로운 눈초리로 돌아보았다.

"뭘 알고 싶은 거죠?"

그는 부리나케 시선을 돌렸다.

"아무것도 없어."

"그럼 자기 일에나 신경을 쓰는게 좋을 거예요."

"뭐라고?"

피터가 벌떡 일어섰다. 그의 눈에는 순간적으로 분노의 빛이 떠올랐다. 그러나, 그 눈빛은 금방 사라졌고 목소리는 애원에 가까운 것으로 변해 있었다.

"마자, 내가 널 얼마나 좋아하는지 모를 거야."

어느 새 그의 손은 그녀의 팔을 잡고 있었다.

"그 녀석에게 해주는 것처럼 나에게도 관심을 좀 가져줄 수 없어? 그럼 우리 모두가 행복해질 거야. 안 그래?"

마자는 더러운 물건이라도 떨쳐버리 듯 팔을 휘둘러 피터의 손을 뿌리쳤다.

"왜 이래요! 그렇게 여자 생각이 나면 길에 나가 창녀를 사면 될게 아녜요?"

그러자, 피터의 얼굴에서 핏기가 사라지는가 싶더니 새빨갛게 달아올랐다고 생각되는 순간, 그의 손이 세차게 날았다. 돌발적인 일이었다. 그녀가 비틀거리며 뒤로 물러서자, 피터는 허리에서 가죽 벨트를 풀었다.

“이 화냥년! 맛을 보여주마!”

쓰러지려는 몸을 겨우 가눈 마자는 막 가죽 벨트를 휘두르려는 피터에게 달려들어 팔을 물고 늘어졌다.

그러나, 그게 실수였다. 비명을 지르며 벨트를 놓친 피터는 사나운 맹수처럼 주먹을 휘둘러대기 시작했다. 도망치려 했으나 이미 늦었다. 머리에 무서운 통증을 느꼈다고 생각하는 순간 눈앞이 캄캄해지는 걸 마지막으로 그녀는 정신을 잃고 말았다.

얼마나 많은 시간이 흘렀을까? 그녀는 서서히 정신을 되찾아 감각이 되돌아오기 시작하자 수천 개의 바늘로 온몸을 찔러대는 듯한 통증에 몸을 뒤틀어야 했다. 돌아다보니 그녀는 침대 위에 눕혀져 있었고 옆에서 아이가 울고 있었다. 문득 이상한 느낌이 들어 살펴보니 그녀의 몸엔 실오라기 하나 걸쳐져 있지 않은 완전한 나체가 아닌가!

순간 모든 기억이 되살아나자 그녀는 벌떡 일어나 앉았다. 견딜 수 없는 고통으로 짐승과도 같은 흐느낌과 울음이 이를 악물어도 새어 나왔다.

눈에 띄는 것이 있었다. 그녀의 침대 옆에 피터의 옷가지가 흩어져 있었다. 그것들을 보는 순간 울컥 구역질이 치밀어 올라 일어나 부엌으로 달려갔다. 토하려 했으나 넘어오는 것도 없이 속만 뒤틀렸다. 한동안 배를 움켜쥔 체 몸을 뒤틀던 그녀는 통증이 좀 가라앉자 물을 틀어 온몸을 닦기 시작했다. 비누칠을 해가며 닦아내고 또 닦아냈으나 조금도 깨끗해지지 않는 기분이었다. 언제까지나 닦아도 더러운 찌꺼기가 몸 안 어디엔가 남아 있는 것만 같았다.

방으로 돌아온 그녀는 수건으로 물기를 닦아 낸 후 신경을 써서 옷을 단정하게 차려 입었다. 옷을 다 입고 난 그녀는 거울 앞에서 립스틱을 연하게 칠하고 머리를 정성들여 빗어 넘겼다. 거울에 비친 그녀의 두 눈은 분노와 증오로 이글거렸다.

몸치장을 끝낸 그녀는 침대를 치우기 시작했다. 피와 오물이 묻어 있는 시트와 베갯잇을 벗기고 말끔하게 정돈한 후 요람 속의 아이를 살폈다. 울다 잠이 든 아이의 기저귀를 갈아 채운 다음 젖병에 우유를 담아 입술 가까운 곳에 놓아주고는 다시 침대로 돌아가 매트리스 밑에 손을 밀어넣었다. 물건은 틀림없이 그 곳에 있었다. 그녀가 꺼내 든 것은 보기에도 날카로운 작은 칼이었다.

그녀는 천천히 피터의 방으로 향했다. 방문은 잠겨져 있지 않았다. 어둠 속에서도 침대에서 코를 골며 잠들어 있는 그의 모습이 희미하게 보였다. 전등을 켜자 눈이 부실 정도로 밝은 불빛이 담요를 둘둘 말고 잠들어 있는 더러운 물체를 낱낱이 비춰 주었다. 이를 악물고 다가간 그녀는 그의 얼굴에 날카로운 칼날을 들이댔다.

"일어나! 이 짐승아!"

그녀의 입에서 울부짖음이 터져나왔다.

피터는 그래도 눈을 뜨지 않았다. 그러나 어렴풋이 잠에서 깬듯 코고는 소리는 그쳤다. 그리고 그녀의 한 손이 그의 뺨을 사정없이 후려치자, 그는 눈을 번쩍 떴다.

눈을 뜨고는 잠시 동안을 어떻게 된 영문인지 몰라 멀뚱거리고만 있던 피터는 눈앞에 번뜩이는 칼을 알아보고서야 새파랗게 질렸다.

"아니……. 미……미쳤어！"

"네 놈보다는 덜 미쳤다！"

그녀의 입에서 비명과도 같은 외침소리가 터지는 순간 손에 들린 칼은 그의 뺨 한쪽을 깊고 길게 갈라 놓았다. 햇빛 아래서 수박이 갈라지듯 새빨간 속살을 드러내며 순식간에 피가 쏟아져 나왔다.

너무 놀란 나머지 소리도 지르지 못하고 경악한 피터는 상처에서 피가 솟자, 그 때서야 정신이 들었는지 까무러칠 듯 비명을 지르며 침대에서 일어나 맨 몸에 담요만을 두른 체 쏜살같이 달려나갔다.

마자는 계단을 내려가면서도 계속 질러대는 피터의 비명소리를 들으며 부엌으로 향했다. 싱크대에서 피가 묻은 칼을 깨끗이 닦은 다음 테이블 위에 놓고 문이 마주 보이는 위치에 단정한 모습으로 앉았다. 그녀의 어머니가 늦게 돌아오는 그녀를 기다리며 앉아있던 바로 그 의자였다.

눈이 타는 듯 온몸이 아파왔고, 그 자리에 그대로, 눕고 싶을 정도로 극심한 피로가 몰려왔다. 그래도 그녀는 문을 향해 꼿꼿이 앉은 체 두 눈을 감았다.

경찰이 달려 들어왔을 때도 그녀는 그런 모습으로 기다리고 있기라도 하듯 그림처럼 앉아 있었다.

절망의 끝 　|　 "하지만, 네가 그런 짓을 한 데는 그럴만한 이

유가 있을게 아냐? 그걸 이야기해 줘야 해.”

구호국에서 나온 여직원이 끈질기게 물었으나 마자는 여전히 고개만 가로 저을 뿐 입을 열려고 하지 않았다. 여직원이 짜증스러운 표정이 되었다.

“설마 교화소에 가고 싶어서 일부러 이러는 건 아니겠지?”

마자가 피식 웃었다.

“그 이유가 어떻든 내가 저지른 일은 없어질 수 없어요. 무죄로 석방시켜 줄 리도 없구요.”

“그래도 교화소와 보호소는 너무나 환경이 달라. 잘만 하면 보호소에 갈 수 있어.”

마자가 눈을 똑바로 뜨고 여직원을 노려보듯 바라보았다.

“우리 안에 갇히는 건 마찬가지예요. 구차하게 굴 생각은 없어요.”

여자는 할 수 없다는 듯 한숨을 내쉬었다.

“그럼 어린 동생은 어떻게 하지? 같이 있고 싶은 생각 없어?”

“내가 만약 그 이유를 말한다면 아이와 함께 있도록 해줄까요? 그렇게만 된다면 일을 해서 아이와 함께 살 수 있을 거예요.”

여직원이 안타깝다는 듯 고개를 저었다.

“마자가 너무 어려 그렇게 해주진 않을 거야. 하지만……”

“그럼 아무 소용 없는 일이군요. 그렇죠?”

여자는 더 이상 대답을 하지 못했다.

마자가 일어섰다.

“이제 다 됐죠? 가도 될까요?”

법정 안은 거의 비어 있었다. 몇몇 할 일이 없어 보이는 방청객들만이 앞좌석의 몇 자리를 메우고 있을 뿐이다. 그들 앞을 지나치면서 그녀는 무감각한 표정으로 주위를 살펴보았다. 그들의 눈에는 호기심이 나타나 있었으나 그 이외의 인간적인 감정은 찾아볼 수 없었다. 그들에게 있어 그녀는 한낱 흥미거리일 뿐 아무런 의미도 없는 존재였던 것이다.

그때 지나치는 그녀의 팔을 잡는 손이 있었다.

"마자, 나야."

언뜻 돌아본 마자는 놀라지 않을 수 없었다. 마이크였다. 언제나처럼 그의 입가에는 다정하고 상대를 안정시켜 주는 미소가 떠올라 있었다.

"면회를 하려고 했지만……."

그가 재빨리 속삭였다.

"허락을 해주지 않더군."

그래도 그녀의 얼굴은 무표정의 가면으로 위장되어 있을 뿐이다. 자신이 아무도 만나지 않겠다고 말한 사실을 그에게 말해 준둘 무슨 의미가 있단 말인가. 그녀는 말없이 그의 앞을 지나쳤다.

그녀의 뒤를 따르던 구호국 여직원의 목소리가 들려왔다.

"착실해 보이는 청년이군."

그녀도 마자의 감정을 건드릴까봐서인지 조심스러운 말투였다.

"친구인가 보지?"

눈이 흐려지는 꼴을 보이기 싫어 돌아보지도 않으며, 마자는 애써 태연한 목소리로 대답했다.

"모르는 남자예요. 한 번도 만난 적이 없는 사람이에요."

판사는 피로에 지치고 모든 것이 귀찮다는 듯한 표정의 노인이었다. 그는 두꺼운 안경 너머로 마자를 잠시 내려다본 후 물었다.

"젊은 아가씨로군. 아가씨는 자신의 의붓아버지를 칼로 찌른 혐의로 고발되었다는 사실을 알고 있나?"

마자는 대답하지 않았다.

"피해자가 나와 있소?"

판사가 서기를 돌아보며 묻자, 그가 소리쳐 불렀다.

"리트치크 씨!"

방청석 뒤쪽에 있던 피터가 앞으로 걸어 나왔다. 그의 얼굴 한쪽에는 아직도 커다랗게 붕대를 댄 반창고가 붙어 있었다. 마자에게는 그가 아주 낯선 사람처럼 여겨졌다. 단 5주일이 지났는데도 몇 십 년이 지난 듯 모든 일이 까맣게 잊혀진 것처럼 느껴졌다.

"리트치크 씨."

판사의 느린 목소리가 다시 들려왔다.

"어떻게 된 일인지 설명해 주지 않겠소?"

피터가 신경질적으로 목청을 가다듬고 나서 더듬거리는 말투로 설명해 나갔다.

"아주 못된 계집애입니다. 판사님, 한 마디로 제멋대로죠. 누구의 말도 안 듣는, 에…… 뭐라고 할까. 막 돼먹은 계집애죠. 댄스 홀에서 일하고 있었는데 걸핏하면 외박이에요. 집에 오는 날엔 새벽에

나 들어오구요. 그래서…… 에…… 나는 어느 날 밤 점잖게…….
그렇죠. 점잖게 다른 아이들처럼 제 시간에 들어오라고 타일렀죠.
그런데, 내가 잠든 사이에 내 방에 숨어들어와서 날 찌른 거예요.
그래서 이 꼴을 만들어 놓은 겁니다. 판사님, 아주 못된 계집애니까
중벌을 내려주십쇼.”

마자는 미소를 지었다. 만약 돌아가신 어머니를 생각하지 않았더라
면, 그녀는 모든 사실을 털어놓았을 것이다. 그러나, 그것은 어머니에
게 욕이 되는 것만 같아서 끝내 입을 다물고 어처구니 없는 파렴치한
의 태도에 미소만 짓고 있었던 것이다.

재판 과정은 간단했다. 이윽고 그녀는 늙은 판사 앞에 서야 했다.

“마자, 우리는 그대를 로드 게이어 소녀 교화소에 보내 만 열여덟
살이 될 때까지 그곳에서 생활하도록 하겠다. 교화소에 있는 동안
여성으로서의 법도와 기독교인으로서의 생활 방식을 배우길 희망한
다.”

그녀는 무표정하게 눈도 깜박이지 않고 늙은 판사를 바라보았다.

“이의 있나?”

마자는 대답 대신에 고개를 저었다.

판사가 재판봉을 두들긴 다음 자리에서 일어섰다. 그가 비척거리며
퇴청하는 동안 법정 안의 모든 사람은 자리에서 일어섰다.

판사가 나가고 문이 닫히자, 구호국의 여직원이 그녀에게 다가왔다.

“날 따라와요, 마자.”

아무런 감정도 없는 로봇처럼 여자의 뒤를 따랐다. 마이크가 방청

석을 가로막은 가로대 뒤에 서 있었다. 그는 무슨 말을 하려고 했으나 그녀가 똑바로 앞만 바라본 체 그에게 기회를 주지 않았다. 그의 앞을 지나칠 때 마자는 그가 울고 있다는 것을 알 수 있었다.

로드 게이어 교화소는 브롱크스 지구의 변두리에 위치해 있었다. 호송 경관과 구호국 여직원 사이에 끼어 호송차에서 내리며 마자는 주위를 유심히 살펴보았다. 한가한 시골과 같은 풍경이 인상적인 교화소 주위에는 탁 트인 벌판이 한 눈에 들어왔다.

한 시간 후 그녀는 교화소의 한 소녀에게 이끌려 의무실로 가고 있었다. 그 소녀는 호기심 어린 눈길로 그녀를 살피고 있었으나 긴 회색빛 복도를 걸어가는 동안 어느 누구도 입을 열지 않았다.

의무실에 이르자, 그 소녀가 문을 열어주었다.

"여기야, 들어가."

그 소녀의 목소리는 달리 나쁜 감정은 아닌 것 같았다. 두 소녀가 들어서자 가운도 걸치지 않은 잿빛 머리에 야윈 사내가 말없이 바라보았다.

"의사 선생님을 위해 싱싱한 새 물고기 한 마리를 잡아왔어요."

어깨를 움칫해 보이고 난 의사가 한쪽 문을 가리켰다.

"저 안에 들어가서 옷을 다 벗어."

그의 진찰은 간단하면서도 능숙한 솜씨였다. 단 20분 동안에 한 구석도 남기지 않고 샅샅이 훑어나갔다.

진찰을 끝낸 의사는 그녀가 옷을 입고 나오자 처방전을 내밀었다.

"약국에서 약을 타 출산할 때까지 쭉 먹도록 해."

깜짝 놀란 마자가 등 뒤에 앉아 있는 다른 소녀를 돌아보았다. 그러나 그녀의 표정에서 아무것도 읽어내지 못한 마자는 더욱 불안해져 의사에게 물었다.

"누가요? 나 말인가요?"

등 뒤에서 그 소녀의 목소리가 날아왔다. 재미있다는 투였으나 농담은 아닌 것 같았다.

"귀엽게 노는데, 난 이 곳에 들어온 후 2년 동안을 사내 구경도 못했어! 물론, 의사 선생은 예외지만……. 선생님은 잘 아실테니까 그럴 염려는 없거든……."

의사와 처방전을 번갈아 보던 마자는 마침내 엄연한 사실이라는 걸 깨닫고는 의자에 털썩 주저앉아 웃어대기 시작했다.

영문을 모르는 의사가 마자를 기분 나쁜 얼굴로 노려보았다.

"뭐가 우습지?"

미친 듯이 웃어대는 마자의 볼 위에는 눈물이 줄지어 흘러내리고 있었다.

"아, 모두 지옥에나 떨어져라!"

제3부 | 인형들의 욕망

입회 서기가 검찰측의 첫 증인에게 선서를 시키고 있었다. 멋진 체격에 키가 크고 피부색이 가무잡잡한 그녀는 방청객으로 꽉 찬 법정인데도 놀라울 만큼 침착했다. 그녀의 검은 눈동자에는 아무런 표정도 떠올라 있지 않았다.

"이름을 말해 주시오."

서기가 물었다.

"레이 마니예요."

체격에 비해 어울리지 않을 정도로 가볍고 작은 목소리였다. 서기가 나를 향해 고개를 끄덕여 보이자, 천천히 걸어나간 나는 다가가서 그녀를 올려다보았다.

"미스 마니, 지금 몇 살이죠?"

내가 묻자, 그녀는 망설이지 않고 대답했다.

"스물 셋이에요."

"출생지는?"

"오하이오주 칠리코스."

"뉴욕엔 언제 왔습니까?"

"2년 정도 됐어요."

듣고보니 그녀의 목소리는 별로 귀에 거슬리지 않았다.

"고향에선 무슨 일을 했습니까?"

"거기서 그냥 살았어요."

방청석의 이곳저곳에서 키득거리는 소리가 들려왔다. 그 소리가 잦아들 때를 기다려 나는 다시 입을 열었다.

"내 말은 그곳에서 생활을 하기 위해 무슨 일을 했느냐는 뜻이요."

"아, 그랬던가요?"

마니라는 여자는 제법 미안하다는 표정까지 지으며 말했다. 교태가 엿보여 마이크는 짜증스러워지는 기분이었다.

"전 교사였어요."

나는 그녀를 똑바로 바라보았다. 저런 여자가 정말 교사였다면, 이 세상 다 됐다는 생각이 들었던 것이다.

"몇 학년을 가르쳤습니까?"

"몇 학년이라뇨? 유치원인 걸요."

그녀가 어림없는 소리라는 얼굴을 했다.

"전 아이들을 사랑하거든요."

그녀의 말투에 미소를 짓지 않을 수 없었다.

"당신이라면 그럴 것 같군요."

나는 이렇게 말하며 얼굴의 미소를 지우고 나서 계속 말했다.

"뉴욕에 오게 된 이유가 무엇입니까?"

"연극배우가 되고 싶었어요."

기다리고 있었다는 듯이 그녀는 주저없이 내 물음에 대답했다.

"고향에서 연극을 했거든요. 고등학교 연극 담당인 버그 선생님이 쓴 극본으로 극장에서 공연했을 때는 제가 주역을 맡았어요. '골짜기의 종달새'라는 연극이었죠. 그 분 말씀에 의하면 저는 연기에 뛰어난 재능을 타고났으며, 그런 재능을 칠리코스 같은 시골에서 썩힌다는 것은 수치스런 일이라고 했어요. 그래서 뉴욕에 오기로 결심하게 된 거죠."

"그래서 뉴욕에 도착하자, 바로 연극을 했습니까?"

"그랬으면 얼마나 좋았겠어요."

다시 웃음소리가 들려왔으나, 그녀는 조금도 개의치 않고 계속 말을 이었다.

"몇 주일 동안 브로드웨이를 헤메어 보았으나 받아주는 사람이 한 명도 없었어요. 버그 선생님의 소개장도 아무런 효과가 없었구요."

"그럼 왜 고향으로 돌아가지 않았습니까?"

"그럴 수가 없었어요."

그녀의 표정이 어두워졌다.

"고향 사람들이 날 실패한 인간으로 취급할 게 두려웠어요."

"이해할 만합니다."

나는 고개를 끄덕여 주고나서 다시 물었다.

"고향에서 가지고 온 돈이 다 떨어졌을 텐데, 그 때부터는 어떻게 생활을 해 나갔습니까?"

"브로드웨이의 한 레스토랑에 여급 자리를 구했어요. 그곳엔 연극 관계자들이 많이 들락거려 여급으로 일하다 배우로 발탁된 여자들도 있다는 소문을 들었거든요."

"그곳에선 얼마 동안 일했습니까?"

"약 3주 동안 일했어요."

"왜 그만뒀습니까? 연출자나 제작자의 눈에 들었나보죠?"

"해고당했어요. 지배인이 여기는 레스토랑이지 연극 학교가 아니라면서 쫓아내더군요."

다시 한 번 웃음소리가 터져 나는 잠시 동안 기다려야 했다.

"그리고 나선 어떻게 했습니까?"

"다른 직장을 구하려 했지만, 뜻대로 되지 않아 한동안 고생했어요. 그러던 어느 날, 같은 셋집에 사는 아가씨가 내 체격과 용모라면 모델이 될 수 있을 거라고 하더군요. 좋은 의견이라는 생각이 들었어요. 모델을 하다가 배우가 된 여자들도 많으니까요. 그래서 모델이 되는 방법을 물었더니 파크 에비뉴 모델협회를 알려줬어요."

"모델이 될 생각은 그 때가 처음이었나요?"

"네."

"그래서 그 곳에 갔나요?"

"네, 협회에 찾아가서 모델이 되겠다고 신청을 했어요."

"누굴 만났습니까?"

"모리스 부인이란 분이었어요."

"뭐라고 하던가요?"

"사진을 찍어 가지고 오라고 하더군요. 사진사 이름 몇을 적어 주면서 사진을 가져와야 모델 노릇을 할 수 있다는 거예요. 그럴 돈이 없다고 사정을 해도 자기로선 어쩔 수 없다고 했어요. 실망이 이만저만이 아니었죠. 도리가 없어 막 일어서려는데 미스 프루드가 자기 사무실에서 나오다 날 본 거예요."

"저기에 앉아 있는 미스 프루드 말인가요?"

내가 다짐을 하듯 묻자, 그녀는 순순히 고개를 끄덕였다.

"네, 맞아요."

"계속하시오. 그래서요?"

"나를 본 순간 미스 프루드, 아니 회장님은 바로 나 같은 인물을 찾고 있었다는 거예요. 그 자리에서 나는 곧바로 14번가의 가죽 의류점인 류류패션으로 보내졌죠. 멋진 가죽 코트를 걸치고 쇼윈도우에서 오락가락하는 선전 모델이라고 할까요?"

그녀는 제법 자랑스러운 표정이 되어갔다.

"주인 측에서도 날 여간 좋아하는 게 아니었어요. 키가 크고 체격이 균형 잡혀 멀리서도 눈에 잘 띈다는 것이었어요. 그 때부터 주 사흘 정도 일을 하게 되었죠."

"다른 곳에서도 모델 일을 했나요?"

잠시 망설이던 그녀가 고개를 저었다.

"아뇨. 모델로 일한 곳은 거기 뿐이었어요."

"얼마씩 받았습니까?"

"하루에 10달러 받았어요."

"그렇다면 주당 30달러인 셈인데, 그 걸로 생활비가 됐습니까?"

"아뇨. 그 돈으로는 연기 렛슨을 받는 교습비도 모자란 걸요."

"그럼 그밖에 어떤 방법으로 돈을 벌었습니까?"

"데이트를 해서 벌어 썼어요."

"데이트로 돈을 벌었다고 했습니까?"

나의 날카로운 질문공세에도 그녀의 표정은 조금도 변하지 않았다.

"네, 우리는 그 일을 그런 식으로 불러요."

"우리라면 누구를 이야기하는 겁니까?"

"나와 같은 일을 하는 여자들을 가리키는 거예요."

"그 데이트라는 게 어떤 것인지 설명해 줄 수 있겠소?"

"가죽 의류점에서 몇 주일 동안 모델로 일한 다음부터 시작됐어요.
프루드 회장님에게 돈을 더 벌 수 있는 방법이 없겠느냐고 물었더
니 이런 말을 해주더군요. 모델이란 직업은 겉보기와는 달리 고달
픈 것이며, 때로는 수입이 거의 없어 고생이 이만저만이 아니라는
거예요. 그래서 대다수의 모델들은 적당한 부업을 갖고 있다고 하
더군요. 그러면서 고객 중에서 믿을 만한 분들이 이따금 적당히 즐
길만한 아가씨들의 추천을 의뢰해 온다고 하면서 가볼 생각이 없느
냐는 거예요. 그런 분들은 모두가 친절하고 같이 시간을 보내준 댓

가로 팁도 듬뿍 준다고 하더군요.”

“그래서 뭐라고 대답했습니까?”

“물론 가고 싶다고 했죠. 그런 좋은 일거릴 왜 놓치겠어요.”

법정 안에 다시 한 번 웃음판이 벌어졌다.

“그 다음 이야기를 계속하시오.”

나는 감정이 고조되어가는 걸 누르며 침착하게 말했다.

“프루드 회장이 그날 저녁의 데이트를 주선해 주었어요. 상대는 멋
진 신사였어요. 우리는 함께 저녁을 먹고 술을 한 잔 하기 위해 그
분의 아파트로 갔죠. 정말 나무랄데 없이 멋진 남자였어요. 내가 아
파트를 떠날 때 10달러를 주면서 미스 프루드에게 자기가 아주 기
뻐하더라고 전해 달라고 하더군요.”

“그것 뿐이었나요?”

이런 질문에 내 자신이 망설이고 있다는 사실을 깨닫고 직접적으로
물었다.

“그 남자의 아파트에서 술만 마셨고, 다른 일은 없었습니까?”

그녀가 어이가 없다는 표정으로 나를 빤히 바라보았다.

“몰라서 물으시는 건가요? 나 같은 여자를 아파트에 데리고 가 술
만 마시고 돌려보내는 얼간이도 있을까요? 더구나, 팁까지 줘 가면
서……. 그렇다면, 그는 신사가 아니라 치한이에요.”

법정 안이 다시 온통 웃음바다가 되었다. 조용해질 때까지 기다린
나는 날카롭게 말했다.

“묻는 말에만 대답하면 됩니다. 아시겠습니까?”

"알겠어요."

"술만 마셨습니까?"

"파티를 했어요."

"파티라 했습니까?"

그녀가 잠시 망설이다가 목소리를 낮춰 대답했다.

"우리는 섹스를 그렇게 말해요."

"그 남자가 그런 짓을 하려 했을 때 놀라지 않았습니까?"

"놀라긴요? 남자란 다 그런 건데요, 뭘."

웃음소리로 다시 시끄러워지자 재판장이 재판봉을 두들겨 댔다.

"그 다음은 어떻게 했습니까?"

"집에 가서 잤어요. 전 녹초가 됐었거든요."

이번에는 나 역시도 무표정한 얼굴로 멍청하게 있을 수 만은 없었다. 겨우 평정을 되찾고 나서야 다시 물을 수 있었다.

"파크 에비뉴 모델협회에 돌아간 다음의 일을 묻는 겁니다."

"그 다음 날 갔어요. 프루드 회장에게 감사 인사를 하기 위해서였죠. 그녀가 데이트를 할 생각이 있느냐고 또 묻길래 어제의 그분처럼 점잖은 남자라면 언제라도 좋다고 했어요. 그랬더니 회장님은 자기가 알고 있는 남자는 하나같이 신사라고 말하며 웃어대고는 서랍에서 돈을 꺼내 나에게 내미는 거예요. 난 받을 생각이 없었어요. 팁을 받았기 때문이죠. 10달러를 이미 받았다고 했더니 웃으며, 그건 팁이었다며 한사코 돈을 받으라는 거예요."

"그래서 받았습니까?"

"내 몫이라는데 안 받을 이유가 없죠."

"얼마였습니까?"

"50달러였어요."

"그 돈이 무엇을 의미하는 지 몰랐습니까?"

중요한 부분이라 나는 천천히 또박또박 물었다.

"그 행위가 매춘이라고 생각지 않았느냐 이 말입니다."

"전 그렇게 생각지 않았어요."

그녀는 분명히 반박하고 있었다.

"만약, 그 남자가 마음에 들지 않았더라면 나는 아무 짓도 안 했을 거예요."

"당신이 만난 남자 중에서 마음에 안 드는 사람도 있었다는 뜻입니 까?"

내 물음은 내가 듣기에도 비비꼬인 것이었다.

그녀가 고개를 저었다.

"아뇨. 프루드 회장의 말은 거짓이 아니었어요. 그분이 소개시켜 준 남자들은 하나같이 나무랄 데 없는 신사들이었어요. 그런 신사들을 싫어해야 될 이유가 있을까요?"

다시 웃음소리가 들려왔으나, 나는 그것을 묵살하고 공세를 폈다.

"미스 프루드를 만나기 전에 남자와 그 같은 행위를 한 다음 돈을 받은 적이 있습니까?"

그녀가 다시 고개를 저었다.

"그런 일은 없어요."

"그럼 미스 프루드를 만난 이후, 그녀가 소개시켜 준 사람들 이외의 다른 남자와 관계를 맺고나서 돈을 받은 사실이 있습니까?"

"아뇨, 없어요. 난 매춘부가 아녜요."

"됐습니다. 감사합니다."

심문을 마치고 자리로 돌아오는 길에 피고석 앞을 지나칠 때 마자가 나를 올려다 보았다. 끝을 알 수 없이 깊고 검은 그 눈에는 자랑스러워 하는 빛이 떠올라 있음을 느낄 수 있었다. 그것을 보는 순간, 나는 왠지 그녀가 자랑스럽게 생각하는 요소가 바로 나 자신이라는 생각에 사로잡혔다. 나는 조심스럽게 그녀의 시선을 피하며 변호사 비토에게 약간 높은 음성으로 짧게 말했다.

"심문하시오."

그리고는 그녀를 보지 않으려고 애쓰면서 내 자리로 돌아왔다. 자리에 앉으면서 바라보니 비토가 천천히 일어서고 있었다.

그는 확실히 노련해 보였다. 움직임에서부터 능력과 확신이 엿보이는 몸가짐은 관록을 충분히 활용하고 있었다. 이윽고, 그의 성량이 풍부하고 여유 있는 목소리가 법정 안을 울렸다.

"미스 마니!"

"네."

나는 고개를 끄덕이지 않을 수 없었다. 그는 이 한 마디로 벌써 그녀를 압도하고 있음이 증명되었던 것이다.

"칠리코스에서 연극을 했다고 했죠? '골짜기의 종달새'라는 연극이라고 했던가요?"

“네, 맞아요.”

“당신 말에 의하면 극본은 고등학교의 연극 담당인 버그 선생이 썼다고 했죠?”

“네.”

“그 교사가 재능을 썩히기 아깝다고 했다는데, 그것은 분명히 연극에 대한 재능이었나요?”

마니가 웬일인지 망설이자, 비토의 목소리가 날카로워졌다.

“대답하시오. 그 교사가 분명히 그렇게 말했나요?”

“그렇…… 그렇다고 생각해요.”

“대답이 애매하군요.”

비꼬는 투였다.

“좋아요. 그 연극이 칠리코스의 한 극장에서 공연되었다고 했는데, 어떤 극장이었죠?”

순간 마니의 양미간이 좁아들었다. 그녀는 근심스런 표정으로 나를 바라봤지만, 나로서는 무슨 영문인지 알 도리가 없었다.

“정확히 말하자면……. 극장은 아니었어요.”

“정확히 말하자면 어디요?”

비토가 틈을 주지 않고 몰아부쳤다.

“클럽이었어요.”

그녀의 목소리가 작아졌다.

“좀 유별난 연극이었어요. 전위극이라고 할까요?”

“전위극이라……. 그럴듯한 말이군요. 어쨌든 극장에서는 할 수 없는 내용이었기 때문에 술집에서 공연한 게 아니오?"

순간 그녀의 시선이 떨구어졌다.

"그렇다고 할 수 있을 거예요."

비토가 판사를 바라보며 미소를 짓고나서 다시 그녀를 향했다.

"출연자 중에 여자는 당신 혼자였소?"

"그랬어요."

"어떤 역할이었죠?"

이제 그녀의 목소리는 내 귀에 겨우 들릴 정도였다.

"저는 시골 처녀역을 맡았어요."

"어떤 내용이었죠?"

"한 처녀와 세 남자의 이야기였어요. 남자들은 농가의 주인과 그의 아들과 머슴이었는데, 어느 날 밤에 일어나는 일을……. 대사는 한 마디도 없었어요. 판토마임이었거든요."

"판토마임이라면 벙어리처럼 말없이 행동으로만 하는 연극을 말하는 건가요?"

"네."

"판토마임이 아니라 대사가 필요 없는 내용이었겠지?"

비토의 날카로운 질문에 마니는 떨어뜨린 시선을 들지 못했다.

"그래서 출연자들과 연극에 관련된 자들이 풍기 문란으로 경찰에 입건되었고, 그 결과, 당신과 버그 선생이 학교에서 쫓겨난 게 아니요? 그렇죠?"

그녀는 대답을 못하고 아랫 입술만 깨물고 있었다.

"분명히 대답하시오. 미스 마니 ! "

비토의 가차 없는 명령이 떨어지자 얼굴이 창백해진 마니는 들릴락 말락하게 대답했다.

"네, 그래요."

"됐습니다."

심문을 끝낸 비토는 판사를 바라보며 '이런 여자의 말을 어떻게 믿을 수 있겠습니까?' 하는 표정으로 어깨를 으쓱해 보이고는 자기 자리로 돌아갔다.

"아주 묵사발을 만들어 놓는군."

"무서운 자야. 언제 그런 걸 다 조사했지?"

"조사한 게 아냐. 눈치로 때려잡았을 거야. 아무튼 정신 바짝 차려야겠어."

죠엘과 알렉이 속삭이는 소리가 채찍처럼 아프게 들려왔다.

"하지만, 한 가지 분명하게 알아둘 게 있어."

나는 입회 서기가 다음 증인을 부르는 소리를 들으며 두 동료에게 말했다.

"비토는 마니를 묵사발을 만들었지만, 그녀가 밝힌 사실에 대해선 아무런 반증도 내세우지 못했어."

서기가 나를 향해 고개를 끄덕였다. 나는 호흡을 가다듬고 자리에서 일어섰다.

내가 들어섰을 때 병실 안은 어둡고 조용해 영감의 숨소리마저도 들리는 듯했다.

간호사가 입술에 손가락을 갖다 댔다.

"지금 주무시고 계세요."

고개를 끄덕여 보인 나는 돌아서 병실을 나가려 했다.

"자긴, 누가 자."

그의 목소리는 조용한 병실이라 그런지 크고 힘차게 들렸다.

"마이크겠지?"

"그렇습니다."

"가까이와서 이야기해."

언제나처럼 신경질적인 말투였다.

"말소리가 안 들려."

침대 머리맡 쪽으로 다가갔다. 그의 빛나는 검은 눈이 나를 올려다
보고 있었고, 입가에는 희미한 미소가 맴돌고 있는 듯했다.

"오늘은 어떻게 됐지?"

"잘된 것 같습니다."

이렇게 말하면서도 나는 불안해지는 걸 어쩔 수 없었다.

사실 나의 마음은 분명치 않았으나 왠지 불안했다.

"증인이 네 사람 나왔습니다만, 비토는 그들에게 인신 공격만 했지
증언에 대한 반증은 제기하지 못했습니다. 제 생각으론 우리 측이
단연 유리하다고 봅니다."

"이미 들어서 알고 있어."

그렇다면 왜 물었단 말인가. 나는 그의 머리 맡에 놓여 있는 전화

기를 바라보았다. 하루 종일 부지런히 돌려댔을 것이다.

"그런대도 한 가지 석연치 않은 점이 있어. 비토의 속셈이 무엇인지 전혀 모르겠단 말야. 지금 같아선 자기의 먹이를 그냥 늑대들에게 내밀고 있는 것 같거든. 절대로 그럴 인물이 아닌데……."

나는 대답을 하지 못했다. 듣고보니, 바로 그것이 내가 지금까지 불안해 하고 있는 요소가 아닌가.

"동감입니다. 어떻게 보면 포기하고 있는 것 같기도 합니다."

"마리안 프루드를 봤나?"

영감이 내 말을 묵살해 버리고는 엉뚱한 질문을 던졌다.

"어떤 상태이던가?"

그는 내 표정을 핥듯이 훑어보았다.

"아주 좋은 것 같았습니다."

"그녀에 대해 아직도 똑같은 감정을 지니고 있나?"

"글쎄요……. 잘 모르겠습니다. 다만, 그녀를 바라볼 때면 뭔가 치미는 게 있을 뿐입니다."

그가 천천히 고개를 끄덕였다.

"자네가 무슨 말을 하는지 알아들을 수 있을 것 같네. 나도 그녀를 몇 번 만나서 어느 정도는 알고 있으니까."

여기서 말을 끊고 무엇인가를 잠시 생각하던 그가 말을 이었다.

"그녀는 놀랄만한 정신력과 용기를 지니고 있어. 만약 정상적인 길을 택했다면 뛰어난 여자가 됐을 걸세."

"아마, 그런 기회가 없었을 겁니다."

그의 눈에 날카로운 빛이 떠올랐다.

"자넨 아직 멀었어. 그녀에겐 기회가 있었을 거야. 틀림없이……. 그런데도, 그녀는 그것을 스스로 버렸을 걸세. 그럴만한 여자지."

나는 대답하지 않았다. 어떤 연유에서 영감이 단정짓듯 말하는 지 나로서는 짐작이 가지 않았기 때문이었다.

나는 그 순간, 오래 전 어느 한때의 일을 떠올렸다. 그녀가 교화소에서 나오던 날의 일이다. 그녀는 마중 간 나를 길바닥에 내동댕이치듯 내버려두고 떠나갔던 것이다.

물론 그녀에게 많은 변화가 있었을 것이라는 생각이 들었다. 멀리서 모습을 나타냈을 때부터 그걸 느낄 수 있었다. 뭔가 달라져 있었지만, 그것이 무엇인지는 그녀의 눈을 보기 전까지는 알 수 없었다.

내가 알고 있던 그녀보다 그 때의 마자는 훨씬 어른스러워져 있었다. 어쩌면 그 때의 나와는 어울리지 않을 정도로 그리고, 나로서는 짐작조차 할 수 없을 만큼 많은 것을 알고 있는 여자처럼, 그녀는 너무나 어른스러웠다. 그런 그녀가 나를 남겨두고 택시에 오르는 것을 그저 바라보고만 있을 수밖에 없었다.

그녀를 집에 태워가기 위해 빌려온 차를 천천히 운전하며 홀로 집으로 향해야만 했다. 집 안으로 들어선 나는 죄인처럼 무거운 마음이었다. 아버지는 교회에 갈 때나 입으시는 검정 양복에 넥타이까지 매고 계셨다. 식탁에 앉아 기다리고 계시던 두 분의 눈길은 내 뒤를 더듬고 있었다.

"오지 않았어요, 엄마."

기어들어가는 내 목소리는 젖어 있었다. 그 소리에 일어선 어머니의 표정은 부드러우면서도 차분했다.

"어쩌면 잘된 일인지도 모르겠구나."

나는 세차게 머리를 저었다. 그 바람에 고여 있던 눈물이 볼을 타고 흘러내렸다.

"아녜요. 엄마! 절대로 잘된 일이 아녜요. 그녀는 내 도움이 필요해요. 그런데도, 그녀는 내게로 오지 않았어요. 그 이유를 모르겠단 말예요!"

아버지가 자리에서 일어나셨다.

"네 물건들을 다시 네 방으로 옮겨야겠구나."

아버지는 이 말만 남기시고 식당에서 나갔다. 불쌍한 아버지는 나를 전혀 이해하지 못하는 분이셨다. 나는 어머니에게로 돌아섰다.

"이제 내가 어떻게 해야 하는 거죠, 엄마?"

잠시 나를 측은한 눈길로 바라보시던 어머니가 따뜻하게 어루만지듯 말씀하셨다.

"애야, 잊어버려라. 그 애는 너한테 어울리지 않는 애야."

"그렇게 간단하게 말씀하지 마세요. 난 이제 어린애가 아니예요. 스물 한 살이에요. 아직도 난 그녀를 사랑하고 있어요."

"그 애를 사랑한다고?"

어머니의 말은 나를 모멸하는 투였다.

"네가 사랑이라는 게 뭔지 알기나 하니? 넌 아직도 내가 보기엔 어린아이에 불과해. 네가 할 수 있는 일이란 상처를 입고……. 고작

우는 일뿐일 게다……."

갑자기 어머니의 말꼬리가 흐려지더니 몸을 돌리셨다.

놀란 나는 재빨리 다가가 어머니의 팔을 잡았다. 어머니의 눈가에
는 눈물이 가득 고여 있었다.

"그만두세요. 어머니가 우실 일이 아니예요."

순간 어머니의 눈빛이 변했다. 그런 눈빛은 이제껏 본 적이 없는
것이었다.

"내가 울 일이 아니라고?"

어머니는 거의 울부짖듯 말씀하셨다.

"난 그 애를 증오한단다! 천벌을 받을지도 모르지만, 난 내 아들
에게 상처를 입힌 그 애를 저주할 거야!"

"아마 그녀도 어쩔 수 없었던 이유가 있었을 거예요."

그러나 어머니는 고개를 저었다.

"그래서 넌 어리다는 거야. 어쩔 수 없었던 게 아냐. 충분히 할 수
있는데도 안 했을 뿐야."

격정은 가라앉았으나 어머니의 어조는 날카로웠다.

"그 애는 어떤 일이 있어도 자기가 원하는 대로 행동하는 여자라는
걸 절대로 잊어서는 안 된다."

그로부터 오랜 세월이 지난 후 그녀를 잘 알지도 못하는 영감에게
서 어머니와 거의 똑같은 말을 듣는다는 것을 우연으로만 돌릴 수 없
었다. 만약 내가 그들의 관점을 이해했다면, 지금까지 가시지 않는 고
통을 일찍 떨쳐버릴 수 있지 않았을까 하는 생각이 들었다.

그러나 다음 순간, 나는 그것이 부질없는 생각이라는 걸 인정해야
했다. 그녀가 어떤 여자였든 간에 나의 감정은 변하지 않았을 것이기
때문이다.

"내일은 누굴 부를 생각인가?"

영감이 물었다. 내 보고를 듣고 난 그가 다시 말했다.

"이쯤에서 2주일 정도 재판을 연기시켜 놓고 증거를 보완하는 게
현명할 걸세."

나도 동감이었다.

"그 때까지는 나도 퇴원할 테니까, 자네를 도와줄 수 있을 걸세."

"약속을 하시지 않았습니까?"

나는 물러서고 싶지 않았다.

"이 재판만큼은 제 뜻대로 하고 싶습니다."

"아, 그랬었지."

그가 보기 드물게 순순히 승복했다.

"그러지. 자네에게 이래라 저래라 하지는 않겠네. 자네를 돕기 위해
조언만 해줄 생각이네."

나는 미소를 짓지 않을 수 없었다. 그가 도와준다는 의미가 무엇인
지 너무나 잘 알고 있었기 때문이다.

"고맙습니다만, 사양하겠습니다."

나는 가능한 한 감정을 섞지 않고 끊어 말했다.

"아, 좋아! 자네 뜻에 따르겠네."

이렇게 말하면서도 늙은 여우같은 그는 의미있게 빙글거렸다.

집으로 돌아온 나는 곧바로 침대에 누웠다. 혼자있게 된 것이 다행이라는 생각이 들었다. 나는 의도적으로 어머니를 시골에 머무르시도록 했던 것이다. 어머니도 내가 그러길 원하는 것을 아시는 듯 순순히 따라 주셨다.

기지개를 켠 후 눈을 감자 기다렸다는 듯이 마자의 얼굴이 떠올랐다. 법정에서 본 자랑스러워 하는 빛이 역력한 표정이었다.

왜 그런 표정을 지으며 나를 바라보았을까? 자기를 감옥에 쳐넣으려 하는 상대를 그렇게 생각할 수 있는 것일까? 왠지 그녀에 대한 죄책감이 끊임없이 나를 괴롭혔다. 혹시 그녀는 자신에 대한 나의 감정을 짐작하고 있는 게 아닐까? 그럴 리가 없다. 그녀가 알고 있는 나의 감정은 이미 오랜 옛날의 허물과 같은 것이었다. 이젠 나도 많이 변해 있었다.

그녀에 대한 상념을 지워버리기 위해 몸을 뒤척거려 보았으나 쓸데없는 몸부림이었다. 어떤 자세, 어떤 생각을 하고 있어도 그녀의 모습은 나의 뇌리를 어지럽혔다.

요즈음 얼마 동안 난 그녀에 대해 많은 것을 조사했다. 하지만, 전혀 확인할 수 없는 공백 기간이 있었다.

그녀가 교화소에서 나온 몇 달 후부터 그녀의 이름이 경찰 수첩에 오르기 전까지의 행적을 전혀 종잡을 수가 없었다. 아마, 그 기간이야말로 그녀가 점차 나락으로 떨어지는 순간들의 연속이었을 것이다. 그때 나는 무엇을 했을까? 너무나 단순하다는데 생각이 미치자, 다시 그녀의 경우를 추정해 보았다. 어디에 가서 무슨 짓을 했을까? 전혀 짐작을 할 수가 없었다.

몸을 뒤척이며 그녀의 행적에 대해 그려보고 있던 나는, 문득 그 사이에 단 한번 그녀를 만나 너무도 행복했고 또, 너무나 아팠던 순간을 떠올리고는 가슴 깊은 곳에서부터 치미는 분노를 참을 수 없어 어둠 속에서 몸을 떨었다.

'너무나 짧은 행복이었다. 그리고 긴 이별을 가져다 준 순간 순간들이었다.'

제4부 | 빛 그리고 어둠

슬픈 계절 | 거침없이 쏟아지는 햇빛을 받으며 문가에 서 있

는 그녀의 금발이 눈이 부시도록 빛났다. 열려 있는 문 밖을 잠시 바

라보고 있던 그녀는 오른손에 들었던 자그마한 가방을 왼손으로 옮겨

들고는 뒤에 서 있는 여인에게 손을 내밀었다.

“안녕히 계세요, 포스터 부인.”

그녀의 목소리는 쇳소리처럼 탁했다.

여인이 남자처럼 억센 손으로 그녀의 내민 손을 쥐었다.

“잘 가, 메리! 늘 몸조심하고…….”

그녀의 입가에 희미한 미소가 떠올랐다.

“염려 마세요, 포스터 부인.”

그녀는 자신있게 말했다.

“일년 반 동안 이 안에 있으면서 많은 것을 배웠으니까요.”

하지만, 여인의 말투는 진지했다.

"그러길 진정 바라겠어. 메리, 이제 또 말썽을 부리면 진짜 감옥으로 가는 거야. 그런 꼴은 보고싶지 않단 말이다."

그녀의 얼굴에서 미소가 사라졌다.

"그런 일은 없을 테니까, 염려 마세요."

조용하게 말한 그녀는 손을 놓고 재빨리 문 밖으로 나섰다. 강렬한 햇빛에 눈이 부셔 계단을 내려가기가 어려워 눈을 깜박이며 서 있을 때 등 뒤에서 철문이 닫히는 듣기 싫은 소리가 들려왔다. 그 순간 그녀는 걷잡을 수 없는 해방감이 온몸에 흐르는 것을 느꼈다.

그녀는 돌아서서 굳게 닫힌 철문을 노려보며 중얼거렸다.

"다시는 날 못 보게 될 거다. 난 너무 많은 걸 배웠고, 너희들은 너무나 많은 걸 가르쳐 줬어."

철문을 바라보고 있는 사이, 그녀는 다시 한 번 온몸을 타고 흐르는 전율을 느끼며, 돌아서서 계단을 내려가기 시작했다.

어느 간수가 가져다 준 검은색의 얇은 코트를 걸친 그녀의 몸매는 나무랄 데 없이 성숙해 보였다. 키도 더 큰 것 같았고, 잘 발달된 가슴과 잘록한 허리, 무엇보다도 알맞게 퍼진 둔부는 어떤 옷으로 가려도 숨길 수 없는 아름다움을 드러내었다.

정문 옆 수위실에 앉아 있던 노인이 그녀가 다가오는 걸 보고 밖으로 나왔다.

"이제야 집으로 돌아가게 됐군, 마자?"

그녀가 미소를 지으며 말했다.

"글쎄요. 돌아갈 집이 없어졌는 걸요. 모든 게 변했어요. 할아버지 이름도 변했구요. 이젠 마자가 아니라 메리예요. 모르셨나요?"

노인도 알 만하다는 듯 미소를 지으며 고개를 끄덕였다.

"그 마음은 이해할 수 있지만, 그래도 너한테는 어울리지 않는 것 같구나. 그리고 아무리 이름을 바꾼다고 해도 네 몸 속에 흐르고 있는 폴란드 여인의 뜨거운 피는 바꿀 수 없을 거다."

노인을 바라보는 그녀의 입가엔 아직도 미소가 머물러 있었다.

"저 문을 나서기 전에 많은 걸 바꿀 생각이에요, 할아버지."

"하지만, 너 자신마저 바꿀 생각은 마라."

그는 노인다운 말을 하며, 정문의 빗장을 천천히 풀었다.

"어디로 갈 생각이냐?"

"글쎄요. 잘 모르겠어요."

잠깐 망설이던 마자가 자신에게라도 말하듯 털어 놓았다.

"하지만, 먼저 호텔을 정해 묵을 생각이에요. 우선 따뜻한 물을 욕조에 가득히 받아 놓고 그 속에 들어가 두어 시간쯤 충분히 쉰 다음, 외출하여 마음에 드는 옷을 사겠어요. 이런 넝마는 벗어 던져야겠죠. 그리고 맛있는 음식을 배불리 먹고 영화관엘 갈래요. 라디오 시티 극장 쯤이면 좋겠죠. 그리고나서 아이스크림을 두 개 정도 먹고 난 다음, 다시 호텔로 돌아가서 내일 오후 두 시까지 늘어지게 자겠어요."

잠자코 듣고 있던 노인이 기다리기 힘들다는 듯 재빨리 물어왔다.

"그리고 나선? 그리고 나선 어떻게 할 거냐?"

"적당한 일자리를 구해서 일을 하겠어요."

"다행이군. 맨 먼저 해야 될 일을 맨 나중에 이야기하는구나."

노인이 사람 좋아보이는 미소를 지어보였다.

"사람 구실을 하며 제대로 살려면 돈을 벌어야지."

문을 활짝 연 노인이 나가라는 몸짓을 해 보였다.

"마자, 새로운 세상이 기다리고 있어. 이 세상이 너에게 행복한 것이 됐으면 좋겠구나."

그의 권유대로 문 밖으로 나서려던 그녀가 다시 돌아섰다.

"이곳을 떠나서도 할아버지는 잊을 수 없을 거예요."

노인이 미소를 지으며 고개를 저었다.

"아니다. 이곳의 모든 걸 잊는 게 좋아. 하루라도 빨리……. 정상적인 인간이 되는 길일 거야. 잘 가라, 마자."

가슴이 뜨거워져 오는 것을 느끼면서 그녀는 노인의 뺨에 입맞춤을 했다.

"정말 고마워요, 할아버지, 안녕히 계세요."

그녀가 정문을 나설 때 노인의 목소리가 다시 들려왔다.

"잘 해, 마자 ! "

그 소리를 들으며 그녀는 미소를 지었다.

"물론이에요. 할아버지, 잘 할 거예요. 어느 누구보다도……."

곧이어 문이 닫히는 소리가 들려왔을 때, 그녀는 인도에서 차도로 내려섰다. 차를 잡기 위해서였다.

차도에 선 그녀는 뒤꿈치로 바닥을 굴러보았다. 부드러운 느낌이 전해져 왔다. 그렇다. 이건 아스팔트다. 뒤꿈치가 울릴 정도로 딱딱하고 쿵쿵 울려대는 시멘트가 아닌 것이다. 몇 걸음을 옮겨본다. 아무 소리도 들리지 않는다. 홀에서도 복도에서도 어디서나 울려대던 그 지겨운 발자국 소리가 들리지 않았다. 이제 잠시 후면 택시를 타게 될 것이다. 그러면 자기가 원하는 곳 어디든 갈 수 있을 것이다.

'아, 자유! 자유!' 이제야 되찾은 것이다.

바로 그 때였다. 누군가의 손이 가방을 들고 있는 그녀의 손을 덥석 움켜쥐며 귀에 익은 목소리가 귓전에 울렸다.

"차도에서 이렇게 어물대다간 죽어요. 자동차가 있다는 걸 잊었나 보지!"

그녀는 돌아보지 않고도 그가 누구라는 걸 알 수 있었다. 사실은 정문을 나설 때부터 그의 출현을 기대하고 있었던 것이다.

"집에 데려가려고 왔어, 마자."

"안 돼요."

그제서야 그녀는 그를 돌아다보며 고개를 저었다.

"그럴순 없어요."

"아니, 왜 이래, 마자?"

잡혀 있는 손을 당기듯 빼내며 그녀는 다시 고개를 저었다.

"사람을 잘못 봤나 봐요. 마이크, 난 이제 마자가 아녜요. 모든 게 변했어요."

"뭐가 변했는지 모르지만, 난 상관 안 해. 마자, 무슨 일이 있었어도 괜찮아. 내 편지에 단 한 번도 답하지 않았지만, 난 이렇게 달려 왔잖아."

그녀가 인도로 올라서며 마이크를 똑바로 바라보았다.

"내가 와 달라고 한 건 아니잖아요."

"사랑해 마자. 너도 날 사랑한다고 했었지?"

"그땐 우리가 어렸기 때문이에요."

"어렸기 때문이라고?"

순간 마이크의 목소리가 거칠어졌다.

"그 사이에 몇 년이 지났다고 그래? 단 2년 동안에 그렇게 많이 달라질 수 있는 건가?"

"물론이에요, 마이크."

그녀가 차분하게 대답했다.

"2년 사이에도 수천 년이 지난 것처럼 달라질 수 있어요. 나는 쉴 새 없이 자랐어요."

"자란 건 나도 마찬가지야."

감정이 고조된 마이크는 어린애처럼 말했다.

"하지만, 너에 대한 감정은 그 때와 마찬가지야. 변한 적이 한 번도 없었어."

"난, 그렇지 않아요."

"저 안에서 어떤 일을 당했길래 그래, 마자?"

그녀가 세차게 머리를 저었다.

"그래서 그런 게 아녜요. 나 자신이 스스로 결정한 일이예요. 이제 모든 것은 지나간 일이예요. 마이크, 옛날로 돌아갈 수는 없는 일이예요. 다시 어린아이가 될 수는 없잖아요?"

그녀가 돌아서려 했으나 마이크의 거센 손이 그녀의 어깨를 잡아 되돌려 놓았다.

"말해 줘. 이유가 뭐야, 마자? 무슨 일이 있었길래 그래?"

마자가 입을 다문 체 묵묵히 고개를 젓자, 그녀를 노려보는 마이크의 눈이 타올랐다.

"그 정도는 대답해 줄 의무가 있어. 말해 줘!"

바로 그 순간의 그녀의 눈빛을 마이크는 평생토록 잊을 수 없었다. 철저하게 무표정한 듯한, 보이지 않는 두꺼운 장막으로 가린 듯한 그 눈에는 아무것도 비치지 않는 원시의 공간에 밝은 아침 햇살마저 그 대로 그 속에 묻혀 버릴 것 같았다.

"말해 봐, 마자!"

"아이가 있어요. 저 안에서 아이를 낳은 거예요. 난 그 아이가 사내 앤지 계집애인지 조차도 몰라요. 얼굴도 보기 전에 누군가 데려가 버렸어요. 그렇게 하도록 내가 원했기 때문이었죠."

아무런 감정도 없는 차분한 목소리였다.

"그런데도 더 알고 싶은 게 있나요, 마이크?"

마이크의 표정이 당혹스러움으로 일그러졌다.

"누구의……. 누구의 아이였지? 로스의 아이였나?"

그녀가 어이없다는 표정을 지어 보았다.

"그런 일이 있을 수 있나요? 그는 떠났잖아요."

그녀의 어깨를 잡고 있던 마이크의 손이 미끄러져 내렸다. 그의 표정에 괴로운 빛이 짙게 떠올랐다.

"그렇다면 또다른 남자가 있다는 뜻인가……?"

마자는 이를 악문 체 아무런 대답도 하지 않았다. 어느덧 깊고 푸른, 그리고 고통의 표정이 담긴 그의 눈에 눈물이 고였다.

"어떻게 그럴 수 있었을까. 마자? 날 사랑한다고 했으면서……."

그러나 마자의 입에서 튀어나온 목소리는 냉랭하고 차분했다.

"그것뿐이 아녜요. 저 안에서 밤마다 계집애들 끼리 어떤 일이 벌어지는지 아세요? 시간을 보내기엔 더없이 좋은 방법이죠. 들어보겠어요. 마이크, 재미있을 거예요."

"듣기 싫어!"

마이크의 목소리가 갈라져서 나왔다.

"로스의 말을 생각나게 하지 마! 널 싸구려……."

그래도 그는 다음 말은 삼켜 버렸다.

"창녀라고 했겠죠."

마이크의 두 손이 와락 그녀의 어깨를 힘껏 움켜쥐고 흔들어 댔다.

"정말아? 정말, 넌 그런 여자였어?"

흔들리면서도 그녀의 시선은 변함없이 차분하게 마이크를 바라보고 있었다.

"이제는 다 지나간 일이 아닌가요, 마이크? 하지만 중요한 건 당신이 믿고 있었던 사실이 아닌가요? 그건 남이 뭐라고 하든 상관없는 일이 아닐까요?"

택시가 다가오자, 그녀가 손짓을 했다.

"이제 그만 놔 주세요. 차가 왔어요."

그의 손이 힘없이 떨어지자, 그녀는 재빨리 택시에 올랐다.

차가 모퉁이에 이르렀을 때야 그녀는 뒤를 돌아보았다. 마이크가 그 자리에 그대로 선 체, 그녀 쪽을 바라보고 있었다. 순간 눈물이 왈칵 쏟아져 내리는 걸 마자로서도 어쩔 수 없었다.

"사랑해요, 마이크."

그녀는 자신에게 속삭이듯 중얼거렸다.

"어디로 가시겠습니까?"

운전사가 물었다.

"브로드웨이 아스토리아 호텔."

그의 모습이 시야에서 완전히 사라지자, 마자는 천천히 눈물을 닦아냈다. 너무 깊은 상처로 얼룩진 자신은 이미 그와는 어울리지 않는 상대라고 생각되었다. 그에게는 그 자신처럼 맑고 밝게 빛나는 새로운 존재가 어울릴 것이다. 그래서 티 없는 행복한 길을 걸어야 할 것이다.

그러나, 내 길은 따로 있을 것이다. 아무리 험난하고 괴로울지라도 자신은 자기만의 길을 가야 한다. 그녀는 이를 악 물고 차창 밖을 응시하였다.

밤보다 더 어두운 순간들 | 그녀는 접수 계원이 내놓

은 숙박 카드를 내려다보면서 잠시 망설였다. 아무리 샤워와 목욕탕이 딸린 고급스런 방이라지만, 하루에 5달러 5센트는 큰 돈이었다.

얼마 가지 않아 가지고 있는 돈이 바닥이 날게 분명했다. 지금 마자는 백 달러 조금 넘는 돈을 가지고 있을 뿐이다.

그러나 오랫동안 간직해 온 열망이 끝내 그녀를 돌아서지 못하게 만들었다. 수 없는 낮과 밤을 이 순간에 대한 기대로 보냈던 것이다. 더 이상 망설이지 않고 그녀는 재빨리 적어 나갔다.

「메러 프루드. 뉴욕주 요크빌. 1937년 11월 20일생」

그녀가 카드를 밀어놓자, 흘끗 들여다 본 계원이 종을 울려 벨 보이를 불렀다.

"학교를 갓 졸업한 모양이군요. 프루드 양."

계원이 붙임성 있는 미소를 지으며 물었다. 그녀는 말없이 고개를 끄덕여 주었다. 벨 보이가 다가와 그녀의 가방을 들자 접수계원이 열쇠를 건네 주었다.

"1204호실로 모셔요."

벨 보이가 나가고 문이 닫히기를 기다려 그녀는 침대에 몸을 던졌다. 폭신하게 빠져드는 기막힌 감촉이었다. 구름 위에 누워 있는 기분이 바로 이런 것일까? 이것이야말로 진짜 침대였다. 어젯밤까지도 몸을 눕혔던 교화소의 딱딱한 나무침대가 떠올랐다. 다시는 그런 판자 위에 눕지 않으리라.

한동안 침대 위에서 몸을 굴리던 그녀는 욕실문을 열었다. 새하얀 타일이 눈이 부시도록 반짝였다. 욕조의 모양도 특이했다. 바닥에서 올라온 게 아니라 푹 꺼져 있는 모형이었다. 가장자리를 만져본 그녀는 다시 한 번 감탄하지 않을 수 없었다. 그것은 섬칫하고 딱딱한 감촉의 쇠붙이가 아니라, 그녀로서는 알 수 없는 부드러운 재료로 만든 것이었다. 수건걸이에는 보기만 해도 부드러운 터키타월이 보기 좋게 걸려 있었다.

주위의 만족스런 모습에 취해 있던 그녀는 시계를 들여다보았다. 열두 시가 가까워지고 있었다. 마음놓고 늘어지게 목욕을 하기 위해선 그 전에 쇼핑을 하는 게 순서일 것 같은 생각이 들었다.

욕실에서 나온 그녀는 가방 속에서 핸드백을 꺼내 그 속에 깊숙이 넣어둔 돈을 헤아려 보았다. 1백 18달러였다.

그 돈은 교화소의 세탁장에서 길고 긴 시간 동안 땀을 흘린 댓가였다. 그 돈을 만지는 순간 세탁장 안의 자욱한 김과 세제 냄새, 무엇보다도 찌는 듯한 열기가 그녀의 몸을 에워싸는 것 같아 세차게 머리를 저었다. 잠시 후 그녀는 핸드백을 들고 호텔방을 나섰다.

호텔을 나선 그녀는 오래간만에 보는 브로드웨이의 모습을 감명 깊게 살펴보았다. 점심 시간이라 여느 때보다도 한층 더 북적거렸다. 모두들 어딘가 목적지가 있는 듯했고, 할 일이 많은 듯한 표정은 한눈한 번 팔지 않는 그들의 생기있고 활기 찬 모습에, 그녀는 압도되는 기분이 들어 어느 낯선 거리에 온 이방인같은 소외감을 느껴야 했다.

사실 이 거리는 그녀에게 전혀 낯선 곳이 아니었다. 그녀는 1년 반 동안 꿈에도 잊지 못하던 거리를 천천히 돌아보았다. 파라마운트 극장에서는 빙 크로스비의 영화를 상영하고 있었고, 리알토에서는 괴기 영화 두 편, 뉴욕커에는 서부 영화 포스터가 걸려 있었다. 길 건너 모퉁이에 있는 네드릭크 백화점은 여전히 손님들로 북새통을 이루었다. 42번가와 43번가 사이에 있는 중국 음식점에서는 변함없이 35센트짜리 점심을 선전하고, 호텔 건너편 헥터 카페테리아에는 이 도시에서 가장 멋진 패스트리가 화려했다.

그런 광경을 훑어보던 그녀는 그제서야 만족한 기분으로 발걸음을 옮겼다. 어디를 가야 싼 가격으로 멋진 물건을 살 수 있는 지 그녀는 잘 알고 있었다. 속옷과 블라우스는 프리머드에서, 스커트와 드레스는 마커스에서, 그리고 구두는 키티 케리에서 사면 될 것이다. 길을 건너고 있는 그녀는 자신도 모르게 콧노래마저 흥얼거렸다. 오늘 아침 그녀는 교화소의 수위 할아버지에게 잘못 말한 것을 깨달았다.

여기가 바로 그녀의 '집'이었다는 사실을.

욕조 속에 몸을 담근 그녀는 길게 누웠다. 반짝이며 향기어린 비누 거품으로 뒤덮힌 따뜻한 물이 그녀의 전신을 간질이듯 에워쌌다. 싸구려 비누를 쓰던 목욕과는 감촉부터 달랐다. 그 때는 아무리 닦아내도 비누 찌꺼기가 남아 있는 듯 불쾌감을 주었으나, 지금은 포근하게 감싸인 것 같은 아늑함을 맛볼 수 있었다. 그녀는 더없이 만족스런 기분으로 매끈거리는 자신의 몸을 쓸어보며 지난 날의 악몽과 고통을 씻어버리고 싶었다.

잠시 후 그녀는 푹신한 타월을 적당히 접어 욕조 가장자리에 놓은 다음 그것을 베개 삼아 머리를 얹었다. 몸을 완전히 눕히고, 두 눈을 감았다.

　너무 좋은 기분이었다. 따뜻하고 편안하고 아늑함이 찾아왔다. 누구도 그녀를 괴롭히지 않을 것이며, 부르는 사람도, 하기 싫은 일을 시키는 사람도 없다. 아！ 완전한 자유와 해방감. 그대로 잠이 들 것만 같은 나른함 속으로 천천히 빠져들고 있었다. 교화소에서는 단 한 번도 느껴본 적이 없고 상상할 수도 없었던, 무엇보다 아이를 낳던 그 폭발할 것 같은 무서운 순간과는 너무도 거리가 먼 아늑함이 만족감을 주었다.

　오전 내내 격심한 진통으로 구르다시피 괴로워하자, 마침내 간호부가 그녀를 아래층 의무실로 데리고 갔다. 재빨리 진찰을 마친 의사가 간호사를 향해 고개를 끄덕였다.

　"준비를 서둘러. 멀지 않았어."

　이윽고 그녀의 몸이 딱딱하고 하얀 침대 위에 눕혀지자 간호사가 출산 준비를 서둘렀다. 주기적으로 밀어닥치는 진통 속에서 간호사가 그녀의 몸 어느 한부분의 털을 깎자 이어지는 충격에 정신을 잃을 지경이었다. 마침내 준비를 끝낸 간호사가 산모의 몸 위에 하얀 시트를 씌워 놓고 병실에서 나갔다.

　그녀는 가쁜 숨을 몰아쉬며 두 눈을 감았다. 이제 그 끔직했던 순간들이 끝나간다는 사실에 고통 속에서도 위안을 받았다. 그로부터 그 오랜 시간을 그녀는 수치와 공포, 죽음과 같은 절망감을 맛보아야 했다.

　침대 쪽으로 누군가 다가오는 소리에 정신을 가다듬어 보니 교화소

소장 포스터 부인이 서 있었다. 그녀의 손에는 서류 한 장이 들려 있었다.

"좀 어때, 메리?"

"견딜만 해요, 소장님."

"왜 이제껏 아이에 대해선 아무 말도 하지 않았지?"

마자는 고통 속에서도 미소를 지어 보였다. 과연, 이야기할 필요가 있었을까? 이제 잠시 후면 그 결과가 나타날게 아닌가. 마자는 대답을 하지 않았다.

"아이의 아버지에 대해 이야기를 해줘야 해."

포스터 부인이 다시 물었다.

"아이의 양육비를 지불해야 하니까."

또다시 진통이 밀려와 그녀는 눈을 감고 이를 악물어야만 했다. 진통이 가라앉자 소장에게 말했다.

"상관 없는 일이에요."

그녀의 목소리는 떨리고 있었다.

"아무런 관계도 없는 일이에요."

그녀의 말을 듣고난 포스터 부인은 잠시 들고 있던 서류를 들여다본 다음 입을 열었다.

"알았어, 메리! 네 뜻은 아이를 양자로 보냈으면 좋겠다는 거지?"

마자가 말없이 고개를 끄덕였다.

"그렇게 되면 네 입장이 어떻다는 것쯤은 알고 있겠지?"

포스터 부인이 사무적으로 말했다.

"아이에 대한 모든 권리를 포기해야 해. 아이를 볼 수도 없고…….
그 아이를 누가 키우는지 알려고 해서도 안 돼. 너에게는 아이가
이 세상에 태어나지도 않은 셈이 되는 거야."

그녀는 여전히 입을 다물고 있었다.

"내 말을 듣고 있니, 메리?"

소장이 상을 찡그리며 물었다. 그래도 마자는 말없이 고개만 끄덕
였다.

"아이에 대해선 그 어떤 것도 알려고 해서는 안 된다는 뜻이야!"

포스터 부인의 되풀이 되는 짜증스러운 말과 또다시 밀려온 진통이
그녀를 폭발시키고 말았다.

"알고 있어욧!"

마자가 울부짖듯 소리쳤다.

"나 보고 어떻게 하란 말예요? 여기서 키우란 말인가요? 그렇게 해
주시겠어요?"

"만약 아이의 아버지가 밝혀지고 양육비를 낼 수만 있다면…….."

포스터 부인의 어조는 어디까지나 완강했다.

"네가 여기서 나간 후 아이를 키울 능력이 있다고 인정되면…….."

그러나 그것은 기대할 수 없는 일이다. 직업도 집도 없는 그녀에게
아이를 줄 리가 없었다.

"인정을 못 받는다면 고아원에 보내지겠죠?"

그녀의 물음에 포스터 부인이 말없이 고개를 끄덕였다.

"양자로 가게 되면 이 교화소를 바로 떠나게 되나요?"

"그래!"

마자가 끓어오르는 감정을 억제하기 위해 숨을 들이켰다.

"그렇게 해 주세요. 그것이 제가 원하는 일이에요."

그녀의 어조는 결단을 내린 듯 단호했다.

"하지만……."

이제는 오히려 포스터 부인의 목소리가 떨리고 있었다.

다시 밀려든 진통과 아픔을 참지 못해 그녀는 벌떡 일어나 앉았다.

"제발 제가 원하는 대로 해주세요!"

마자는 발악하듯 소리쳤다.

"그 길이 내가 아이에게 해줄 수 있는 최선의 방법이라는 걸 모르시겠어요?"

잠시 그녀를 바라보던 소장은 더 이상 이야기해 봐야 소득 없는 일이라는 생각에서인지 병실에서 나갔다. 마자가 포스터 부인을 다시 보게 된 것은 그로부터 세 시간이 지난 후였다. 그 때는 이미 모든 게 끝난 뒤였다. 침대 곁으로 온 포스터 부인이 그녀를 내려다보았다.

마자의 핼쑥한 얼굴에 땀방울이 맺혀 있고, 눈은 감은 체였다.

"메리."

잠이 들었는지 미동도 하지 않았다.

"메리!"

다시 한 번 부른 포스터 부인이 잠시 그녀의 얼굴을 바라보다가 눈꺼풀이 움직이는 것을 확인하고는 다시 불렀다.

"마자, 내 말이 들리지?"

마자의 눈이 천천히 떠졌다.

"이제 괜찮을 거야. 마자, 그리고 아이도 건강하고……."

"그만두세요!"

기운은 없었으나 날카로운 음성이었다.

"듣고 싶지 않아요!"

"그래도……."

소장 포스터 부인이 머뭇거리자, 마자가 고개를 돌렸다. 그 눈에는 눈물이 맺혀 있었다.

"보내세요. 그 길밖에 없어요."

순간 포스터 부인의 표정도 일그러졌다. 같은 여성으로서 그녀도 어린 마자의 아픔을 공감하고 있었던 것이다. 그녀의 손이 얇은 시트 속의 마자의 손을 찾아 쥐었다.

마자가 그녀를 돌아보았다. 단 한 번도 남에게 보인 적이 없는 아픔이 표정에 어려 있었다.

"견딜 수 없는 일이에요. 만약 그 아이를 보게 된다면 그건 나에게 참을 수 없는 모독이 되겠지요. 그 아이는 죄악의 씨예요. 잊게 해 주세요."

순간 포스터 부인은 마자가 이 교화소에 오게 된 이유를 생각해 낼 수 있었다. 그렇다면……! 안경 속의 그녀의 눈에 진정으로 동정하는 빛이 감돌기 시작했다. 이제서야 무표정의 가면 아래 숨겨져 있던 마자의 깊은 아픔을 이해할 수 있을 것 같았다.

그들은 한동안 말없이 서로를 응시하고 있었다. 그러나, 그 시선에는 수많은 이야기가 담겨져 있다는 것을 두 여인은 각자 나름대로 확인하는 순간이었다.

이윽고 마자가 입을 열었다. 가라앉은 목소리였다.

"보내주세요."

포스터 부인은 자신도 모르는 사이에 고개를 끄덕였다.

"그래. 그렇게 할게. 메리!"

그제서야 고여 있던 눈물이 마자의 볼 위로 흘러내렸다. 소리 없는 울음이었다. 고통보다도 더 크고 아픈 이별이었다.

불행의 그림자 | 형사로서는 드물게 보는 친절하고 예의 바른 사람이었다. 몸이 좀 야윈 편인 그 형사는 그녀가 들어서자 의자를 직접 들어다 자기 책상 맞은 편에 놔 주며 앉도록 권했다.

책상 너머로 잠시 그녀의 모습을 살펴본 형사는 금방 깨달을 수 있었다. 이 여자는 운명적으로 말썽을 일으키기 위해 태어났다는 필연적인 사건의 냄새를 맡을 수 있었다.

외모로 보면 전혀 그렇지 않은 것이 불행의 시발점이다. 오히려 아름다운 금발, 개성이 뚜렷한 용모, 풍만한 육체, 자신만만한 걸음걸이와 자세 등은 여성으로서 갖출 매력을 한 몸에 모아 놓은 천부적인 용모로, 한 번 보면 잊지 못할 여인으로 추앙 받아야 마땅할 것이다. 그러나, 형사의 예리한 눈에는 그렇게 비치지 않았다. 남자를 위해서만 존재하는 여자, 남자의 속성을 폭발시키는 여자, 이런 여자야말로 끔찍한 사건의 근원인 것이다.

형사는 이런 선입견을 누르며, 앞에 놓은 카드를 들여다 보았다.

'메리 프루드. 아! 이 아가씨로군.'

자신의 예감이 틀리지 않았다고 생각하며 그녀를 바라보았다.

"지금 어디에 살고 있소, 프루드 양?"

"아스토리아 호텔에서 묵고 있어요."

쉰 듯한 목소리로 대답한 그녀는 담배를 꺼내 물었다.

얼른 성냥불을 그어대며 불을 붙여주던 형사는 불꽃 너머로 그를 바라보는 그녀의 눈에 짧은 순간이나마 웃음기가 어렸다는 것을 느꼈다. 그러나 형사는 마음 속으로 애써 그것을 부정했다. 그 또래의 여자가 경찰에 처음으로 출두하여 이렇게 태연할 수는 없다는 것이 이유였다. 자신이 본 것은 불빛이 눈에 반사된 것으로 착각했을 뿐이라고 믿고 싶었다.

"지독하게 비싼 호텔을 고르셨군……."

형사의 말에 그녀는 시원스레 담배 연기를 뿜어낸 후 편안하게 대답했다.

"그렇게 살기로 내 자신에게 약속했어요."

그녀를 바라보고 있기가 다소 거북해진 형사는 다시 카드를 들여다 보며 말했다.

"일 자리는 구했소?"

그녀가 고개를 저었다.

"나온 지 이틀밖에 안 됐어요. 아직 찾아보지도 않았어요."

"그것부터 먼저 해결해야 한다고 생각지 않나?"

형사가 애써 부드러운 말투로 물었다.

"구하기가 몹시 어려울 텐데?"

"하겠어요."

"돈도 얼마 남지 않았겠군. 옷도 새로 샀구만……."

이때 처음으로 그녀의 말투에 반발의 기미가 보였다.

"내가 번 돈이에요. 내 돈 가지고 내 마음대로 쓰는데, 그것도 위법

인가요?"

형사가 참을성 있게 미소를 지으며 고개를 저었다.

"천만에, 오해하지 말아요. 프루드 양. 우리가 원하는 건 아가씨가

말썽을 일으키지 않도록 미연에 방지하자는 것 뿐이요. 돈이 떨어

지면 유혹에 넘어가기 쉽거든……."

"아직 난 빈털털이가 아네요."

그녀가 재빨리 말했다.

형사는 그 말에는 아무런 대답도 하지 않고 조용히 그녀를 살피며

담배를 피워 물었다. 이 여자는 돈 때문에 말썽을 부리지는 않을 것

이다. 그녀에게 있어 말썽의 여지는 돈을 주고 싶어 하는 남자가 너

무 많다는데 더 큰 문제가 있다. 그는 잠자코 그녀가 입을 열기를 기

다렸다. 이런 여자는 침묵을 견디지 못하는 성격의 소유자라는 것이

그의 견해였다.

그런데, 눈앞의 여자는 달랐다. 상대방의 시선을 피하지 않고 똑바

로 받아들이면서 언제까지라도 그대로 있을 자세였던 것이다. 시간이

흐를수록 불편해지는 쪽은 오히려 형사였다. 입장이 바뀌어 자신이 오히려 심문 받고 있는 피해자처럼 느껴지기까지 하는데는 스스로도 놀라지 않을 수 없었다.

형사는 어색해진 기분을 없애기 위해 목을 가다듬고 조용히 입을 열었다.

"지켜야 할 규정은 알고 있겠지요, 프루드 양?"

그녀가 고개를 끄덕였으나 형사는 그것에 구애받지 않고 규정을 읽어 나갔다.

"한 달에 한 번씩 이곳에 와서 생활하고 있는 상태를 진술해야 할 것이며, 전과가 있는 인물들과는 어떤 경우라도 어울려서는 안 되며, 주거지를 옮길 때마다 보고해야 하고, 직장을 구해도 보고해야 하며, 경찰의 허락 없이는 거주지를 벗어나면 안 됩니다. 총기를 비롯한 위험한 무기를 소지해서도 물론 안 되고……."

읽고 있던 형사는 조그맣게 웃는소리에 놀라며 그녀를 바라보았다.

"왜 웃는 거지?"

그녀가 자리에서 일어섰다.

"그런 걸 지니고 있을 필요가 있을까요?"

그녀의 입가에는 아직도 웃음기가 떠돌고 있었다.

형사는 새삼스레 자기의 얼굴이 붉어지는 걸 느꼈다. 하긴 이런 여자가 따로 무기를 지닐 필요는 없을 것이다. 타고 난 무기 즉, 육체보다 더 위력적인 무기가 있을 턱이 없었다.

"아가씨의 안전을 위해 참고로 알려주는 것 뿐이오, 프루드 양."

"고마워요, 경위님."

그녀가 다시 자리에 앉자 형사는 표정을 바꾸며 물었다.

"어떤 일 자릴 찾고 있소? 가능하다면 도와줄 수도 있으니까."

"갈 만한 데가 있을까요?"

"슈퍼마켓 같은 곳이나 식당의 여급, 아니면 경리 정도라면 자리가 있을 것도 같아."

"급료는 얼마나 되죠?"

"주당 12달러 내지 15달러 정도지."

"그렇다면 사양하겠어요."

그녀가 잘라 말했다.

"그런 자리가 어때서 그러지?"

형사가 짜증스러운 어투로 묻자, 그녀는 미소를 지으며 대답했다.

"그 돈으로는 방값도 모자라요. 급료가 많은 일자리가 필요해요."

"호텔에서 생활하는 것 만이 제대로 사는 건 아니지. 안 그래."

형사의 말투가 뒤틀려 있었다.

"난 그렇게 살겠어요."

그녀가 단언하듯 말했다.

"쓰레기 같은 곳에서 이제껏 지나치리 만큼 충분히 살아왔어요. 다시는 그렇게 살지 않겠어요."

"그럼 그 많은 돈을 어디서 벌 생각이지?"

형사가 시답지 않다는 듯 물었다.

그녀는 대답하지 않았다.

"매춘을 할 생각인가?"

형사는 이 대목에서 아주 냉랭하게 말했다.

형사를 바라보는 마자의 눈이 둥그레졌고, 순간적으로 웃음기가 사라진 얼굴 표정은 창백했다.

"그게 그렇게 돈을 많이 버는 일인가요?"

그러자 형사의 목소리가 위협적으로 변했다.

"만약 그 따위 짓을 하면 가차없이 교도소행이야! 그곳은 교화소와는 사정이 달라!"

"너무 심하지 않나요, 경위님?"

마자는 차분했다.

"아직 그런 짓을 한 건 아니니까요."

형사가 자리에서 일어섰다.

"만약 그런 짓을 하면 반드시 후회하게 될 것이라는 경고의 말을 미리 해 주는 거야."

그리고는 선 체로 카드에 싸인을 한 다음, 그것을 그녀 앞에 내밀었다. 그녀가 그것을 집어들자, 그가 손짓을 했다.

"좋아! 이제 가도 좋지만, 내가 말한 주의 사항들을 분명히 기억해 두는 게 좋을 거야."

자리에서 일어선 마자가 카드를 백에 넣고 코트를 걸친 다음 문으로 향했다. 그러나, 문을 연 그녀는 뭔가 미진한 것이 있었는지 돌아섰다.

"용기를 주서서 고마워요, 경위님."

그녀가 그런 말을 하는데 화가 치밀었지만, 형사는 인내했다.

"실수할까 봐 알려주겠는데, 난 경위가 아니야. 나오라는 날짜에 분명히 오기나 해. 그것 뿐야."

"그렇게 할께요."

마자는 미소를 지으며 좁은 사무실을 새삼스레 둘러보며 말했다.

"짜증스럽고 지루해서 이 좁아터진 사무실에서 견디기 힘들어지면 절 찾아오세요. 경위님, 기분 전환시켜드릴께요."

그녀의 당돌한 제의에 입만 벌어질 뿐 형사는 할 말을 잃었다. 동시에 그의 얼굴이 벌겋게 상기되어 갔다.

마자의 얼굴엔 미소가 함빡 피어올랐다.

"어디에 묵고 있는 지 아시죠. 경위님, 아스토리아 호텔 1204호실이에요."

형사가 대답할 말을 찾기도 전에 그녀의 모습은 사라지고 문이 닫혔다. 따귀라도 한 대 얻어맞은 듯한 표정으로 잠시 닫힌 문을 바라보고 있던 형사가 수화기를 집어들어 교환수에게 명했다.

"죠커 마틴을 대 주시오."

몇 초 지나지 않아 수화기에서 굵직한 남자의 음성이 흘러나왔다.

"죠커? 54번가 경찰서의 이간 형사요. 당신이 찾고 있던 아가씨가 방금 다녀갔소. 그렇다니까. 마자가 아니라, 이름을 메리로 바꿨더군요. 그래요. 바로 그 아가씨라니까요……. 금발에, 그래서……. 그렇죠. 하지만, 정말 위험한 인물 같았소. 이 세상의 누구도 겁내지 않는 아가씨 같더군요. 대단합니다. 고맙소, 죠커……. 그래요. 또 연락합시다."

보이지 않는 사람들 | 푹신한 소파에 깊숙히 앉은 죠커

마틴은 만족한 표정으로 시거에 불을 붙이면서 자기의 생각이 옳았다는 것에 만족했다. 2주일 동안의 휴가는 그에게 새로운 활력을 가져다 주었다.

장소는 예전과 변함이 없었으나, 그의 사무실은 마자가 들락거릴 때와는 비교가 되지 않을 정도로 화려하게 꾸며져 있었고, 카페트에서부터 천정의 전등 하나까지 모두가 최고급품이었다. 사무실만 그럴 듯한 게 아니라, 그의 사업 상태도 만족할 만큼 호황이었다. 이 도시의 가장 유력한 지하조직과 모종의 관계를 맺고 있는 그에게, 그의 사업을 방해할 어떠한 상대도 존재할 수 없었다. 사업은 날이 갈수록 눈에 띄게 번창해 갔다.

그러나, 죠커에게도 어려운 점은 있었다. 사업의 규모가 날로 커짐에 따라 격에 맞는 도움이 필요했다. 주먹이 아니라 두뇌가 요구되었던 것이다. 이제 그는 자신의 사업 뿐만 아니라, 파크 에비뉴 전체와 81번가에 이르는 상당한 지역의 밤을 관장하는 지하조직의 보스로 성장해 있었던 것이다.

이러한 이유에서 그가 생각해 낸 인물이 바로 로스 드레고였다. 로스는 어떤 의미에선 아직 어렸고 거친 데가 있었으나 영리한 두뇌의 소유자였으며, 게다가 도박에 대한 남다른 감각과 승부욕까지 지닌 인물이라는 걸 죠커는 잘 알고 있었던 것이다.

마침 기회가 좋은 것은, 그가 또다시 사고를 일으켜 그의 아버지가 의절을 선언한 데 있었다. 아버지와의 사이가 그렇게 됐다 하더라도 파크 에비뉴에서 대규모 사업을 하고 있는 사람들이라면, '드레고'란 성이 지니고 있는 가치를 알고 있기 때문에, 로스는 여러 가지면에서 쓸모 있는 인물이라는 게 죠커의 확실한 계산이었다.

그러나 조심해야 할 점은 이익을 위해서는 배신도 서슴없이 저지르는 인물이 바로 로스라는 인물임을 그는 잘 알고 있었다.

문제는 로스의 지나친 야심이다. 언젠가는 그것으로 인해 그는 자신을 망치고 말 것이다. 너무 급하고 한꺼번에 많은 것을 탐하는 성격은 자신의 삶을 망치기에 알맞는 요소였다. 하지만, 그것은 먼 훗날의 일이 아닌가. 따라서 그 때까지는…… !

죠커는 시거를 빨며 의미있는 미소를 떠올렸다.

전화기를 들자 곧바로 비서의 목소리가 들려왔다.

"로스는 아직 안 왔나?"

"지금 막 도착하셨습니다. 마틴 씨."

그가 전화기를 내려놓은 것과 거의 동시에 문이 열리며 로스가 들어섰다. 죠커는 그가 들어온 것을 알면서도 잠시 책상 위의 서류를 뒤적이다가 그를 올려다 보았다.

"돈은 가져 왔나?"

로스가 고개를 끄덕이며 종이에 싼 돈뭉치를 책상 위에 던졌다.

"1만 달러요. 내가 가진 것 전부요."

서랍을 열고 돈뭉치를 쓸어 넣은 죠커가 영수증 대신 주식 증명서를 꺼내 로스 앞으로 밀어 놓았다. 그것을 집어들고 들여다보던 로스가 화를 벌컥 내며 다시 책상 위에 내던졌다.

"무슨 수작을 하는 거요? 블루 스카이 개발공사라는 게 도대체 뭐요? 난 들어본 적도 없는 이름이요!"

"라스 베가스에 있는 사업체야."

죠커가 침착하게 대답했다.

"라스 베가스? 그게 도대체 어디요?"

"네바다주!"

죠커는 어린애를 달래는 듯한 표정이었다.

"이 나라에서 가장 많은 돈이 도는 도시가 될 거야. 호텔, 도박장, 나이트 클럽 등 환상의 도시를 만드는 거지."

"내 돈을 돌려주시오."

로스는 잘라 말했다.

"나한테 꼭 팔고 싶거든 마이애미에 있는 거나, 리노의 것을……."

"어린애 같은 소리!"

죠커가 날카롭게 잘라 말했다.

"마이애미는 이미 시카고의 갱들이 모조리 점령해서 주가가 천정까지 치올랐어! 얼마나 더 버틸 것이라 생각하나? 이제 거기에 투자한다는 건 쫓아가 벼락을 맞는 꼴이야! 리노는 파산한 작자들이 모이는 곳이지. 돈을 쓰면 얼마나 쓰겠나? 이젠 벨리나 팜스프링은 도박이 안 통해!"

"그래서 안 된단 말인가요? 천만에……."

로스가 빈정대는 투로 말했다.

"그런 곳에선 어떻게 해야 되는지 잘 알고 있으니 염려 마시오."

"여기에서도 더 잘 할 수 있어."

죠커가 참을성 있게 설득했다.

"땅 짚고 헤엄치기지. 우린 그 도시를 몽땅 사 들이려고 기획하고 있는 중이야. 부동산 업이고 뭐고 모두 우리가 차지하는 거지. 그렇게 되면 우리가 바로 법이 되는 셈이지. 폭력이 아니라 완전히 합법적으로……."

"어느 세월에 그렇게 된다는 얘기요?"

이렇게 묻고는 있었으나 로스의 어조는 누그러져 있었다.

"무슨 일이나 시간이 필요한 법이지."

자신의 설득이 주효했다는 걸 느끼며, 죠커는 미소를 지었다.

"우리 조직의 판단으로는 5년 내지 10년 정도면 확실하다고 믿고 있어."

"그 때면 난 영감이 되어있을 거요."

"그때 넌 전 미국의 30대들 중에서 가장 돈 많은 인물이 되어 있겠지."

"그럴 필요가 있을까요?"

로스는 아직도 마음을 정하지 못하고 있는 것 같았다.

"지금도 돈만 있으면 돈은 벌 수 있어요."

죠커가 정색을 하며 바짝 다가들었다.

"언제까지 푼돈이나 만지고 있을 거야! 이미 난 십만 달러를 투자했어. 너 만큼 돈을 놀릴 줄 몰라서 투자한 건가? 이제 위험한 짓을 할 때는 지났어. 조금만 기다리면 티끌 하나 없는 합법적인 방법으로 그 돈은 수백만 달러가 되어서 굴러들어올 텐데 망설일게 뭐야!"

"십만 달러를 투자 했다구요?"

로스가 믿기지 않는 표정으로 묻자, 죠커는 대답 대신에 고개만 끄덕였다.

"총 자본이 얼마나 됩니까?"

"1천만 달러……."

로스의 표정에 놀라는 기색이 역력했다.

"내가 자넬 이 계획에 참가시키는 데는 이유가 있어."

죠커가 재빨리 덧붙였다.

"자네를 위한 커다란 계획이 따로 있기 때문이야……."

로스가 조심스러운 표정으로 눈을 가늘게 뜨고 죠커를 바라보았다.

"어떤 계획이죠?"

죠커가 시거를 꺼내 피워 물었다. 신중한 몸짓이었다.

"조금 전에 말했지만, 이 작업은 완전히 합법적인 것이야. 따라서 표면에 내 세울 인물은 참신하고 능력 있는 인격자를 필요로 하고 있어. 그래서 난 자네가 이 작업을 총 지휘할 적임자로 추천할 생각이네."

뜻밖의 말에 잠시 생각에 잠겨 있던 로스가 조심스럽게 물었다.

“뜻대로 될 것 같습니까?”

“틀림없이 될 거야.”

죠커의 어조는 자신만만했다.

로스가 주식증명서를 다시 집어 들여다보다 미소를 지으며 죠커를

바라보았다.

“이제 이 종이 쪽지가 그럴 듯하게 보이는군요.”

죠커도 따라 미소를 지었다.

“돈 냄새가 난다 이거지?”

로스가 마침내 기분 좋게 웃음을 터뜨렸다.

“내가 꼼짝 못하는 냄새가 세 가지 있어요. 첫째, 새로운 돈 냄새,

둘째, 새 차 냄새, 셋째, 새 계집 냄새죠.”

죠커가 빙글거리며 그의 말을 받았다.

“여자 얘기가 나오니까 생각나는군. 자네의 옛날 여자에 관한 소식

을 들었는데, 흥미가 없나?”

“옛날 계집엔 흥미가 없습니다.”

로스가 계속 웃어대며 말했다.

“방금 말했잖습니까. 흥미가 있는 건 새 계집이라구요.”

“이 경우라면 다를 걸……..”

죠커가 시가를 빨아대며 로스의 표정을 살폈다.

“왜 있잖나, 금발의 폴란드 계……..”

“마자?”

순간 로스의 어조가 변했다. 고통스러워 하는 기색마저 엿보였다.

"그래."

죠커가 웃음을 거둔 표정으로 말했다.

"그 여자를 내 사업에 참여시키고 싶은 생각이었네만, 먼저 자네가 어떻게 생각하는지 알고 싶군."

로스는 잠자코 자신의 손을 내려다 보았다. 영리한 그는 자신과 죠커와의 관계가 어떤 것인지를 쉽게 알아차릴 수 있었다. 그의 뜻에 맞지 않는 어떤 말이나 행동도 용납되지 않는다는 사실을 너무나 잘 알고 있었던 것이다.

잠시 후 로스는 마음을 굳히고 고개를 들었다. 책상 건너편의 인물은 인자한 아버지가 말썽꾸러기 아들을 나무라는 듯한 시선으로 그를 바라보고 있었다. 로스는 목을 가다듬고 나서 천천히 그리고, 분명하게 말해 주었다.

"난 그 여자에 대해 이제 아무런 감정도 가지고 있지 않아요. 당신 마음대로 하셔도 됩니다."

던져진 주사위 | 교화소에서 나온 지 나흘째 되는 날은 금요일이었다. 그녀는 호텔방에 틀어박혀 끈질기게 전화를 기다리고 있었다. 재떨이에는 담배 꽁초가 수북했다. 이제 남은 돈이라고는 호텔비나 겨우 낼 정도였다.

하지만, 그녀는 기다리는 것이 있었다. 교화소에서 사귄 친구 애버린이 금요일 아침에 전화하기로 약속했던 것이다.

그녀와의 관계가 시작된 것은 출소하기 6개월 전부터였다. 약간 마른편에 검은 머리인 애버린도 세탁장에서 그녀와 함께 노역에 종사했었다. 땀을 흘리며 다림질을 하고 있을 때 그녀가 불쑥 말을 걸어왔다.

"밖에 나가면 뭘 할 거니. 메리?"

대답할 말이 얼른 떠오르지 않아 하던 일을 잠시 계속하다가 입을 열었다.

"모르겠어. 일자리를 구해야겠지. 아직은 생각해 본 적이 없어."

"어떤 일자리?"

"글세, 내가 할 수 있는 거라면 아무거나 하지 뭐."

애버린이 딱하다는 듯 웃었다.

"한심하구나. 그러다간 굶어 죽기 꼭 알맞아."

마자는 이렇게 말하는 애버린을 유심히 바라보았다.

"넌 뭘 할 건데?"

"계획이 있어."

애버린은 여운을 남기며 잠시 망설였다.

"멋진 계획이지."

"어떤 계획인데?"

마자가 호기심에 차서 묻자, 대답하려던 그녀는 간수가 다가오는 발자국 소리를 듣고 재빨리 속삭였다.

"취침 시간에 나한테 와. 이야기해 줄게. 어쩌면 함께 일할 수 있을 거야."

그날 밤, 열 시경 마자가 그녀의 침대로 갔다.

"잠 들지 않았니?"

검은 머리의 애버린이 기다렸다는 듯 일어나 앉았다.

"그래."

마자도 그녀의 침대에 앉았다.

"뭘 할 거지?"

"좋은 돈벌이가 있어. 일종의 연예 활동 같은 거야. 애인이 있는데, 내가 나올 때까지 장소를 정해 놓는다고 했거든……."

"넌 언제 나가는데?"

"너보다 사흘쯤 늦어. 사실은 함께 일할 파트너를 찾고 있었어. 그래서 너한테 이야기를 하는 거고……. 내 생각에 우리는 아주 잘 어울릴 것 같아. 넌 금발이고, 난 검은 머리니까 사람들은 그런 조화를 좋아한다는 거야……."

"도대체 어떤 일인데? 연예 활동 같은 거라니……. 무슨 소리야?"

애버린이 쿡쿡거리며 웃었다.

"의상이 전혀 필요 없는 쇼……."

"아, 그거……."

마자가 놀라자 애버린이 덧붙였다.

"일주일에 겨우 10달러 벌자고 땀 흘리는 것과는 비교가 안돼."

"난 모르겠어."

마자가 망설이며 대답했다.

"그런 일은 생각도 해 본 일이 없으니까."

"누가 밤중에 떠드는 거야? 아가리 닥치고 자지 못해!"

어느 침대에선가 날카로운 소리가 날아왔다.

"우리도 자야잖아!"

그 소리에 애버린이 돌아누우며 마자를 끌어당겼다.

"자, 이불 속으로 들어와. 그럼 다른 것들한테 신경 쓰지 않고 이야기 할 수 있어."

"난 그만 돌아가는게 좋을 것 같은데……."

마자가 망설이자 검은 머리가 하얀 치아를 드러내며 웃었다.

"왜, 겁나니?"

대답을 않고 망설이던 마자가 그녀 옆으로 올라갔다. 애버린은 기다렸다는 듯이 재빨리 이불을 덮었다.

그들은 잠시 말없이 누워 있었다. 마자는 애버린의 체온이 전해져 오는 걸 느끼며 입을 열었다.

"얼마나 벌 수 있니?"

"하루에 이 삼십 달러는 간단해."

마자는 귀가 번쩍 뜨였다. 그렇다. 중요한 것은 돈이다. 그것이 없으면 어떤 인간이든 쓰레기에 불과할 뿐이다. 벌 수 있는 기회가 있으면 벌어야 한다. 어려운 일도 아닌 것 같고, 남에게 피해를 주는 일은 더욱 아니지 않는가.

생각에 잠겨 있던 마자는 문득 애버린의 손이 자신의 몸을 더듬고 있는 걸 느끼고 소스라치게 놀라며 몸을 뒤틀어 피했다.

"무슨 짓이니?"

애버린의 키득거리는 소리를 들으며 몸을 바짝 웅크린 마자가 소리를 죽여 물었다.

"너 혹시 레즈비언 아니니?"

"천만에, 너 이제 보니 아주 순진하구나."

애버린은 여전히 키득거렸다.

"뭐 겁낼 것 없어. 시간을 보내기 위한 가벼운 운동이라고 생각해. 기분도 좋고 잠도 잘 오고……. 얼마나 좋은 일이니?"

애버린이 그녀의 굳어 있는 몸을 다시 더듬기 시작했을 때 마자는 뿌리치지 않았다.

마자가 떠나기 바로 전날, 애버린이 그녀의 가방을 챙기는 일을 도와주며 다짐했다.

"내가 말한 거 잊지 않았겠지? 금요일 아침에 전화할 테니 꼼짝 말고 기다려야 해."

"염려 마."

이런 약속 때문에 그녀는 지금 전화기를 바라보고 앉아 있는 중이었다. 시계를 들여다 보았다. 정오 무렵이다. 그녀는 피우던 담배를 부벼 끄고 침대 위에 가방을 올려 놓고는 천천히 짐을 꾸리기 시작했다. 이제 전화 오기는 틀린 것 같았다. 방 값이나 낼 수 있을 때 나가는 게 현명할 거라는 생각이 들었다.

바로 이때 전화벨이 요란하게 울렸다. 그녀는 거의 넘어질 것 같은 동작으로 수화기를 집어들었다.

“애버린?”

그러나 수화기에서 흘러나온 목소리는 남자였다.

“죠라고 합니다. 애버린의 친구요. 지금 그녀는 차에서 기다리고 있소. 준비됐습니까?”

“거의 다 돼 가요.”

“좋아요. 내가 올라가죠.”

그녀가 가방을 다 꾸렸을 때 문쪽에서 노크 소리가 들려왔다. 문을 여니 체격이 우람하고 험상궂게 생긴 사내가 서 있었다. 마음에 드는 용모는 아니었으나, 지금의 그녀에게는 반가운 존재였다. 그녀는 미소를 지으며 물었다.

“죠?”

사내가 고개를 끄덕이고 방으로 들어서며 손을 내밀었다.

“아주 매력적인 아가씨군. 애버린이 허풍을 떤 것은 아닌데…….”

능글맞고 무례한 태도에 그녀는 사내의 손을 잡았다가 얼른 놓으며 물러섰다.

“고마워요. 가방을 가져 가야 하니까 보이를 부르겠어요.”

그녀가 전화기 쪽으로 다가가려 하자 사내가 고개를 저었다.

“그럴 필요없어. 가방은 내가 들고 옆문으로 나갈 테니까, 아가씨는 외출하는 것처럼 태연하게 정문으로 나가. 그러면 방 값은 안 내도 될 테니까.”

빙글거리는 사내의 얼굴을 잠시 한심하다는 표정으로 바라보던 마자가 고개를 저었다.

"고맙지만, 낼 돈은 내겠어요."

죠가 멋쩍은 듯 어깨를 움칫했다.

"하긴 뭐, 내 돈이 아니니까."

마자는 그를 바라보지도 않은 체 접수계에 전화를 걸었다.

차에서 기다리고 있던 애버린이 마자를 보자 미소로 맞았다.

"혹시 어디로 가 버리지나 않았나 해서 걱정했어."

"그렇지 않아도 조금만 늦었으면 떠났을 거야."

"죠가 짐을 싸야 한다고 해서 방에 잠깐 들렀거든……."

이렇게 말하는 애버린의 얼굴이 발갛게 달아올랐다. 마자는 모르는
척하고 다른 말을 물었다.

"짐을 쌌다고?"

"그래요."

죠가 시동을 걸며 빙글거렸다.

"옷 한 벌 없이 떠날 순 없는 일이 아니요."

"떠난다뇨? 어디로 가는데요?"

"마이애미……."

죠가 자랑스러운 듯이 말했다.

"그곳 북쪽 해변 조용한 곳에 멋진 아파트를 얻어놨소. 마이애미는
지금이 한창이니까 건덕지가 많거든……."

잿빛 머리의 키 큰 사나이가 아스토리아 호텔 접수계로 왔다.

"1204호실, 메리 프루드 양 지금 있소?"

접수계원이 그를 살피며 고개를 저었다.

"조금 늦으셨습니다. 5분 전에 떠나셨거든요."

죠커 마틴은 믿을 수 없다는 듯 계원을 노려보았다.

"떠나다니? 누구 동행이 있었소?"

계원이 머리를 끄덕였다.

"네, 남자가 한 분이 왔었습니다."

"어떻게 생겼습니까?"

"키가 선생님 정도로 크고 얼굴이 붉은 데다 뭐라고 할까……. 좀 거칠게 생긴 분이었습니다."

"아, 그래요?"

죠커가 돌아서자 젊은 계원은 호기심에서 물었다.

"저, 선생님 뭐가 잘못 됐나요?"

"아니, 아무 일도 아니요."

그는 돌아보지도 않은 체 대답하고는 로비를 가로 질러 호텔을 나섰다. 마자를 데려간 사내가 누군지 몰라도 적어도 로스는 아닌 것 같았다. 처음엔 로스일 거라고 생각했으나 그의 얼굴은 검은 편이고, 키도 크지 않았다.

이제는 기다리는 수 밖에 없었다. 그녀가 여기에 있다는 것을 알았을 때 바로 달려왔어야 했던 것이다. 마자와 같은 여자는 혼자 놔두어선 안 된다는 사실을 왜 미처 생각지 못했을까?

차의 뒷좌석에 앉은 그는 시거에 불도 붙이지 않은 체 씹어대고 있었다. 아까운 여자다. 하지만, 영영 날아가 버린 것은 아닐 것이다.

언젠가는 또다시 모습을 나타내겠지. 그 때까지 기다려야 한다. 그리고 그 때는 반드시 놓치지 않을 것이라고 다짐했다.

끝없는 평행선 | 창가에 선 그는 막 물에서 나오는 그녀를

바라보고 있었다. 벌써 사흘째였다. 새하얀 수영복 차림의 그녀가 물에서 나오는 모습은 여신의 출현과도 같은 착각을 일으키기에 충분했다. 눈부시게 흰 살결, 어느 한 곳 흠 잡을데 없는 몸매, 새하얀 수영복은 그녀의 피부에 어울렸다. 쏟아지는 햇빛 속에 선 그녀가 천천히 수영모를 벗자 은빛이 도는 눈부신 금발이 출렁거리며 어깨 위로 흘러내렸다.

담요를 펴 놓은 곳으로 걸어간 그녀는 허리를 굽혀 수건을 집어들어 몸의 물기를 닦아내고 있었다. 그런 그녀의 모습을 바라보던 그는 강렬한 동물적인 충동마저 느끼지 않을 수 없었다. 그는 이제껏 그녀처럼 진정으로 해수욕을 즐기는 여자는 본 적이 없었다.

그는 이제 그녀가 어떻게 할 것인지를 잘 알고 있었다. 그녀는 담요 위에 길게 누워 수영복의 어깨끈을 느슨하게 푼 다음 일광욕을 즐길 것이다.

그녀는 그의 집이 있는 언덕 쪽을 단 한 번도 쳐다보는 법이 없었다. 그렇게 한 시간쯤 일광욕을 즐기고 난 다음, 그녀는 가지고 왔던 물건을 단단하게 챙겨 비치백에 넣은 다음, 가벼운 겉옷을 걸치고 해변 끝에 세워 놓은 차로 돌아가는 것이었다.

그것이 그녀가 매일 오전에 해변에서 반복하는 일상이었다. 그가 그런 그녀의 모습을 처음 발견한 것은 상원의원 파티를 끝낸 다음 날 아침이었다.

과음을 한 탓으로 갈증이 심해 눈을 뜬 그는 토마토 쥬스를 가져오라고 하인에게 소리쳤다. 그러나, 가는 귀가 먹은 하인 톰이 쉽게 알아들을 리가 없었다. 화가 치밀어 벌떡 일어난 그는 벨을 누르려고 창가로 갔다가 그녀를 발견했던 것이다.

그녀는 그때 물에서 나오고 있었다. 언뜻 그 모습을 본 그는 머리를 흔들며 눈을 감았다가 뜨고는 자세히 보았다. 옅은 안개가 퍼져 있는 해변의 그녀는 언뜻 보기에 누드로 착각할 정도였다. 그러나 머리와 시선이 차츰 맑아지자 새하얀 수영복을 볼 수 있었다. 그때 그는 자신의 바보 같은 생각에 짜증이 나 돌아섰으나, 다음 날, 그 시각에 그는 다시 창가에서 그녀의 모습을 볼 수 있길 기대했다.

'무슨 바보 같은 짓이야!'

그는 자신이 매우 못마땅한 듯이 투덜거렸다.

'난 고든 페인터야. 마음만 먹으면 미국의 그 어떤 계집도 침대 속으로 불러들일 수 있어. 그런 자가 꼴이 뭐야. 창문 뒤에 숨어서 열다섯 살 짜리 망나니처럼 누군지도 모르는 계집을 훔쳐보고 있다니. 보나마나 해수욕이나 좋아하고 머리 속이 텅 빈 깡통같은 여자일 텐데……'

지난 일을 떠올리고 있던 그는 문득 옆에 누군가 있다는 인기척에 돌아보았다. 하인 톰이 자기처럼 해변을 내려다보며 서 있었다.

"아름다운 아가씨군요, 주인님."

멋적은 듯 말하는 충직한 하인을 바라보며, 고든 페인터는 미소를 지었다.

"자네도 매일 아침 훔쳐 보고 있었지? 그러느라고 아침에는 이 방에 얼씬도 안 한 거지?"

늙은 톰도 빙긋이 웃었다. 오랜 세월을 함께 지내온 사람들 사이에서나 볼 수 있는 친밀감을 느끼는 순간이었다.

"늙긴 했습니다만, 저에게도 눈은 있습니다요, 주인님."

"저 여자가 누군지 알고 있나?"

하인이 고개를 저었다.

"여기서 처음 보는 아가씨인 걸요."

"점심을 먹자고 부르면 올까?"

늙은 하인의 표정에 기쁜 빛이 어렸다.

"그거야 가서 청해 봐야겠죠. 저 아가씨 속을 저 같은 게 알 도리가 있습니까요?"

고든이 다시 시선을 돌려 해변을 바라보았다. 모래밭에 꼼짝 않고 누워 있는 그녀의 모습은 한 점의 아름다운 조각이었다. 잠시 말없이 바라보고 있던 그가 미소를 지으며 명했다.

"좋아. 가서 점심을 함께 하자고 청해 보게. 톰！"

기분 좋게 따가운 햇살을 등줄기에 받으며 그녀는 꼼짝 않고 엎드려 있었다. 따뜻하면서도 깨끗한 느낌을 주는 더없이 사랑스런 햇살이 만족스러웠다.

　지난 밤, 그녀의 벌거벗은 몸을 향해 쏟아져 내리던 조명의 더러운 열기와는 너무도 다른 눈길이었다. 문득 그녀의 몸 구석구석을 핥듯이 노려보던 쓰레기 같은 인간들의 충혈된 시선이 떠올랐다. 도대체 뭘 어쩌겠다고 눈에 핏발을 세우고 보는 것일까? 일단 막이 내리면 그들에게 있어 그녀는 아무 것도 아니지 않은가! 어리석은 자들…….

　그녀와 애버린이 옷을 입고 나오면 차에서 기다리고 있던 죠가 어김없이 그들이 번 돈 중에 반절은 빼앗은 다음 애버린을 싣고 어디론가 사라져 버린다. 혼자 남은 그녀는 곧바로 아파트로 돌아오자마자 욕조에 몸을 담궜다. 전신에 묻어 있는 더러운 시선들을 말끔히 씻어내기 위해서였다. 그리고는 잠깐 동안 책을 읽다가 그대로 잠들어 버린다. 때때로 애버린과 죠가 들어오는 소리에 잠을 깰 때가 있다. 그런 밤이면 여간 고역이 아니었다. 으레 '밤의 소리'가 들려오기 때문이었다. 다시 조용해질 때까지 숨을 죽이고 기다려야만 했다.

　아침에 그녀가 일어났을 때는 그들은 언제나 잠에 곯아 떨어져 있었다. 깨워도 소용없다는 걸 알고 있는 그녀는 수영복으로 갈아입고 차를 몰아 해변으로 향하는 게 일과가 되었다.

　그녀가 해변에서 돌아올 때 쯤에야 그들은 부스스 일어났으므로 아침 식사는 대개 그녀가 준비해야 했다. 아침을 겨우 먹고나면 그들은 곧바로 경마장으로 향했다가 오후 늦게서야 돌아왔다. 그 때쯤이면 빈털터리였다. 그녀에게 돈을 빌려갔으나 한 번도 갚은 적이 없었고,

그녀 역시 달라고 하지도 않았다.

그렇지만, 보편적으로 생각해 보면 그녀의 생활은 그다지 나쁜 편은 아니었다. 마이애미 은행 구좌에는 거의 5백 달러 가까운 돈이 예금되어 있었다.

엎어져 있던 마자는 이제 돌아누울 때가 됐다고 생각했다. 등줄기가 적당히 뜨거워졌던 것이다. 서서히 몸을 움직이던 그녀는 깜짝 놀라 벌떡 일어나 앉았다. 언제 다가왔는지 그녀 옆에 웬 남자가 서 있었기 때문이다.

머리가 하얗게 센 흑인 노인이었다. 조금은 안심이 되어 부리나케 어깨끈을 조이자, 노인이 미소 지으며 머뭇거리듯 말을 건네왔다.

"아가씨……."

부드럽고 공손한 말씨였다.

"왜 그러죠?"

마자가 쓸쓸하게 대답했다.

"고든 페인터 씨가 절 보내셨습니다. 전 그 댁의 하인입죠."

노인은 그녀의 비위를 건드리지 않으려는 듯이 조심스럽게 예의를 갖춰 말했다.

"저기가 페인터 씨 별장입니다. 오셔서 점심을 함께 하시자고 하셨습니다……."

그녀는 그가 가리키는 대로 언덕 위의 별장을 바라보았다. 전에도 본 적이 있는 집으로 철책으로 담장을 둘러친 아름다운 집이었다. 주인은 분명히 부자이리라. 그녀는 흑인을 올려다보며 말했다.

“페인터 씨에게 전해 줘요. 초대는 고맙지만, 정말 나를 초대할 마음이 있다면 직접 오셔서 해 달라고 하세요.”

노인의 눈에 웃음이 떠올랐다.

“예! 아가씨, 그렇게 전하겠습니다.”

그는 가볍게 목례를 해 보인 다음, 곧 돌아서서 별장으로 향했다.

멀어져가는 노인의 뒷모습을 바라보고 있던 그녀는 다시 몸을 눕히고는 눈을 감았다.

‘여자를 초대하는 방법도 가지가지군. 하인을 보내 부르다니.’

그녀는 고든 페인터란 사람이 어떤 인물일까 생각해 보았다. 아마 무덤 속에 다리 한쪽을 들여놓고 있을 호호 영감이리라. 이런 생각을 하며 잠깐 졸고 난 그녀는 천천히 떠날 준비를 서둘렀다.

다가오는 발소리를 들은 것은 그녀가 짐을 거의 다 꾸렸을 때였다. 면으로 된 흰 바지에 셔츠 차림의 그는 바닷바람에 갈색 머리를 흩날리고 있었다.

“아가씨!”

그가 달려오며 부르는 소리에 떠나려던 그녀는 멈춰 서서 기다렸다. 다가오는 모습을 보니 키가 크고, 옅은 푸른색 눈에, 입술과 눈가장 자리에 약간의 주름이 있는 제법 무게가 있어 보이는 얼굴이었다.

“벌써 떠나시지 않았을까 해서 걱정했습니다.”

그는 운동에 별로 익숙치 않은 지 숨을 몰아쉬었다.

“옷을 차려 입고 오느라 늦었습니다.”

그녀는 그를 똑바로 바라볼 뿐 대답을 하지 않았다.

문득 깨닫는 게 있는지 그가 미소를 지었다.

"이런 숨이 차 정신이 없군 ! 실례했습니다. 고든 페인터요."

자기 이름을 말하며 그는 유심히 그녀의 표정을 살폈다. 그러나, 그녀는 그의 이름을 아는 지 모르는 지 아무런 표정의 변화도 보이지 않고 대답도 하지 않았다.

"아가씨가 수영하는 모습을 몇 번 본 적이 있습니다. 사람들이 이 곳에 오지 않아 해변은 늘 쓸쓸한 편이죠."

고든이 천천히 말했다. 호흡이 진정되는지 차분한 음성이었다.

"그래서 여길 좋아하는 거예요. 사람들로부터 방해를 받고 싶지 않아서요."

"아, 그렇다면 미안하게 됐군요."

고든은 가까이에서 보는 그녀의 용모와 몸매 그리고, 자신감 있고 조금은 거만한 태도에 질린 듯한 기분에 사로잡혔다.

"방해할 의도는 전혀 없었습니다. 다만 내 생각으로 아가씨와 함께……."

다음은 무슨 내용인지 알고 있는 그녀가 말을 가로막았다.

"고마워요, 페인터 씨. 감사합니다만, 오늘 만은 사양하겠어요. 다음에 기회가 있으면 기꺼이 초대에 응하겠어요."

그리고는 돌아섰다.

"차 있는 곳까지 함께 가겠소."

고든이 따라 걸으며 말했다.

"어디선가 아가씨를 본 적이 있는 것 같은데, 기억이 나질 않아요. 혹시 상원의원 파티에서 뵌 게 아닐까요?"

내심 뜨끔해진 그녀는 그를 돌아보았다. 품위가 있어 보이면서도 밝은 용모로 미루어, 그녀의 밤무대를 구경하러 온 냄새 나는 인물은 아님이 분명했다. 그저 낚기 위해 막연히 던져보는 미끼일 것이다. 그녀는 안심해도 좋다고 생각하며 미소를 지었다.

"우리가 만난 적이 있다고는 생각지 않아요. 페인터 씨."

"틀림없을까요. 미스……?"

그녀는 대답하지 않았다. 이름을 밝히기가 싫었던 것이다. 차에 이른 그녀는 가방을 뒷좌석에 던져 넣고 운전석에 올랐다.

"뉴욕에서 왔군요."

고든이 차창에 붙어 있는 운행증을 바라보며 말했다.

"나도 뉴욕 사람인데. 그럼 우린 뉴욕에서 만난 게……."

"아녜요. 페인터 씨."

그녀가 잘라 말했다.

"우린 한 번도 만난 적이 없어요. 그건 확실해요."

"이봐요. 미스……. 미스……."

그녀의 이름을 알아내려고 애를 쓰고 있었으나 대답하지 않으리라는 것을 깨닫고는 말머리를 돌렸다.

"제가 운전해 드리면 안 되겠습니까?"

"그럴 필요까지 없어요."

그녀가 재빨리 거절했다. 사는 곳을 알리기 싫었던 것이다.

"운전하는 걸 좋아해요."

"그럼 내일 점심을 함께 해 주시겠습니까?"

그녀는 벌써 엔진에 시동을 걸고 있었다.

"글쎄요?"

그녀는 이렇게 대답하며 그를 놀리듯 웃었다.

"내일 다시 청해 보시죠, 페인터 씨."

이 말을 남기고 차는 떠났다.

멀어져 가는 차를 우두커니 바라보고 있던 고든은 멋적은 듯 머리를 저었다. 색다른 아가씨군. 그녀는 내 이름을 전혀 모르는 것 같지 않은가. 혹시, 뻔히 알면서도 시침을 떼는 게 아닐까? 그런 것 같지는 않다는 생각에 그는 고개를 저으며 집을 향해 걸음을 옮겼다.

어찌되었건 내일이면 알아낼 수 있으리라고 기대하면서…….

머무르고 싶은 날들 | 이튿날 해변으로 나온 그녀는 의

외의 광경에 눈이 휘둥그레지지 않을 수 없었다. 커다란 파라솔이 그늘을 만들어 주고 음식이 넘치게 준비된 식탁 옆에서 고든 페인터가 미소를 지으며 그녀를 맞았다.

"다른 때보다 10분 늦으셨군요."

"도대체 이게……."

그녀는 말을 잇지 못하고 당황했다.

"이렇게라도 하지 않으면 기회가 없을 것 같아서요. 우리 집의 톰이 그럴 듯하게 차린 모양입니다.”

“쓸 데 없는 수고를 하셨군요, 페인터 씨.”

“난 그렇게 생각지 않는데요, ‘무명’ 양!”

“지금 뭐라고 부르셨죠?”

그녀가 눈을 깜박이며 그를 바라보았다.

“무명 양이라고 불렀소.”

고든이 빙글거리며 대답했다.

“그럴 듯하지 않습니까? 당신을 더욱 신비스럽게 만드니까…….”

그녀도 미소를 지었다.

“난 신비스러운 존재가 아녜요.”

“이곳 마이애미에서 이름 없는 아가씨라면 신비스런 존재이지요.”

그는 테이블의 음식에 눈길을 주었다.

“새우를 좋아한다면 다행이겠군요. 톰의 솜씨는 형편 없지만 새우
샐러드를 만들었답니다.”

“좋아해요.”

“잘 됐군요.”

그가 먼저 자리에 앉았다.

“자, 그럼 먹어볼까요.”

그때 그녀는 걸쳤던 겉 옷을 벗어 모래 위에 던졌다.

“먼저 수영을 하고 싶어요.”

“아! 그것도 좋죠.”

그도 따라 일어서며 셔츠와 바지를 벗어 그녀의 옷 바로 옆에 던져

놓았다. 그는 노란 빛깔의 수영복을 입고 있었다.

"자, 갑시다."

그녀가 먼저 물 속으로 뛰어들었다. 한동안 앞질러 나가던 그녀가 돌아서며 소리쳤다. 새파랗게 얼어서 턱을 떨고 있었다.

"물이 너무 차요!"

따라오던 고든이 소리쳐 답했다.

"톰에게 이쪽으로 더운 물을 보내라고 할까요?"

"바보같은 소리 말아요!"

추위에 견디지 못하고 허겁지겁 되돌아오던 마자가 파도에 휩쓸려 균형을 잃었다. 기를 쓰며 허우적거리던 그녀는 별안간 몸이 가벼워지는 걸 느꼈다. 고든이 그녀의 어깨쭉지에 팔을 껴안은 체 헤엄을 치고 있었다.

물이 무릎 정도 닿는 곳에 이르러서 그녀를 풀어주며 바라보았다. 이미 그의 눈에 장난기 같은 짓궂음은 보이지 않았다.

"아가씨를 구해 줬으니 그 댓가로 이름쯤은 말해 주지 않겠소?"

그를 바라보는 동안 불현듯 그가 마이크를 닮았다는 점을 발견하고 놀라지 않을 수 없었다. 두 사람에게는 차분함과 부드러움이 공통점이라는 사실도 새롭게 깨달았다.

"보답하는 방법이 그것 밖에 없다면……."

그가 고개를 끄덕였다.

"그게 알맞은 방법이요."

"프루드!"

그녀가 천천히, 그러나 분명하게 말했다.

"메리 프루드."

"만나게 돼서 기쁘군요. 프루드 양."

그가 재빨리 그녀의 뺨에 입맞춤을 했다.

"정말 기쁩니다. 진정입니다."

"이렇게 많이 먹어본 적은 이제껏 단 한 번도 없어요. 페인터 씨."

그녀가 빈 접시를 밀어 놓으며 웃어보였다. 고든이 미소로 그 말을
받았다.

"다음부턴 그냥 고든이라고 불러줘요. 톰이 무척 기뻐할 거요. 자기
가 만든 음식을 맛있게 먹어주면 무엇보다도 좋아하거든요."

"정말 맛있었다고 전해 주세요."

"커피 더 들겠어요?"

"아뇨. 됐어요."

이렇게 대답하며 시계를 들여다본 마자가 깜짝 놀란다.

"어머나! 벌써 한 시가 넘었어요. 서둘러야겠어요."

"오늘밤 만날 수 있을까요, 메리?"

그녀가 고개를 저었다.

"그랬으면 좋겠지만, 그럴 수가 없어요."

"왜죠?"

"일을 해야 해요."

"그럼 내일 밤은?"

"밤엔 안 돼요. 일하는 시간이에요."

"도대체 무슨 일을 밤에 하죠?"

"연예 활동을 하고 있어요. 친구와 함께 하는 거라 마음대로 쉴 수가 없어요."

그녀는 조심스럽게 말하고 있었다.

"우린 매일 밤 장소를 바꾸어 가면서 공연해요."

"오늘 밤엔 어디서 하죠? 메리가 공연하는 모습을 보고 싶군요."

"아직 몰라요."

그녀가 서둘러 대답했다.

"매일 저녁에 소개소로부터 연락을 받아야 우리도 알게 돼요."

"아 ! 그렇군요."

말은 이렇게 하고 있었으나 그는 이해할 수 없다는 표정이었다.

"그럼 언제라도 알게 되면 먼저 이야기해 주겠소?"

그녀가 마지 못해 고개를 끄덕였다.

"그럴께요, 고든."

그녀가 비치 백을 들고 일어섰다.

"점심은 정말 고마웠어요."

"차까지 들어다 드리죠."

고든이 그녀의 가방을 빼앗아 들었다.

"고마워요."

말없이 나란히 발걸음을 옮기던 고든이 차에 이르러서야 입을 열었다. 그의 목소리는 바닷바람처럼 젖어 있었다.

"그럼, 내일 또……."

그녀는 말없이 모래에 묻힌 자신의 발을 내려다보았다. 이제 그녀의 결심은 확고해졌다. 다시는 이 해변엔 오지 않으리라.

"그래요."

그녀는 그의 얼굴을 바라보지 않은 체 대답했다. 고든이 차의 문을 열어 주었고, 그녀가 올라 타자 뒷좌석에 가방을 놓아주었다.

"여러 가지로 정말 고마웠어요, 고든."

"즐거웠소."

그녀가 손을 내밀자, 그는 놀란듯 황급히 그녀의 손을 잡아 악수 대신 입술로 가져갔다.

그가 손을 놓아주자, 그녀는 시동을 걸었다.

"너무 고맙게 해 주셨어요. 다시 한 번 감사를 드려요."

그것으로 끝이었다.

아파트로 들어서는 그녀는 콧노래를 흥얼거렸다. 애버린과 식탁에 앉아 커피를 마시고 있던 죠가 그녀를 올려다보았다.

"무슨 일이 있었길래 그렇게 기분이 좋지?"

"그럴 일이 있어요."

귀찮았으나 대강 말해 주었다.

"어떤 남자가 멋진 점심을 대접했거든요."

죠가 코웃음을 쳤다.

"점심만이 아니겠지. 그건 그렇고. 소개소로부터 연락을 받았는데,

우린 몇 주 동안 쉬어야겠어."

마자가 놀라 그를 노려보았다.

"무슨 뜻이죠?"

"위험하다는 거야. 경찰이 냄새를 맡았대."

마자는 말없이 의자에 주저앉아 손톱을 내려다 보았다.

"그럼 우린 이제 어떻게 해야 하죠?"

죠가 자리에서 일어나면서 애버린에게 눈짓을 한 다음 침실로 들어가 버렸다. 그러나, 눈치 빠른 마자가 그것을 놓칠 리가 없었다.

"저 사람 왜 저래?"

마자의 물음에 애버린은 난처한 표정을 지었다.

"죠를 알잖아. 돈이 떨어지면 저래."

애버린은 그녀의 표정을 흘끔거리며 말했다.

"뉴 올리언즈까지 갈 경비를 너한테 달라기가 창피해서 나한테 미루는 거야."

순간 마자의 눈매가 날카로와졌다.

"아니, 자기 돈은 어쨌길래? 우리가 버는 것 중의 반은 어김없이 가져갔잖아 ! "

애버린이 그녀의 시선을 피하며 말했다.

"모두 날려버렸어. 경마, 도박……. 하지만 어떡하니. 걱정 말라고 그랬어. 만약 너에게 돈이 있다면 틀림없이 꿔 줄 거라고 했어."

어이가 없는 일이었으나 마자는 내색을 하지 않았다.

"내 가방에 22달러 있어. 그거라도 도움이 된다면 가져가라고 해."

애버린의 표정이 어두워졌다.

"겨우 그것 뿐야? 나머지 돈은 다 어떻게 했지? 난 네가 몇 백 달러는 가지고 있을 줄 알았는데……. 넌 돈을 안 썼잖아?"

마자가 미소를 지었다. 어리석은 것들…….

"옷을 사느라고 썼어. 너처럼 함부로 쓰진 않았지만, 고급 옷을 몇 벌 샀거든."

갑자기 침실문이 활짝 열리며 화가 난 죠가 소리치며 나왔다.

"내 말이 맞지? 한푼도 안 내놓을 거라고 했잖아! 우리가 너무 잘 해 줬어. 이런 염치없는 계집년은 버릇을 가르쳐 줘야 해!"

그리고는 한 발 한 발 마자에게로 다가왔다. 그러나, 마자는 눈 하나 깜박하지 않고 그를 노려보며 뒤로 물러나면서 가방 속에 손을 넣어 잭 나이프를 꺼내들었다. 이곳에 와 첫 쇼핑을 나갔을 때 산 것이다.

칼을 꺼내 든 그녀가 싸늘한 미소를 지으며 버튼을 누르자 날카롭게 번뜩이는 칼날이 튕겨 나왔다.

"내가 왜 교화소에 들어갔는지 모르나 보지?"

마자의 나직한 목소리는 얼음처럼 차가웠다.

불쑥 튀어나온 칼날에 기겁을 하며 그 자리에 멈춰 선 죠는 얼굴이 파랗게 질려 애버린을 돌아보았다. 그녀도 놀라 얼굴이 새하얗게 변했다.

"의붓아버지를 찔렀어요."

그들의 꼴을 곁눈으로 훔쳐보며 마자는 태연스럽게 날카로운 칼날로 손톱을 다듬었다. 그런 모습을 바라보고 있던 죠가 갑자기 애버린의 뺨을 후려쳤다.

"어디서 이런 계집을 골라 왔어. 뭐? 상류 가정 출신의 얌전한 애라고? 꼴 좋게 됐다!"

빛이 있다면 │ 그날 저녁, 그녀는 일찌감치 침대에 누워 책을 펼쳐 들었다. 닫힌 문 사이로 숨을 죽이며 속삭이는 소리가 들려오자, 그녀는 미소를 지었다. 아마 지금 쯤 죠란 녀석이 투덜거리며 가방에서 잔돈을 꺼내고 있겠지. 이제 저것들은 어떻게 할 작정일까?

하지만 자기가 상관할 일이 아니라는 생각을 하며 그녀는 불을 끄고 잠자리에 들었다. 내일 일은 내일 걱정해도 될 것이다. 그녀는 잠을 청했다.

그녀가 눈을 떴을 때는 벌써 눈부신 햇살이 열린 창문으로 쏟아져 들어오고 있었다. 늘어지게 기지개를 켰다. 오랜만에 제 시간에 잔 덕분인지 기분이 상쾌했다. 침대에서 빠져나온 그녀는 의자에 놓아둔 실내복을 걸쳤다. 옷장은 죠와 애버린이 함께 쓰고 있는 방에 있어 그녀의 옷이라곤 그것밖에 없었다.

오늘은 다른 해변을 찾아보아야겠다고 생각하며 수영복을 가지러 그들의 방으로 들어선 그녀는 의아스런 표정이 되었다. 당연히 늦잠에 빠져있어야 할 그들의 모습이 보이지 않았던 것이다. 침대에는 자고 나간 흔적도 보이지 않았다. 섬짓한 느낌에 창가로 달려가 밖을 내다보았다. 차도 보이지 않았다.

그녀는 부엌으로 가 커피 포트에 물을 받으며 생각해 보았다. 그들은 어젯밤에 나가서 아직 돌아오지 않았는지도 모른다. 그녀는 자꾸만 떠오르는 불길한 예감을 누르며 커피 포트를 가스불 위에 올려놓고는 옷장으로 가 보았다.

그러나 예상했던 대로 옷장은 텅 비어 있었다. 단 한 벌의 옷도 남아 있지 않았다. 그녀는 재빨리 서랍을 열어 보았으나 실오라기 하나 찾아볼 수 없었다. 옷이라고는 지금 그녀가 입고 있는 나이트 가운에 싸구려 실내복 뿐이었다. 그들은 수영복마저도 남기지 않고 도망쳐 버린 것이다.

커피가 끓고 있었다. 그녀는 한 컵 따라 가지고 테이블 의자에 앉아 생각에 잠겼다. 잠시 후, 그녀는 언제나 테이블 위에 놓아둔 담배갑을 찾았으나 그것마저 보이지 않았다. 할 수 없이 그녀는 방으로 가 핸드백 속의 것을 꺼내 피워 물었다.

그 담배가 거의 다 탈 때 쯤 문을 두드리는 노크 소리가 들려왔다. 문을 열자 집주인이 서 있었다.

"웬일이세요?"

작달막한 키에 배가 불룩 튀어나온 집주인은 송충이처럼 두터운 눈썹 밑의 음흉하게 보이는 눈을 껌벅거리며 그녀를 바라보았다.

"아가씨의 친구들은 떠났소."

마자는 문설주에 기대 선 체 되물었다.

"그런데요?"

주인 남자가 방 안으로 들어오려는 몸짓을 보였으나 그녀는 비켜주지 않았다.

"집세는 아가씨한테서 받으라고 하더군……."

이렇게 말하며 그는 발돋움을 해 그녀의 어깨 너머로 방 안에 무엇이 남아 있는지를 살폈다.

"밀린 게 얼마나 되죠?"

"3주 동안 안 냈으니까……."

그는 마자의 시선을 피하며 우물거리듯 말했다.

"그러니까 90달러군……."

마자는 집주인의 말을 그대로 믿을 수가 없었다. 하지만 죠란 인물은 집세를 제 주머니에 넣고 시치미를 뗄 여지가 충분한 작자였다.

그녀의 표정을 살피던 주인이 바짝 다가왔다.

"어떻게 할 거요? 지금 당장 줬으면 좋겠는데……."

끓어오르는 분노를 누르기 위해 그녀는 발끝을 내려다보았다.

"지금 당장은 없어요. 은행엘 갔다 와야 해요."

주인이 수작 말라는 듯 빙글거리며 고개를 저었다.

"그런 농담은 안 하는게 좋아. 아가씬 갔다 온다고 하지만, 그걸 누가 믿어? 그대로 없어져 버리면 난 어디 가서 사정하지? 당장 내야겠어."

"여기엔 없어요."

그녀가 고개를 들어 노려보자, 주인은 웬일인지 빙글거렸다.

"천만에, 내가 보기엔 충분히 있는 것 같은데……."

그러면서 그는 엷은 잠옷에 실내복만 걸친 그녀의 몸을 탐욕스러운 눈길로 훑어보았다.

"그럼 충분하고 말고……."

마자의 입술에 미소가 번졌다. 지금 이 자가 원하는 게 무엇인가를 알아차렸기 때문이다.

"좋아요."

그녀는 망설이지 않고 대답했다.

"하지만, 시간이 좀 필요해요. 준비가 안 됐거든요. 목욕도 해야 하고 또……."

순간 뚱보주인이 손을 재빠르게 뻗어왔다. 그의 손이 그녀의 앞가슴에 닿는 순간 팽팽한 탄력이 느껴졌다. 마자가 미소를 지은 체 뒤로 물러섰다.

"지금은 안 돼요."

"좋아, 그럼 한 시간 여유를 주지."

뚱보가 입맛을 다시며 물러섰다.

"그렇지만, 섣부른 수작은 곤란해. 여기 경찰은 호락호락하지 않으니까. 더구나 관광객들에게 대해서는 용서 없으니 알아서 해!"

그가 물러나자 문을 닫아 건 그녀는 그의 발자국 소리가 들리지 않을 때까지 그대로 서 있다가 테이블로 돌아가 커피잔을 들었다. 그러나, 이미 커피는 식어 있었다.

담배를 새로 문 그녀는 식은 커피를 다시 포트에 붇고 가스불을 켠 다음 데워지기를 기다리며 이제는 결단을 내려야 한다는 생각에 끊임없이 머리를 어지럽혔다.

커피에 김이 오르자, 잔에 따르고 테이블에 앉았다. 만약 입을 옷만 있다면 도망쳐 나갈 수도 있을 것이다. 그렇게 되면 뚱보는 경찰을 부를 것이고, 잡히게 되면 경찰은 틀림없이 그녀의 행적을 조사할 것이다. 죠의 말에 의하면 경찰은 그녀들을 잡으려고 눈이 벌겋다고 하지 않았던가. 사태는 더욱 나빠질 것이 분명했다.

커피를 마시고 난 마자는 새 담배를 피워물었다. 어느 면에서 생각해 보면 그다지 망설일 일도 아닌 것 같았다. 이미 처녀를 잃어버린 그녀이기 때문에 크게 좌절할 일도 없으며, 특별히 보호 받아야 하는 소중한 유명 인물도 아니잖는가.

그렇다고 의붓아버지 피터에게 했던 짓을 되풀이한다는 것은 자신의 인생을 포기하는 어리석은 행위일 뿐이다. 이제는 쉽지 않으리라는 건 교화소에서 귀에 못이 박히도록 들었던 것이다.

그렇다면……. 걱정할 일도 아니지 않은가? 그래도 무엇인가 그녀를 망설이게 하는 아련함이 자책감을 불러왔다.

그녀는 자포자기적인 기분으로 두 눈을 감았다. 왜 이런 일이 반복되는 것일까? 남자들은 언제나 마찬가지였다. 그들이 원하는 것은 궁극적으로 그것 뿐이었다.

하지만 그녀가 원하는 상대라면 부담스런 행위가 아니라 사랑의 합일로 승화될 것이다. 그녀가 스스로 충동을 느낀 상대는 이제껏 한 남자 마이크 뿐이었다.

이상하게도 그녀는 이 순간에도 그를 생각하고 있었다. 마이크를 생각할 때면 언제나 보통의 남자들과는 다른 세계의 존재라는 느낌이 들었다. 그녀는 자신이 그를 사랑했기 때문에 그런 감정을 지니고 있는 게 아닐까 하고 마음을 정리해 보았다.

아마 그것은 사실일 것이다. 그와 같은 느낌이나 감정을 다른 남자에게서는 단 한 번도 가져본 적이 없는 특별한 것이었다.

두 잔째의 커피를 비우고 난 그녀는 시계를 들여다 보았다. 이제 15분의 잔여 시간이 지옥과 같다는 압박감을 주었다. 그녀는 싱크대로 가 잔과 커피포트를 씻은 다음 마르길 기다려 선반에 가지런히 올려놓은 다음, 다시 테이블로 돌아와 시계를 들여다 보았다. 아직도 10분이 남아 있었다.

그녀는 또다시 담배를 붙여 물고 벽시계를 바라보며 사형수처럼 앉아 있었다. 사실은 무엇인가가 느껴지길 기다렸다. 그것이 두려움이라도 좋았다. 하지만 더 이상 그 어떤 것도 느껴지는 게 없었다.

오직 지금이 냉엄한 현실이며, 악의 수레바퀴가 불행한 삶을 운명이라는 이름으로 끊임없이 되풀이하고 있을 뿐이라는 생각뿐이었다.

잠시 후 노크 소리가 들려왔을 때 그녀는 벽시계를 향한 체 앉아 있었다. 문을 열어주자, 잠시 망설이는 듯 하다가 들어선 뚱보는 재빨리 문을 닫아 걸었다. 그의 얼굴은 흥분으로 검붉게 얼룩졌다.

"준비 됐소?"

아무런 감정도 없이 그를 바라보던 그녀는 그 사이에 말끔하게 면도를 하고 셔츠도 새 것으로 갈아 입었다는 사실에 미소를 짓지 않을 수 없었다.

"준비는 언제나 돼 있어요."

그가 거칠게 그녀를 끌어당겨 껴안으며 입술을 부볐다. 그 순간 돌처럼 굳어있던 그녀의 귀에 옷이 찢어지는 소리가 들려오자 본능적으로 그를 밀쳐냈다.

찢어진 옷이 너울거리며 떨어져 내렸다. 옷이라고는 지금 입고 있는 단 한 벌의 실내복마저 조각이 나 버린 것이다. 찢긴 옷을 바라보며 그녀는 문득 자신의 모습을 보는 듯한 아픔을 절감했다.

"이런 빌어먹을!"

눈살을 찌푸리며 그것을 바라보던 뚱보가 그런 일에 신경 쓸 여유가 없다는 듯 다시 달려들었다. 이제는 물러설 곳도 없다는 걸 깨달은 마자는 그대로 몸을 맡기고 입술을 허락하였다.

이제는 모든 게 분명해지고 있었다. 그녀는 이런 운명을 타고 났다는 사실을 새삼 절감하지 않으면 안 되었다. 어떤 여자들은 가정 주부가 되기 위해 태어났고, 어떤 여자는 비서가 되기 위해, 또는 사무원이나 배우가 되기 위해서 태어난 여자들도 있을 것이다.

그렇다면 나는……. 그녀는 온몸에서 기운이 빠져 나가는 허탈감에, 몸을 팔며 이렇게 살아야만 하는 자신의 운명이 저주스러웠다.

"서두르지 말아요."

그녀는 헐떡이며 달려드는 그를 침실 쪽으로 돌려세웠다.

"저 안에 들어가 기다려요. 누가 도망치기라도 하나요?"

의심스럽다는 눈초리로 그녀를 바라보던 뚱보가 확신이 섰는지 셔츠를 벗어 던지며 침실로 갔다.

그런 그의 뒷모습을 보면서 그녀는 이를 악물었다.

어차피 이렇게 될 운명이라면 가장 뛰어난 매춘부가 되리라 !

버리고 싶은 육체 | 호텔에 들어선 그녀는 우선 로비의 한구석, 눈에 잘 띄지 않는 곳에 자리를 잡고 앉아 들고온 의상 잡지를 펴 들었다. 그런 그녀의 모습을 본 사람이라면 누구나 젊고 매력적이고 햇볕에 알맞게 그을린 글래머 아가씨가 연인을 기다리고 있는 것 쯤으로 생각할 것이다. 그것이야말로—어떤 의미로는—그녀가 바라는 일을 정확하게 표현하는 말이기도 했다.

몇 분쯤 지났을까. 벨 보이가 다가와 속삭였다.

"311호실."

"311호실?"

그녀가 미소를 지으며 확인하려는 듯 반복해서 물었다.

"맞아요. 지금 기다리고 있어요."

"고마워요."

그녀가 주먹을 쥔 체 손을 내밀자, 벨 보이는 눈치 빠르게 그 손에서 1달러 짜리 지폐 두 장을 받아들고 멀어져갔다.

잠시 후 그녀는 잡지를 덮어두고 천천히 일어서며 주위를 살폈다. 아무런 이상도 보이지 않았다. 여전히 수위는 다른 곳을 바라보고 있었고, 접수계원은 손님을 받느라고 바쁘게 움직이며 로비 쪽은 신경을 쓸 여유가 없는 듯했다. 그 나머지는 모두 손님들로 보였다.

재빨리 주위를 살피고 난 그녀는 만족스런 표정을 지으며 엘리베이터로 향했다. 걱정할 것은 없었다. 모든 일은 집주인 뚱보 맥이 알아서 처리해 주고 있었다.

"먼저 적당한 장소를 정하고 나서……."

그는 그 방면에는 모르는게 없다는 듯 말했다.

"그리고 무엇보다도 먼저 상대가 돈을 줄 것인지를 확인해야 해. 사내들 중엔 볼 일만 보고 꽁무니를 빼는 자가 간혹 있으니까."

마자가 고개를 끄덕였다.

"그런 일도 있을 거예요."

"무엇보다도 명심해야 할 일은 아파트엔 절대로 남자를 데려와선 안돼. 난 말썽에 휘말리는 건 딱 질색이니까."

"원하신다면 여기서 나가겠어요."

잠시 뭔가를 생각하는가 싶더니 그가 손을 내저었다.

"아냐, 그럴 필요가 없어. 나한테 좋은 생각이 있으니까. 오시리스 호텔 객실 지배인이 내 친구거든. 그 친구한테 부탁하면 뭔가 좋은 방법이 있을 거야."

오시리스 호텔은 해변에 새로 지은 일류 호텔이었다. 맥의 친구라는 자는 그녀를 몹시 반겼다. 손님들은 항상 새로운 여자를 찾고 있었던 것이다.

엘리베이터 단추를 누르고 기다리던 그녀는 핸드백에서 1달러 짜리 지폐를 한 장 꺼냈다. 엘리베이터 보이에게도 팁을 줘야 하기 때문이다.

엘리베이터가 내려오기를 짜증스럽게 기다리고 있던 그녀는, 누군가 어깨를 두들기는 바람에 놀라 돌아보았다.

고든 페인터가 미소를 지으며 서 있었다.

"놀라게 할 생각은 없었소, 프루드 양!"

그녀는 안도의 한숨을 내쉬었다.

"안녕하세요. 페인터 씨?"

"다시는 오지 않으시길래 무슨 일이 생기지 않았나 몹시 걱정을 했었소."

"내가 하던 일이 그날로 끝나는 바람에 다른 일거리를 찾느라고 바빴어요."

"그래도 이렇게 만나서 다행이요. 바에 가서 한 잔 하면서 이야기합시다."

엘리베이터 문이 열리고 보이가 고개를 내밀었다.

"올라갑니다."

마자가 고든을 바라보며 고개를 저었다.

"그럴 수 없어요. 약속이 있어요."

"잠깐만이라도 시간을 내 주시오. 그 동안 얼마나 찾아 다녔는지 당신은 모를 거요."

어이가 없다는 생각이 들어 그녀는 속으로 웃었다. 방법만 안다면 자기처럼 찾기 쉬운 여자가 또 있을까? 이 호텔에 들어와 보이에게 젊고 금발인 여자를 불러 달라면 될 것이 아닌가. 그런 나를 찾아 다니다니……

"죄송하지만 곤란해요. 당장 만나야 될 사람이 있어요."

"그럼 기다리죠."

고든이 물러서지 않았다.

"오래 걸릴 것 같소?"

그녀가 잠시 생각한 후 고개를 저었다.

"그렇지 않을 거예요. 30분 내지 한 시간이면 끝날 거예요."

"그럼 바에서 기다리겠소. 마티니 술 바다에 빠지게 하진 마시오."

"알겠어요. 페인터 씨."

"예전엔 그렇게 부르지 않았을 텐데?"

"알았어요. 고든."

웃으며 엘리베이터 안에서 마자가 덧붙였다.

"오래 걸리지 않도록 해 볼께요."

엘리베이터의 문을 닫고 난 보이가 그녀에게로 돌아섰다.

"저 친구도 손님이오?"

"쓸데없는 참견 말고 4층에나 데려다 줘요."

그녀는 지폐를 내밀었다. 그것을 본 보이는 이를 드러내보이며 웃고는 잽싸게 받아 넣었다.

"혹시 잘 아는 사람에겐 좀 깎아줄 수 없나요, 메리?"

마자가 어이없다는 듯 웃었다.

"수수료가 많아 놔서 그럴 여유가 없어요."

엘리베이터가 멎고 그녀가 내리자 보이가 아쉽다는 듯 물었다.

"일이 없는 밤에라도 안 될까요."

“못된 생각하지 말고 돈을 아껴요.”

그녀가 돌아서서 그의 어깨를 두들겨 주었다.

“난 일이 없는 밤이 없어요.”

311호실 앞에 선 그녀는 조심스럽게 문을 두들겼다.

안에서 남자의 목소리가 들려왔다.

“누구요?”

그녀의 목소리는 나직했지만, 안에까지 들리기에는 충분했다.

“룸 서비스예요.”

바에 들어서면서 그녀는 시계를 보았다. 45분이 지나 있었다. 입구에서 그녀는 잠깐 멈춰서서 희미한 조명에 눈이 익숙해지길 기다려 주위를 살폈다. 고든은 깊숙한 뒷좌석에 앉아 있다가 그녀를 보자 손을 흔들었다.

“끝냈소?”

일어서서 그녀를 맞으며 고든이 물어오자, 그녀는 태연히 대답하며 앉았다.

“대강 해치웠어요.”

웨이터가 다가왔다.

“마티니 한 잔 더 주고……”

고든이 그녀를 돌아보았다.

“뭘 들겠소?”

“캐시스와 소다……”

웨이터가 이상하다는 표정을 지으며 돌아가자, 고든이 물었다.

"이상한 술을 마시는군요."

"그렇게 마시는게 좋아요."

"당신은 확실히 이상한 여자요."

고든이 남아 있는 술을 단숨에 마시며 말했다. 그런 그를 마자는 날카로운 눈초리로 노려보았다. 누군가 그녀의 정체를 그에게 알려주었을지도 모를 일이었다. 그녀는 말없이 그의 다음 말을 기다렸다.

"다시는 나타나지도 않고, 전화도 없고……. 말하자면 흔적도 없이 사라져 버린 셈이었소. 왜 그랬을까요?"

"차라리 그대로 만나지 않는 게 좋을 뻔했어요."

그녀가 담담하게 말하자, 그의 눈이 가늘어졌다.

"무슨 뜻인가요?"

"난 당신에게 어울리는 여자가 아녜요."

그의 얼굴에 미소가 떠올랐다.

"나한테 어울리는 여자는 그럼 어떤 여자일까?"

"상류 사회의 한가한 아가씨들……."

"당신은 열심히 일하는 여자니까, 괴롭히지 말라 이거요?"

그의 얼굴에서 웃음기가 사라졌다. 그녀가 대답하지 않자, 그가 다시 말했다.

"내가 일을 하지 않아도 되는 것은 내 잘못이 아니오. 세상의 그 누구도 부모를 골라서 가질 수는 없는 법이니까."

"당신과 다른 입장의 사람들도 이해해야 해요."

고든의 손이 테이블을 건너와 그녀의 손을 쥐었다.

"당연한 일이오. 가난이 수치가 아닌 것처럼 돈이 많은 건 자랑 거리가 될 수 없소."

웨이터가 술잔을 갖다 놓자, 그가 잔을 들며 그녀를 바라보았다.

"축배합시다."

그녀도 따라 잔을 들었다.

"무엇을 위해 축배할까요?"

"우리를 위해……."

고든이 다시 미소를 지었다.

"그리고, 오늘 저녁 우리의 만찬을 위해……. 톰이 당신에게 오리 요리를 선 보이려고 오래 전부터 벼르고 있소."

그녀는 망설이지 않을 수 없었다. 그러자, 고든이 재빨리 말했다.

"어떤 이유도 오늘 만은 받아들이지 않겠소? 이 술을 마시고 나면 곧바로 당신과 함께 해변의 별장으로 갈 테니까."

그녀는 숨을 깊이 들이켰다.

'이 남자도 별 수 없군. 다른 것들과 똑같이 원하는 건 오직 그것뿐이야.'

그녀는 다시 한 번 남자라는 존재들에 대해 실망하고 있었다.

그러나, 그녀는 '좋아요.'라고 대답해 주었다.

그는 그대로 잔을 들고 있었다.

"당신을 더 이상 신비의 존재로 남겨두지 않겠소. 당신에 대한 많은 것을 알고 싶소."

그녀는 자포자기한 듯 천천히 고개를 끄덕였다.

"톰과 나는 당신을 이 마이애미에서 가장 아름다운 여자로 생각하고 있을 정도요."

고든이 보기 좋은 미소를 지으며 말했다.

"아마 우리 두 남자는 똑같이 당신에 대한 사랑에 빠져 있는 것 같소."

그녀가 들고 있던 술잔을 내려놓았다.

"그런 소리는 하지 마세요."

그녀의 어조는 쓸쓸한 음향에 젖어있었다.

"농담으로도 그런 말은 하지 마세요. 그럴 필요가 없으니까요."

행복의 저쪽 | "커피와 브랜디는 테라스로 가져오게, 톰!"

고든이 식탁에서 물러나 앉으며 말했다. 늙은 하인 톰은 그녀가 의자에서 일어나려 하자, 의자 등받이를 잡아주었다.

"정말 훌륭한 요리였어요."

마자가 하인에게 미소를 지으며 인사했다.

"이렇게 많이 먹은 적이 없어요."

"그렇게 맛있게 드시는 분은 처음 봤습니다. 아가씨, 감사합니다."

"감사해야 할 사람은 저예요. 이렇게 훌륭한 요리를 좋아하지 않을 사람은 아무도 없을 거예요."

"감사합니다. 아가씨."

늙은 하인이 진정으로 기뻐하는 미소를 지으며 머리를 숙였다.

고든이 테라스로 나가는 문을 열고 서 있었다. 밖은 벌써 어두웠으나 밤하늘은 쏟아져 내릴 듯한 별들과 함께 맑게 개어 있었고, 바다에서 불어오는 산들바람은 더없이 상쾌했다.

그녀는 맑고 신선한 대기를 마음껏 들이마셨다.

"아, 여기가 바로 천국이군요."

고든이 그런 그녀를 뜨겁게 바라보며 만족한 미소를 지었다.

"그렇게까진 못 되지만, 좋은 집인 것 만은 틀림없는 것 같소."

그녀가 갑자기 돌아서며 물었다.

"당신은 어떤 사람이든 이런 식으로 초대 하나요, 고든?"

그가 의아한 표정을 지었다.

"무슨 뜻이죠?"

"나처럼 잘 알지도 못하는 여자를 아무렇지도 않게 초대해도 괜찮을까요? 난 당신에게 괴로움만 끼쳐드릴 거예요."

고든이 다시 미소를 지었다.

"당신이 주는 괴로움이라면 얼마든지 환영합니다. 사양말고 그렇게 해요."

"농담이 아녜요, 고든."

그녀가 정색을 하며 고집했다.

"당신은 부자고 잘 알려진 인물이에요. 누군가 당신의 약점을 잡으려 할지도 모를 일이잖아요?"

그러나, 그녀의 말에 고든은 웃음을 터뜨렸다.

“제발 그렇게 하라고 해요. 내가 그들의 약점을 들추게 되는 것보다 훨씬 편할 테니……”

그녀는 입을 다물고 조용히 테라스의 난간으로 갔다. 출렁이는 물결 위에서 달빛이 부서지고 있었다.

“당신같은 분에게 그런 말을 한 내가 잘못이에요.”

어느 새 다가왔는지 고든이 어깨에 손을 얹으며 그녀를 천천히 돌려 세웠다. 그의 입술엔 미소가 어려 있었으나 눈빛은 진지했다.

“좋아요. 메리, 계속 이야기해요. 누군가 날 염려해 준다는 것은 귀중한 가치가 있소. 나에게 다가오는 사람은 한결같이 뭔가를 원하고 있었소.”

마자가 그를 똑바로 바라보았다.

“당신은 좋은 분이에요. 난 당신에게 아무것도 원하는 게 없어요.”

“알고 있소. 당신이 그렇다는 걸 알고 있기 때문에 초대한 거요.”

마자는 아무런 대답도 하지 않았다.

“당신은 내가 누구라는데 대해 조금도 신경 쓰는 것 같지 않았소. 그런 사람을 만나보기는 정말 오랜 만이오.”

“당신이 누구든 전 당신을 좋아해요.”

그녀의 목소리는 차분했다.

“그 이유는 당신이 친절하고 따뜻한 분이기 때문이에요.”

고든이 씁쓸하게 웃음지었다.

“의례적인 말은 너무 많이 들어왔소. 하지만 당신은 그렇게 말하면서도 내가 열을 올리려고 하자 한순간에 거두어 버리지 않았소?”

마자가 달래는 듯한 투로 말했다.

"너무 신경 쓰지 마세요. 서늘하고 맑은 바람이 바다에서 불어오고 있는데, 뭘 그러세요?"

연거푸 술잔을 비우고 있는 고든을 바라보며 마자는 커피잔을 내려 놓았다.

"너무 많이 마시는 게 아닌가요? 왜 그렇게 마시죠?"

그 말에 고든도 들고 있던 잔을 놓으며 물끄러미 바라보았다.

"좋아하기 때문이오."

그는 온몸에 술기운이 도는 걸 느낄 수 있었고, 어느덧 발음도 약간 분명치 않았다. 이에 그녀가 아무런 대답없이 빤히 바라보고만 있자 멋쩍은 듯 피식 웃으며 말했다.

"솔직히 말해 이 짓 밖에 할 일이 없소."

"할 일이 없다구요?"

마자는 이해할 수 없다는 듯 그를 바라보았다.

"그렇다니까."

그의 목소리는 무거웠다.

"사업을 할 때마다 손해를 봤기 때문에 아주 포기해 버렸소. 그렇게 하지 않아도 나에게 필요한 돈은 충분히 있으니까 굳이 사업을 할 이유가 없었던 거요."

이번에도 그녀는 대답을 하지 않았다. 그런 그녀의 모습을 바라보고 있던 고든이 짜증스럽게 덧붙였다.

"잘못된 일이라고 생각하고 있는 거요?"

그녀는 말없이 고개를 저었다. 그러자, 그가 와락 그녀의 팔을 붙잡으며 목소리를 높였다.

"천만에, 당신도 틀림없이 그렇게 생각하고 있을 거야! 모든 사람이 다 그렇게 생각하고 있으니까. 인류의 반 이상이 굶주리고 있는데, 나라는 사람은 아무 일도 안하면서도 호의호식하고 있다고 욕하고 있어!"

"난 다른 사람들이 뭐라건 또 누가 어떻게 되든 간에 상관하지 않아요. 내가 걱정하는 건 오직 나 자신 뿐이에요."

그는 붙잡고 있던 그녀의 팔을 놓으며 믿을 수 없다는 표정으로 그녀를 바라보았다. 그런 그의 모습은 쓸쓸했다.

"난 그러지 못해요. 너무 끔찍한 일이라는 생각뿐이오."

그녀의 눈이 어둠 속에서 반짝였다.

"그럼 왜 아무런 일도 안 하는 거죠? 그래도 무슨 일인가 해야 할 게 아녜요?"

"내 주위 사람들이 못하게 막고 있소."

그의 음성이 다시 힘을 잃어가고 있었다.

"내 변호사가, 재산 관리인이, 고문이, 상담역이 모두가 내 돈을 내 마음대로 쓰는 걸 막고 있소."

잠시 말없이 그를 바라보고만 있던 마자가 그의 손을 잡고 어루만졌다.

"불쌍한 분……."

"그렇소, 난 불쌍한 놈이오."

이렇게 자학적인 투로 말하던 그가 갑자기 집 안이 떠나가도록 웃어대기 시작했다. 가슴 깊은 곳을 울리며 터져 나오는 그 공허한 웃음소리는 차라리 그녀에게는 통곡처럼 들려왔다.

"뭐가 그렇게 우습죠?"

그는 웃음을 진정시키느라 잠시 기침을 하고나서야 입을 열 수가 있었다.

"이 세상 어디에도 존재하지 않을 것 같은 솔직한 여자를 가장 더러운 이 마이애미에서 만나다니 우습지 않소?"

그녀가 눈을 깜박이며 물었다.

"마이애미가 그런 곳인가요? 난 아주 좋아하는데요."

"이곳의 해변을 좋아하는 건 나 역시 마찬가지요."

그는 아직도 웃음기가 걷히지 않은 목소리로 말하며, 테라스 난간에 기대어 어둠 속의 바다를 바라보았다. 잠시 무엇인가를 생각하는 듯 하더니 그녀를 보며 물었다.

"어때요. 한바탕 수영을 하고 싶지 않소? 수영복은 준비된 게 있을 겁니다."

그녀는 외로운 한 인간의 돌발적인 열기를 느끼며 말없이 고개를 끄덕여 주었다.

얼마 후 두 사람은 두꺼운 터키 타월로 몸을 감싼 체 덜덜 떨며 테라스로 돌아왔다.

"톰! 뜨거운 커피 좀 가져와! 얼어죽겠어."

고든이 소리쳤으나 아무런 응답이 없었다. 짜증이 난 고든이 안으로 달려들어가며 다시 악을 썼다.

"이봐, 톰! 커피 좀 가져오라니까!"

어디선가 톰의 대답이 희미하게 들려왔다.

"직접 끓여 잡수시구려. 난 벌써 잠자리에 들었다구요."

하는 수 없다는 듯 고개를 저으며 고든이 그녀의 곁으로 돌아오며 투덜댔다.

"여하튼 저 영감한텐 손 들었어. 너무 오래 함께 살았나 봐."

마자가 어린애를 달래듯 미소를 지었다.

"커피는 나도 끓일 줄 알아요."

"그럼, 끓여 주겠소?"

"하지 말래도 할거예요. 나도 춥거든요."

고든이 그녀를 부엌으로 안내했다. 커피 포트는 가스렌지 위에 이미 올려져 있었다. 불만 붙이면 끓도록 톰이 준비를 해 놓았던 것이다. 몇 분 지나지 않아 커피는 향긋한 내음을 풍기며 끓기 시작했다. 잠시 후 그들은 따뜻한 커피잔을 들고 다시 테라스에 마주 앉았다.

"아주 좋구만."

훌훌 불어가며 한 잔을 거의 단숨에 비우고 난 고든이 잔을 내려놓으며 미소를 짓자, 마자도 고개를 끄덕였다. 차가운 바닷물로 얼었던 몸이 뼈 속까지 나른하게 풀리는 것 같았다.

"여름밤의 별이 얼마나 크고 아름다운지 알고 있소?"

고든이 몸을 길게 뻗으며 하늘을 바라보며 물었다.

"내가 보기엔 언제나 같은 걸요."

고든이 미간을 찌푸리며 그녀를 돌아보았다.

"재미 없군. 아가씨의 가슴에는 낭만도 없나 보지?"

그녀가 미소를 지으며 일어섰다.

"너무 늦었어요. 이제 갈 준비를 해야겠어요."

고든의 손이 재빨리 그녀의 팔을 잡았다.

"메리 프루드!"

그녀가 내려다보는 자세로 미소를 지었다.

"그건 제 이름인데요?"

"이제 겨우 당신을 발견한 것 같은데 떠난다니……. 그건 절대로 안 될 일이오."

"진정으로 하시는 말씀이 아니겠죠?"

고든이 대답 대신에 그녀를 끌어당겼다. 그녀가 빤히 바라보는데도 그는 그 시선을 그대로 받아들이며 두 뺨을 감싸안고는 자신의 얼굴로 가져갔다. 그의 입술은 부드럽고 따뜻했다. 다른 남자들에게서 느끼지 못한 은은한 전율이 전해져 와 지그시 눈을 감았다.

"당신은 아름답습니다. 정말 아름다워."

그녀는 속삭이는 그의 머리를 가슴에 안았다. 풍만한 가슴 사이에 얼굴을 묻은 그의 속삭임 소리가 숨가쁘게 들려왔다.

"당신을 처음 본 순간부터……. 당신이야말로 내 여자라고 생각했어……."

그의 속삭임은 이제 흐느낌으로 변하고 있었다.

"기다렸어……. 너무 오래……."

“입을 다물어요.”

그녀의 음성도 쉰 듯 가라앉았다.

“당신은 말이 너무 많아요.”

그로부터 이틀 후 고든 페인터는 그녀에게 정식으로 청혼을 했다.

누가 돌을 던지랴 | 난로 위의 커피가 막 끓기 시작했을

때 노크 소리가 들려왔다. 그녀는 돌아보지도 않은 체 소리쳤다.

“누구세요?”

그녀의 방문을 두들길 사람은 단 한 사람 뿐이었으며, 여느 때 같
으면 노크도 하지 않고 모습을 나타내는 그가 오늘은 이상하다는 생
각이 들었다.

“나요.”

제법 공손하게 대답하는 소리가 들렸다.

“맥이오.”

“열려 있으니 들어와요.”

그녀는 두 잔에 커피를 따라 테이블로 가져왔다. 그녀의 방에 들어
온 뚱보 맥은 신문을 들고 있었다.

“신문 봤소?”

알 수 없는 일이었다. 한 번도 이런 친절을 베푼 적이 없었던 맥이
아닌가?

“아뇨. 바빠서 그럴 여유가 없었어요.”

"바쁘기도 하시겠지."

비꼬는 투가 아니었다.

"갑자기 유명해 지셨으니까."

그녀가 미간을 모으며 물었다.

"내가요?"

맥이 시침떼지 말라는 표정으로 그녀를 살피면서 물었다.

"당신이 고든 페인터와 결혼한다는 기사가 실렸는데, 사실이오?"

그녀는 '아! 그것 때문이었던가.' 하는 느낌에서 어깨를 움칫했다.

"별게 다 기사가 되는군요."

그녀는 커피를 마시며 대수롭지 않게 말했다. 사실 그녀는 별일이 아니라고 생각했던 것이다.

"그게 뭐 그리 대단한 일이죠? 결혼은 누구나 하는 거잖아요."

맥이 정색을 하며 그녀를 바라보았다.

"메리! 농담 말아요. 미국 최고 갑부 중의 한 사람인 고든 페인터가 결혼을 하는데 대단한 뉴스거리가 아니란 말이오?"

그녀는 아무런 대답도 하지 않았다. 그가 들고 있는 신문을 낚아채 그 기사를 한눈에 훑어보았다.

그 중 몇 신문에는 그녀와 고든의 사진까지 게재되어 있었다. 그와 결혼 절차를 상의하기 위해 시청에 들렀을 때 사진기자들이 몰려와 찍은 것이다. 그때 그녀는 별다른 생각을 하지 않았다. 그곳에 가기 전에 고든이 미리 그런 일이 있으리라는 걸 말해 주었기 때문이었다.

"아마 야단 법석을 피울지도 모르겠지만 신경 쓸 것 없어. 그들이 무슨 짓을 해도 우리 사이는 변함이 없을 테니까.”

그의 말을 듣는 순간 그녀는 가슴 깊은 곳으로부터 두려움이 밀려오는 것을 어쩔 수 없었다.

“우리가 너무 서두르는 것 같아요. 좀더 시간을 가지고 기다려 보는게 어떨까요? 당신은 나에 대해서 아무것도 모르잖아요.”

그때 고든은 상대를 감싸안는 따뜻한 미소를 지을 뿐이었다.

“당신에 대해 내가 알고 싶은 것은 다 알고 있어. 난 당신이 무슨 짓을 했건 상관하지 않아. 다만 나에겐 당신이 그 무엇보다도 중요하다는 사실이야. 그것 이외에 어떤 문제도 있을 수 없어……”

잠자코 커피를 마시던 집주인 맥이 고개를 들며 확인하듯 물었다.

“사실이요, 메리? 정말 그 사람과 결혼할 생각이오?”

신문에서 시선을 뗀 마자는 천천히 고개를 끄덕였다.

“그래요.”

맥이 휘파람을 불었다.

“정말 놀랄 일이군. 그 사람 당신이 어떤 여잔지……”

그녀가 재빨리 그의 말을 막았다.

“그 분은 내가 어떤 짓을 했든지 상관하지 않겠다고 분명히 말했어요. 문제될 건 아무것도 없어요.”

“그 친구 당신한테 완전히 미친 모양이군.”

그리고는 아차 싶은 지 그녀의 표정을 살피며 재빨리 덧붙였다.

“그렇게 되면 난 좋은 수입원을 잃은 셈이군.”

그녀는 대답없이 멋쩍게 웃고 있는 그를 바라보았다. 그녀를 대하는 그의 태도가 눈에 띄게 달라졌다는 것을 확인할 수 있었다. 정말 세상은 재미있는 요지경 같았다.

"이제 며칠 남지 않았군요. 맥! 사흘 후에 결혼하기로 했어요."

맥이 잔을 내려놓으며 문쪽으로 향했다. 문에 이르자, 그는 뭔가 미 진한 지 돌아서며 전에 없던 다정한 목소리로 속삭이듯 말했다.

"뭐, 시킬 일이 있으면 부르기만 해요. 당장 뛰어 올테니……."

"고마워요, 맥."

그래도 그는 나가지 않고 주춤대며 말을 이었다.

"내가 좋은 친구였다는 걸 잊지 않았으면 하는 생각뿐이오."

"잊지 않을께요."

그녀의 대답을 들은 다음에야 그는 안도하는 표정을 지으며 방에서 나갔다. 문이 닫히는 걸 보고 나서야 그녀는 커피잔을 들고 싱크대로 갔다.

명예와 돈은 사람을 그렇게 바꾸어 놓는 것일까. 그녀는 입술이 아 프도록 깨물었다. 이미 그녀는 마음의 결정을 내리고 있었다. 맥이 좋은 본보기가 아닌가. 주어진 것이라면 남김없이 받아들이리라. 그리고 누구든 방해한다면 결코 용서하지 않으리라!

"주인님!"

아래층에서 늙은 하인 톰이 부르는 소리가 들려왔다. 막 목욕을 끝 내고 몸을 말리고 있던 고든은 미간을 찌푸렸다. 편안히 누워 마자와 의 달콤했던 순간의 회상에 잠겨 있었던 것이다.

“무슨 일인가?”

“손님이 오셨습니다.”

“누군데?”

이름을 먼저 알리라고 몇 번이나 말했는 데도 듣지 않는 톰의 태도에 그는 짜증을 냈다.

“이름을 밝히지 않아요.”

“그렇다면 만날 필요도 없겠군.”

“프루드 양에 대해 비밀리에 알려드릴 말씀이 있답니다.”

고든의 미간이 더욱 찌푸려졌다. 뭘 원하는 것일까? 어쩌면 기자 나부랭이일지도 모른다. 그들은 늘 남의 뒤를 캐는 명수들이니까.

“기다리라고 해. 곧 내려갈 테니까.”

잠시 후 그가 거실에 들어서자 소파에 앉아 있던 낯선 사내가 일어섰다. 체격이 건장하고 인상이 험악한 것으로 보아 기자는 아닌 것 같았다.

“페인터 씨 되십니까?”

고든이 고개를 끄덕이며 누구냐고 묻는 표정으로 기다렸다.

“저는 죠라고 합니다.”

그는 다소 불안한 기색으로 주위를 살피며 말했다.

“내 이름같은 건 아무래도 상관없는 일이죠. 전 선생에게 좋은 일을 해 드리기 위해 찾아온 것 뿐이니까요. 도대체 메리 프루드란 여자를 제대로 알고 계시나요?”

고든은 본능적으로 분노가 치밀어 오르는 것을 참을 수 없었다.

"당장 나가요！"

고든이 손가락으로 문쪽을 가리키며 소리쳤다. 그러나 젊은 사내는 움직이지 않았다.

"결혼을 하려면 상대방에 대해 잘 알아야 되는 게 아닙니까?"

태연하게 빙글거리며 이죽거리듯 말하는 그의 태도가 고든의 분노를 더욱 부채질했다.

"알아야 될 것은 다 알고 있어！"

그는 당장 주먹으로 후려칠 듯한 기세로 죠에게 다가 들었다.

"썩 나가！ 그러지 않으면……！"

그의 기세에 움찔한 죠가 물러서며 주머니에서 무엇인가를 꺼냈다.

"흥분하지 마시고 이거나 보시는 게 좋을 거요."

그러면서 꺼내든 것을 고든을 향해 뿌리듯 던졌다. 사진이었다. 엉겁결에 흘끗 본 고든은 순간 온몸의 피가 얼어붙는 듯한 충격을 피할 수 없었다.

사진 속에는 완전히 나체가 된 두 젊은 여자가 말할 수 없을 정도로 추잡한 포즈를 취하고 그를 바라보고 있었다. 그 뿐인가. 그들 두 여자 중에 한 명은 틀림없는 메리였다！

얼마 동안을 못 박힌 듯 서 있던 고든이 그를 노려보았다.

"이걸 어디서 구했지?"

그의 목소리는 떨렸다.

죠는 그 말엔 대답하지 않고 다시 말을 늘어놓았다.

"그 여자의 진짜 이름은 마자 프루드, 1년 전에 뉴욕의 미성년 교화소에서 나왔소. 의붓아버지를 칼로 찔렀기 때문이오. 당신이 원하기만 한다면 이 사진들의 원판을 가져올 수도 있습니다.”

고든의 표정이 경악에서 날카로운 것으로 변했다.

‘더러운 놈, 공갈이구나!’

그는 잠시 죠를 노려보다가 방을 가로질러 전화가 놓여 있는 곳으로 갔다.

“경찰을 대 줘요.”

교환수가 나오자 고든이 분명한 목소리로 명했다.

“그래 봐야 당신에게 좋지 않을 걸.”

죠가 빙글거리며 태연하게 말했다.

“내가 이 사진을 주려고 한 것은 당신을 생각해서 그랬던 거요. 만약 신문사로 보내면 어떻게 될까? 당신은 웃음거리 밖에 안 된다는 사실을 모르실 리가 없을 텐데…….”

전화기를 든 손에 기운이 빠지는 듯 천천히 내려놓은 고든은 무너지듯 소파에 주저앉았다. 정말 그런 일이 있었다면 메리는 미리 이야기를 했어야 옳았다. 이제껏 자기에게 그런 말을 하지 않은 걸 어떻게 판단해야 좋단 말인가. 고든은 고개를 들어 죠를 다시 노려보았다.

“그 사진이 조작한 게 아니라는 사실을 어떻게 증명할 셈인가?”

이렇게 말하는 그의 어조에는 그래도 막연하게나마 희미한 희망이 엿보였다.

“그러시다면 보여드리죠.”

죠가 문으로 가 밖을 향해 소리쳤다.

“애버린! 이리 들어와.”

잠시 후 키가 작고 머리가 검은 여자가 들어왔다. 고든은 그녀를 보는 순간 사진을 내려다보았다. 그녀는 틀림없이 메리와 함께 사진에 나와 있는 여자였다.

“이야기를 해드려. 믿지 못 하시는 모양이니까.”

여자는 불안한 표정으로 망설이고 서 있었다.

“뭘 하고 있어! 우리가 뭣 때문에 뉴올리언즈에서 여기까지 밤을 새워 달려왔는데, 왜 그러고 있는 거야!”

죠의 표정이 험악해지자, 그녀는 마지못해 고든을 향해 머뭇거리며 말했다.

“제가 메리를 만난 곳은 게이어 교화소였어요. 거기서 같이 출소해 가지고 콤비를 이루어 쇼를 하기 위해 여기에 온 거예요. 우린 술집 무대가 아니면 사설 클럽이나 파티 장소에 불려다니며 쇼를 했는데, 경찰이 냄새를 맡고 쫓아다니는 바람에 죠와 나는 여길 떠났고, 그 애만 남게 되었던 거예요.”

그녀의 말이 채 끝나기도 전에 소파에서 벌떡 일어선 고든은 구석의 홈 바로 향했다. 술병을 꺼내 한 잔 가득 따른 그는 그것을 단숨에 비웠다. 찢어지는 듯한 고통을 견딜 수가 없었던 것이다. 연거푸 잔을 더 비우고 나서야 그는 죠와 애버린을 돌아보았다.

“한 잔 하겠소?”

그제서야 바짝 긴장된 표정으로 그를 살피던 죠의 입가에 미소가 피어올랐다.

"아뇨. 우린 그럴 필요가 없습니다. 그렇지, 애버린?"

잃어버린 무지개 | 초인종을 울리자 의외로 고든이 직접

문을 열어 주었다. 그와 함께 집안에 들어서던 그녀는 그에게서 위스키 냄새가 지독하게 풍기는 걸 깨달을 수 있었다.

"많이 마셨군요. 그러지 않겠다고 약속하셨잖아요."

이에 고든이 신경질적으로 웃어댔다.

"축하할 일이 있어서……. 그리운 친구가 매일 오는 건 아니거든……."

"그리운 친구요?"

마자는 뭔가 심상치 않은 분위기를 느끼며 물었다.

아무런 대답없이 거실로 가는 그의 뒤를 따르던 마자는 못이 박힌 듯 멈춰서고 말았다. 너무도 뜻밖인 끔찍한 광경이 눈앞에 펼쳐져 있었던 것이다.

술에 만취한 애버린이 브레지어와 팬티 차림으로, 게다가 차마 눈 뜨고 바로 보지 못할 포즈로 소파에 누워있다가 그녀를 보고는 손을 흔들어 대는 게 아닌가! 그녀 옆에 서 있던 죠가 비틀거리며 마자 쪽으로다가오며 소리쳤다.

"아, 그리운 아가씨 메리! 나에게 키스해 주지 않겠어? 너무 오랜만이잖아……."

"당신들은 여기서 무슨 짓을 하고 있는 거예요."

그녀의 입에서 성난 짐승같은 고함이 터졌다. 그러나, 죠는 비틀거리며 웃음을 터뜨렸다.

"아, 염려할 것 없어. 옛날 친구의 결혼을 축하해 주기 위해 온 것이니까. 정말이야, 그것 뿐이라니까……."

불꽃이 튀는 시선으로 그를 노려보던 마자가 고든에게로 돌아섰다.

"이 사람들 언제 여기에 왔죠?"

"음……. 조금 전에……."

그는 그녀의 시선을 똑바로 보고 싶었으나 뼈 속까지 스며드는 아픔으로 뜻대로 되지 않았다. 더 마셔야 될 것 같아 술병을 들며 그녀에게 물었다.

"마시겠소?"

마자는 그를 똑바로 보며 고개를 저었다. 고든은 병째로 들이켰다. 독한 술은 목구멍과 식도를 화끈하게 적시며 온몸으로 퍼져갔다.

"이럴 땐 역시 술이 약이거든……."

술병을 입에서 뗀 그가 억지로 미소를 지으려 했으나 일그러졌다.

"정말 마실 생각이 없소?"

"고맙지만 사양하겠어요."

자르듯 대답하고 난 그녀는 담배를 꺼내 피워 물었다. 그때 엉망으로 취한 죠가 다가왔다.

"그러지 말고, 한 잔 하지 그래? 그 편이 쇼를 하는데도 좋을 텐데, 분위기가 잡힐 테니까 말야……."

"쇼라니? 무슨 쇼 말이지?"

애버린도 비척거리며 쇼파에서 일어섰다.

"이 분에게 우리가 하던 쇼를 설명하면서 직접 연기하고 있었어. 죠가 그게 효과적일 거라고 했거든……."

마자는 그녀를 무시해 버리고 고든을 돌아보았다.

"이야기를 다 들으셨겠군요?"

고든이 말없이 고개를 끄덕였다.

마자의 음성은 차분하면서도 싸늘하게 식어 있었다.

"나한테 이야기할 기회도 주지 않고 이들의 말을 들었군요."

고든이 그녀에게 사진을 내밀었다.

"이 사진들이 말해 줬지. 더 이상 들을 필요가 있을까?"

사진을 흘끗 보고 난 그녀는 말없이 그에게 건네주었다. 그것을 받자 고든은 테이블 위에 던져 버리고 돌아섰다. 그녀와 마주 보고 있을 수가 없었던 것이다.

"나한테 그런 이야기를 미리 해줬어야 했소."

"그럴 기회를 주시지 않았어요. 내가 지난 이야기를 하려고 할 때마다 당신은 지난 일은 어떤 것이든 상관없다고 일축했어요. 그뿐인가요? 당신은 나에 대해 충분히 알고 있다고까지 말했어요."

고든은 아무 대답도 하지 않았다. 그러자, 그녀는 화살을 죠에게도 돌렸다. 자르듯 날카로운 음성이었다.

"여전하시군요. 죠! 돈이 생기는 일이라면 무슨 짓이라도 한다 이거지! 좋아, 이번에는 한 밑천 단단히 뽑아보라구!"

"너무 실망할 것 없어. 메리! 다시 쇼를 시작할 수 있을 거야."

이렇게 이죽거리며 그가 마자의 팔을 잡는 순간 그녀의 손이 공기를 가르며 죠의 뺨을 세차게 후려쳤다. 눈 깜짝할 사이의 일이었다. 미처 피하지도 못하고 그대로 맞은 그의 뺨에 손자국이 선명하게 남았다.

"이 더러운 년!"

죠가 짐승같은 신음을 토하며 달려들었다.

"개 같은……! 버릇을 가르쳐 주지!"

마자의 입술에 싸늘한 경멸의 미소가 흘렀다.

"좋으실 대로……."

순간 달려들던 죠가 멈칫 그 자리에 얼어붙은 듯 섰다. 그의 시선은 그녀의 손으로 향하였고, 거기에는 예리한 칼날이 불빛에 번쩍였다. 죠가 펄쩍 뛰듯 뒤로 물러섰다.

"메리!"

그들을 바라보고 있던 고든이 하얗게 질린 표정으로 소리쳤다. 그 소리에 그에게로 시선을 돌린 마자가 참고 있던 분노를 터뜨렸다.

"당신도 이들과 똑같은 사람이에요! 내 말은 들으려고도 하지 않다가 다른 것들이 내 이야기를 하는 건 들었어요. 왜죠? 이것들이 날 버리고 도망쳤다는 이야기를 하던가요? 집세로 사람을 잡혀 놓고, 게다가 팬티 한 장 남기지 않고 깡그리 훔쳐 달아났었다고 말하던가요? 당신도 똑같이 치사한 인간이에요!"

고든은 대답은 하지 않았으나, 이제는 그녀를 똑바로 바라보고 있었다.

"기왕에 이야기가 나왔으니 다 하죠. 이것들은 도망쳤으니까, 그 다음에 일어난 일들은 모를 거예요. 이것들이 없어진 다음에 난 몸을 팔았어요. 어쩔 수 없는 일이었어요. 집세도 내야 했고 먹고 살아야 했으니까요. 돈벌이는 제법 괜찮더군요. 하루에 40달러는 문제 없었어요. 당신을 만난 날도 난 그 장사를 하고 있었어요."

"그만 둬, 메리!"

고든이 더 이상 견딜 수 없다는 듯 소리쳤다. 그러나, 이제는 싸늘한 미소마저 띈 마자는 고개를 저었다.

"아녜요. 아직 남았어요. 난 당신을 만난 다음 순간 내 정신이 아니었나 봐요. 난 그렇게 되기 위해 태어난 여자예요. 그런데도 잠시나마 신데렐라의 꿈에 젖어 있었던 게 잘못이었어요. 죄송해요."

말을 마친 그녀는 그대로 문쪽으로 향했다. 그러자 고든이 재빨리 그녀의 팔을 잡았다. 그의 얼굴은 깊은 죄책감으로 일그러져 있었다.

마자가 그를 돌아보았다. 그 순간 그녀의 눈에는 희미하나마 희망의 빛이 안타깝게 어려 있었다.

"절 잡으시겠어요, 고든?"

그러나, 고든이 아무런 대답을 못하자, 그녀의 눈에 어렸던 희망의 빛은 곧 사라졌다.

그녀는 세차게 그의 손을 뿌리치고 그대로 나가 버렸다. 그녀가 나간 후에도 그는 한동안 닫힌 문을 향해 서 있었다.

죠가 낄낄대는 소리가 들려왔다.

"신경 쓰지 마세요. 길바닥에 널린게 계집인데, 하필 저 따위……."

“닥치고 당장 꺼져 !”

고든의 입에서 분노와 증오에 찬 고함이 터졌다.

“내 손에 죽기 전에 어서 둘 다 꺼져 !”

그녀는 어둠 속을 비틀거리며 걷고 있었다. 차가운 눈물이 줄지어 흘러내렸다. ‘왜 우는 거지?’ 그녀는 울고 있는 자신이 우스웠으나 그래도 눈물은 그치지 않고 볼 위로 흘렀다.

어둠 속에 갑자기 부드러운 목소리가 그녀의 걸음을 멈추게 했다.

“차를 잡아드릴까요, 프루드 양?”

돌아보니 늙은 흑인 톰이 다정한 표정을 지으며 서 있었다. 그녀는 고개를 저었다.

“괜찮아요, 톰 ! ”

쉰 목소리가 갈라져 나왔다.

“좀 걷……. 걷는 게 좋을 것 같아요.”

“허락해 주신다면 같이 걷겠습니다. 프루드 양.”

따뜻하고 공손한 말투였다.

“밤길이 너무 호젓해서요…….”

“괜찮아요. 두렵지 않아요.”

톰이 그럴거라는 듯 고개를 끄덕였다.

“당신은 두려워할 분이 아니죠. 당신은 내가 보아온 여자들 중에 가장 대단한 여자니까요.”

말없이 그를 바라보던 마자는 그가 무슨 생각을 하고 있는 지 갑자기 깨달아지는 게 있었다.

"모든 걸 처음부터 알았었군요?"

톰이 고개를 끄덕였다.

"그런데도 이제껏 그에게 아무 말도 안 했군요, 왜죠?"

"내가 말한 대로 당신이야말로 진정한 여자이기 때문이었어요. 고든은 한낱 어린애에 불과해요. 그래서, 당신이 잘 이끌어 주길 기대했던 겁니다. 그런데 이렇게 끝나버렸군요."

그녀는 가슴 속에서 치미는 게 있어 숨을 깊이 들이쉬며 나직한 목소리로 말했다.

"고마워요, 톰."

그녀는 이 한 마디의 말을 겨우 하고는 돌아서서 걷기 시작했다.

등 뒤에서 톰이 뛰어오는 소리가 들렸다.

"저한테 돈이 조금 있습니다."

그는 하기 어려운 말을 하듯 조심스럽게 말했다.

"필요하시다면 마음놓고 가져 가세요."

이날 저녁, 처음으로 그녀는 따뜻한 전율이 가슴 속에서 감동의 물결이 되어 흐르는 걸 느낄 수 있었다. 그녀는 자신도 모르는 사이에 톰의 손을 잡았다.

"염려 말아요. 난 괜찮아요."

늙은 하인의 머리가 숙여졌다.

"죄송합니다. 주제 넘게……."

그런 그를 바라보는 그녀의 표정은 다정했다.

"아녜요. 고마워요. 그리고 마음이 변했어요. 한 가지 부탁드릴게
있어요."

톰이 퍼뜩 고개를 들었다.

"뭔가요? 뭐든지 말씀하세요."

"차를 타고 가야겠어요. 택시 좀 잡아줘요."

"알겠습니다. 프루드 양."

그녀는 차를 잡기 위해 큰길로 부지런히 뛰어가는 늙은 하인 톰을
바라보며 담배를 피워 물었다. 깊이 들이마신 연기를 천천히 길게 내
뿜으며 밤하늘을 올려다 보았다.

그 어느 날의 밤처럼 수많은 별들이 금방이라도 쏟아져 내릴 듯이
휘황하게 반짝였다. 귀에 익은 파도소리가 희미하게 들려왔고, 바다를
건너온 서늘한 바람이 그녀의 몸을 에워쌌다.

잠시 동안 그대로 밤하늘을 바라보고 있던 그녀는 들고 있던 담배
를 갑자기 길 옆의 휴지통에 던져 넣었다. 마음이 결정되었다는 증거
였다.

이곳은 별이 너무 밝았다. 플로리다에서 이만큼 지냈으면 충분하다.
이제는 뉴욕으로 돌아갈 때가 된 것이다.

다시 거리에 핀 장미 | 호텔에서 나올 때 로비의 벽시
계가 여덟 시를 가리키고 있었다.

벌써 몇 시간째 내린 눈으로 거리와 자동차의 소음까지 묻힌 듯 조

용하고 한적하기만 했다. 그녀는 모퉁이를 돌아 6번가 쪽으로 걸어갔다. 록펠러 센터 부근에 가면 쓸만한 '먹이'가 있을 같은 생각이 들었기 때문이다.

장사를 하기에는 관광객들이나 고급 샐러리맨들이 많이 모이는 곳이 좋았다. 브로드웨이나 7번가, 8번가는 사람은 많으나 대부분 빈털털이들이라 적어도 5달러 내지 10달러 정도를 울궈내려면 아무래도 6번가로 나서야 했다.

하늘은 잔뜩 찌푸려져 있었다. 오늘같은 날은 쓸만한 먹이를 기대하긴 힘들었지만, 그대로 호텔방에 틀어박혀 있을 사정이 못 되었다. 수중에 돈 한푼 없고 방세도 며칠 분이 밀려 있었다.

그녀는 천천히 걸으며 상점의 진열장들을 기웃거렸다. 속 모르는 사람이 보면 한가하게 쇼핑이나 즐기는 여자처럼 보이겠지만, 사실은 진열장을 거울로 삼아 자신을 살피는 남자, 즉 먹이가 있는가를 알아보려는 작업이었다.

예상했던 대로 거리에는 사람의 발걸음이 뜸했고 쓸 만한 먹잇감은 더 더욱 눈에 띄지 않았다. 그녀는 추위도 피할 겸 해서 모퉁이에 있는 카페의 구석 자리에 앉아 커피를 주문했다.

커피를 마시는 동안 그녀는 줄곧 창 밖에 시선을 주었다. 길 건너편 뮤직 홀의 입구 쪽을 살피고 있었던 것이다. 이제 20분쯤 후면 쇼가 끝날 것이고 관객들이 밀려나올 것이다. 이럴 때 먹이를 구하는 일이 비교적 쉬웠다.

커피잔이 거의 비어갈 무렵 출구에 사람들의 모습이 나타나기 시작했다. 그녀는 재빨리 일어나서 길을 곧장 건너 극장 앞 광장 한구석에 자리를 정하고 서성거렸다. 얼핏 보기에는 약속 시간에 누군가를 기다리는 여자로 보일 것이다.

수많은 사람들이 그녀의 곁을 지나쳤으나 별로 신경을 쓰는 사람은 없는 것 같았다. 그녀는 짜증스러운 표정으로—기다리기가 지겹다는 듯—시계를 들여다보았다.

어느 덧 사람들의 수효가 줄어들고 있었다. 이제 몇 분 후면 인적마저 끊어지리라. 오늘밤은 아무래도 사냥에 실패한 것 같았다.

오늘 장사는 틀렸다는 생각으로 막 자리를 뜨려던 마자는 본능적인 예감에 뒤를 돌아다보았다. 멀지 않은 곳에서 한 남자가 그녀를 바라보고 있는 게 눈에 띄었다. 그녀는 재빨리 그의 구두를 보았다. 갈색이었다.

순간, 그녀는 안도의 한숨을 내쉬었다. 경찰은 대부분 검은 구두를 신고 있었기 때문이다. 잠시 그의 얼굴을 살피다가 의미있게 눈을 깜박이고는 천천히 보도로 나섰다.

그녀는 신호등 밑에서 그를 기다렸다. 돌아보지 않고서도 그가 따라오고 있다는 걸 느낄 수 있었다.

신호가 바뀌자 그녀는 길을 건너 다시 카페 안으로 들어가 입구 가까운 곳에 자리를 잡았다. 커피를 주문하고 난 그녀가 핸드백에서 담배를 꺼내 물자, 예상했던 대로 옆에서 라이터 불이 켜졌다.

라이터를 켜든 손이 떨렸다. 고개를 들어보니 둥근 얼굴에 검은 눈의 호인 풍모의 중년 남자였다. 이런 남자라면 걱정 없었다.

“고마워요.”

그녀가 담뱃불을 붙이고 나서 미소를 짓자, 그는 앞자리를 가리켰다.

“함께 앉아도 될까요?”

목소리도 제법 무게가 실려 있으면서 부드러웠다. 어디로 보나 중년 샐러리맨의 냄새가 풍기는 인물이었다. 그녀가 말없이 고개를 끄덕이자 남자는 조금 굳은 표정으로 앉으며 그녀를 건너다 보았다.

“한 잔 같이 안 하시겠습니까?”

그녀의 눈썹이 꿈틀거렸다. 더 이상 망설일 게 무엇인가.

“원하시는게 그것 뿐이세요?”

그녀의 당돌한 질문에 그는 당황해 하는 표정이었다. 이 역시도 자주 겪는 반응이었다.

“아, 아니요. 하지만…….”

“그렇다면 쓸데없는데 돈을 쓰실 필요가 없지 않을까요? 전 커피를 주문했어요.”

그는 잠시 그녀를 살피다가 하기 어려운 말을 할 때처럼 목을 가다듬고 주저하며 물었다.

“저…… 얼마요?”

“10달러…….”

그녀는 재빨리 말하며 그의 표정을 살폈다. 주저하는 기색이면 액수를 내릴 계산을 하면서…….

“좋아요.”

중년 남자가 의외로 선선히 대답하자, 마자는 안도의 미소를 지었
다. 날라온 커피를 마시는둥 마는둥 그녀가 먼저 일어섰다.

"나가시죠."

길로 나선 그녀는 어느 새 다정한 연인처럼 그의 팔짱을 끼고 호텔
을 향해 걷기 시작했다.

"세상에 눈처럼 아름다운게 없어요."

"그렇군."

그녀의 속삭임에 그는 아무래도 어색하다는 듯 입맛을 다셨다.

"하지만 도시에선 매우 불편하죠. 모든 게 마비 상태가 되나봐요.
일이 잘 안 돼요."

사내는 여유를 보이려는 듯이 그녀의 말을 농담으로 받았다.

"염려 말라구. 내 몸은 잘 움직이고 있으니까."

그녀는 기분 좋은 웃음을 터뜨리며 사내의 팔을 바짝 끌어안았다.

'이 정도면 아주 얼빠진 작자는 아닐 거야.'

호텔 앞에 이르자, 그녀는 꼈던 팔을 놓아주었다.

"여기가 제가 묵고 있는 곳이예요. 제가 올라간 후 5분쯤 있다가
올라오세요. 2층 209 호실이예요. 아셨죠?"

사내는 긴장하는 표정으로 고개를 끄덕였다.

"5분 후에……. 209호실 ! "

그녀가 잠옷으로 갈아 입자, 노크 소리가 들려왔다. 그녀가 재빨리
달려가 문을 열자 어김없이 그 중년 사내가 머뭇거리며 서 있었다.

“들어오세요.”

방 안으로 들어선 사내는 그녀가 문을 걸어 잠그고 돌아서는 동안 우두커니 서 있었다.

“코트를 벗으세요.”

“아, 그러지.”

그녀가 옷을 받아 걸자 사내는 넥타이를 느슨하게 풀었다.

그녀가 침대에 앉아 미소를 짓자, 그는 그녀를 자세히 살펴보며 물었다.

“이름이 뭐지?”

“메리예요.”

사내가 다시 입맛을 다셨다.

“어쩌다 이런 짓을 하게 됐지. 메리? 당신은 이런 짓을 하기엔 너무 아까워…….”

마자는 짜증스러운 표정이 되었다. 사내들의 수작은 모두가 똑같았다. 한 귀로 듣고 다른 귀로 흘릴 말을 해서 어쩌겠다는 거지? 그녀는 어깨를 움칫해 보였다.

“여자도 굶으면 배가 고픈 법이에요.”

그리고는 그가 다가오는 걸 보고는 재빨리 덧붙여 말했다.

“순서가 틀린 것 같지 않아요?”

잠깐 의아해 하는 표정을 짓던 사내는 알겠다는 미소를 지으며 주머니에서 지폐를 한 장 꺼내어 내밀었다.

돈을 받아 핸드백에 넣은 그녀는 이젠 절차가 끝났다는 듯 잠옷을 벗어 던지고 침대에 누웠다. 그러나 웬지 사내는 그 자리에 선 체 움직이지 않는 것이 아닌가.

"어서 와요. 뭘 망설이고 있는 거죠?"

그러자, 사내는 다시 입맛을 다시고 나서 주머니에 손을 넣어 무엇인가를 꺼내들었다. 조그마한 가죽 지갑이었다. 그것이 펼쳐지자 아 ! 반짝이는 은뱃지가 그곳에 있지 않은가 !

"밀러슨 형사요. 당신을 체포하겠소. 옷을 입어요."

그녀는 튕기듯 일어나 앉았다. 심장의 고동이 귀에까지 들릴 정도로 격심하게 요동쳤다. 언젠가는 닥쳐올 일이라고 짐작하고 있었지만, 이렇게 빨리 올 줄은 몰랐던 것이다.

그녀는 억지로 미소를 지어 보였다.

"제가 실수했어요. 당신한테는 무료로 서비스 할께요."

밀러슨 형사는 차마 그녀와 시선을 마주할 수 없다는 듯 고개를 돌렸다.

"어서 옷이나 입어요."

그녀는 침대에서 내려서며 그에게 다가섰다.

"당신은 형사같지 않아요. 너무 마음이 좋으시게 생겼어요."

형사는 그녀가 위험한 물건이라도 되는 듯 뒤로 물러섰다.

"아가씨 헛수고 하지 말고 옷이나 입는 게 좋을 거야."

전혀 호전될 기미가 보이지 않았다. 그녀는 형사가 윗도리와 코트를 걸치는 걸 보고는 천천히 옷을 입기 시작했다.

"얼마나 치러야 될까요?"

"이번이 초범이오?"

그녀는 고개를 끄덕이며 원피스 등의 지퍼를 올리려고 했다. 그러나 자신도 의식하지 못하는 사이에 손이 떨려 제대로 올릴 수가 없었다.

"잠깐 형사라는 걸 잊으실 수 없나요? 지퍼가 안 올라가요."

밀러슨은 어이가 없다는 듯 피식 웃고 나서 등 뒤로 돌아와 지퍼를 올려주며 말했다.

"30일."

"30일이라뇨? 뭐가요?"

그녀는 자신이 물은 말은 까맣게 잊은 듯 되묻고 있었다.

"매춘 초범은 30일 구류요."

형사가 다시 돌아서서 말했다.

"아, 그래요……. 오늘이 며칠이죠?"

"2월 27일."

그녀는 고개를 끄덕이고 나서 옷장에서 옷가지와 가방을 꺼냈다.

"그 안에서 3월을 보내야겠군요. 잠깐 짐을 꾸려도 될까요? 한 달 동안 방세도 안 내고 비워두면 이 옷가지들을 몽땅 처분해 버리고 말 거예요."

"좋아. 빨리 해요."

짐이라고는 옷가지 몇 벌밖에 없어 간단하게 끝났다. 가방을 닫아 들고 돌아선 그녀가 그를 향해 미소를 지었다. 그녀에게선 보기 드문 쓸쓸한 표정이었다.

"세상을 어렵게 사는 것 말고 다른 방법이 있어야 해요."

순간 그녀를 바라보던 밀러슨 형사의 눈은 뭔가 느끼는게 있는지 조금 커졌다.

'이 아가씬 어딘가 다른 데가 있다. 쓰레기 같은 거리의 매춘부는 아냐. 머리도 있고 생각도 있는 여자야.'

그는 천천히 고개를 끄덕였다.

"그래야겠지."

그녀는 다정한 친구와 산책을 나가는 연인처럼 형사의 팔을 꼈다.

"저 뿐만이 아니라, 당신에게도 그런 길이 있어야 해요."

그녀의 쉰 듯한 목소리는 차분하게 가라앉아 있었다.

제5부 | 바람의 외출

슬픈 계절 | 변호사 비토가 제출한 기각 신청에 대한 답변을 하기 위해 배심원석을 지나 판사 앞으로 가자, 호기심에 찬 많은 눈동자들이 나를 따르고 있다는 걸 직감적으로 느꼈다. 냉정함을 유지하기 위해 차분한 목소리로 말하면서 그들이 내 답변을 들어주었으면 하는 생각 뿐이었다.

"형사 재판의 경우 꼭 기억해야 할 분명한 예견을 참고해 주시기 바랍니다. 법적인 면에서의 죄와 도덕적인 면에서의 죄에 관한 문제입니다. 우리가 처벌할 수 있는 것은 법적인 면에서의 죄에 한정됩니다. 유감스럽게도 어느 법정에서나 법적인 면에서의 죄와 도덕적인 면에서의 죄가 동등하게 취급될 수 없다는 점입니다. 그럼에도 불구하고 법적인 면에서의 죄에 대한 처벌을 하기 위해서도 우리는 대단히 조심스럽고 힘든 과정을 수행하지 않으면 안 되는 고충이 따른다는 말에 유념해 주시기 바랍니다. 변호인과의 투쟁이라는 난관이 있기 때문입니다. 따라서 우리가 제기한 공소 사실은 혐의에 대한 면밀한 조사와 증거와 증언에 의한 것입니다.

검찰의 존재 이유는 범죄에 대한 응징에도 있지만, 그보다 더 큰 목적은 시민의 안녕과 권익 보호에 있습니다. 그 점을 잘 알고 있는 우리는 어떤 경우에도 선량한 시민에게 무고한 피해를 끼치지 않기 위해 최선을 다 하고 있습니다. 그러나, 본 사건은 개인의 도덕적인 범죄 사실보다도 이 도시에서의 법과 질서와 존엄성을 유지하기 위해서 뿐만 아니라, 수많은 선량한 시민의 양식과 질서를 존중해야 한다는 면에서도 엄격하고 준엄하게 다루어져야 할 것입니다. 현명하신 판단으로 기각 신청을 각하해 주시기 바랍니다."

내가 자리에 돌아와 앉기도 전에 판사의 음성이 들려왔다.

"기각 신청을 각하한다."

장내가 술렁거리기 시작했다. 내 바로 뒤에 자리잡은 기자들은 기사를 보내기 위해 부산하게 움직이고 있었다.

재판봉 두들기는 소리가 다시 법정 안을 울렸다.

"본 법정은 내일 오전 10시까지 휴정한다."

땀과 피로에 젖어 사무실로 돌아온 나는 무너지듯 소파에 주저 앉았다. 죠엘이 그런 나를 염려스런 표정으로 바라보았다.

"한 잔 마셔야 될 것 같군."

나는 고개를 끄덕여 보이고는 눈을 감았다. 지난 2주간을 어떻게 비토와 싸워 왔는지 자신도 믿기지 않을 지경이었다. 그러나, 이제는

더 이상 버틸 기력이 남아 있을 것 같지 않다는 상실감에 빠져들었
다.

"자, 들게."

죠엘의 목소리에 나는 감았던 눈을 뜨고, 그가 내민 술잔을 받아
단숨에 입 속에 쏟아부었다. 지독하게 독한 액체가 목구멍과 식도에
타는 듯한 자극을 주며 온몸으로 퍼져가는 것을 느꼈다.

"버본 원액이지."

터져 나오는 기침을 가까스로 참으며 그를 올려다보았다.

"뱃 속이 용광로가 되는 것 같군."

옆에 있던 알렉이 나직하게 웃었다.

"오늘 정말 훌륭하게 해치웠어요."

"고맙소."

나는 지나가는 말처럼 대꾸했다.

"하지만, 일부러 그런 말을 할 필요는 없어요. 내가 얼마나 형편 없
었는가 잘 아니까."

"천만에, 너무 그럴 필요까지는 없어."

갑자기 들려온 목소리에 돌아보던 우리 세 사람은 동시에 자리에서
벌떡 일어섰다.

"검사님 ! "

그는 미소를 지으며 사무실 안으로 들어섰다.

"아주 잘 했다고 말하고 싶군."

알렉과 죠엘은 의미있는 표정으로 시선을 주고받았다. 영감으로부

터 이런 칭찬의 말이 나온 것은 처음 있는 일이었다.

"감사합니다. 검사님."

영감이 손을 내저었다.

"나에게 감사할 이유가 없어. 아직 안심하기에는 일러. 비토가 항복한 건 아니니까."

의자를 끌어다 주자 그는 조심스럽게 앉았다. 수술 후 처음으로 사무실에 나온 것이다.

"건강이 아주 좋아지신 것 같습니다."

죠엘의 말이었다. 나는 그를 흘깃 보지 않을 수 없었다. 그의 행동은 어디까지나 계산적이라는 걸 새삼 느껴야 했기 때문이다.

영감도 그 말이 싫지 않은 모양이었다.

"기분이 많이 좋아졌어."

그가 담배를 꺼내 물자, 죠엘을 물리치고 불을 먼저 갖다 대느라고 알렉은 하마터면 손가락을 데일 뻔까지 했다.

그들의 행동에 미소를 머금은 나는 빠른 속도로 정상을 되찾고 있었다. 온몸으로 퍼져간 독한 술의 힘과 영감의 갑작스런 출현으로 긴장되었기 때문이다.

영감이 내게 물었다.

"비토가 앞으로 어떻게 나올 것 같나?"

나는 솔직한 기분으로 고개를 저었다.

"전혀 짐작을 못하겠습니다."

"그 자의 태도로 봐서 뭔가 불길한 일이 있을 것 같은 예감이야."

영감이 신중한 표정으로 말했다.

"아주 태평스런 표정으로 앉아 있더군, 그게 문제야."

"무슨 꿍꿍이가 있든 없든 비토는 항상 그런 식이 아닙니까?"

죠엘이 재빨리 끼어들자, 영감은 그런 그를 못마땅한 시선으로 바라보았다.

"난 그 자를 20년 동안이나 보아 왔어. 그 자가 부지런히 움직일 때는 눈동자만 봐도 알 수 있어. 그런데 내가 보기엔 이번엔 전혀 움직이지 않는 것 같아. 그것은 이미 소매 속에 뭔가를 숨겨 놓고 있다는 뜻이야."

말을 끝낸 그는 담배 연기를 길게 내뿜으며 미간을 좁혔다. 무엇인가를 골똘히 생각할 때의 그 만의 습관이었다. 그런 그를 바라보면서 우리들도 여러 가지로 가능성이 엿보이는 일들과 그가 숨기고 있는 '비밀 무기'의 정체를 추정해 보려고 머리를 짜 내었다. 그 동안 혹시 우리가 간과해서는 안될 중요한 사실을 그대로 지나쳤을지도 모를 일이 아닌가. 그러나, 그 정체는 쉽사리 잡힐 것 같지 않았다.

한동안 침묵이 흐른 뒤 영감이 몸을 일으켰다.

"아무튼 좋아. 그 자가 어떤 수작을 할 것인지는 오래 기다리지 않아도 알게 될테니까. 내일 아침부터는 그것으로 공격을 해올 것이 틀림없어."

"그렇게 생각하시는 근거를 여쭤 봐도 되겠습니까?"

한 마디 거들었다가 질책을 당한 죠엘이 이번에는 조심스럽게 물었다. 말없이 발걸음을 옮기던 영감이 문 앞에 이르러서야 우리를 돌아보았다.

"내일 아침에 단 한 명의 증인신청도 없다는 사실을 아직도 모르고 있었나?"

우리 세 사람은 하나같이 아차 하는 표정으로 서로를 바라보았다. 그런 꼴을 한심스럽다는 듯 영감은 변함없이 날카로운 어조로 말했다.

"한 사람이라도 제 정신이었다면 법정을 나가기 전에 벌써 그 정도는 확인해 봐야 했을 게 아닌가! 언제까지 그 모양들을 하고 있을 거야?"

그리고는 뒤도 돌아보지 않고 곧바로 복도로 나서는 것이었다. 그가 나간 후 사무실 안은 정통으로 한 대 얻어맞은 충격으로 어색한 침묵이 감돌았다.

이번에도 침묵을 깬 것은 죠엘이었다.

"우린 아직 멀었어."

이 때만은 계산적인 의도가 없는 것처럼 보였다.

"아무리 늙고 병들었다지만, 영감을 당할 재간이 없어."

옆에 서 있는 알렉은 한숨만 내쉴 뿐이었다.

나는 그날 저녁 11시가 넘도록 사건 기록을 재검토해야 했다. 우리가 제시한 증거자료, 변호인의 증인심문 내용 등을 면밀하게 검토했으나 비토가 결정적인 무기로 삼을 정체를 알아내는 데는 아무런 도움도 되지 못했다.

이제는 끈질기게 기다리는 수밖에 없다고 결론을 내린 나는 코트를 걸치고 사무실을 나섰다. 물 먹은 솜처럼 온몸이 피로에 젖어 있었으나 졸리지는 않았다. 밖은 매섭게 추웠다. 그래도 나는 깨끗한 대기가 머리 속을 맑게 해주길 기대하며 브로드웨이 쪽을 향해 발걸음을 옮겼다.

이 시각의 브로드웨이는 삭막하기만 했다. 멀리 타임스 광장 쪽의 휘황찬란하고 활기에 넘치는 불빛이 보였으나 사무실 건물들과 극장 따위로 메워진 이 거리는 인적이 끊어지면 생명을 잃은 괴물처럼 어둠에 묻혀 끔찍스러웠다.

옷깃을 파고드는 바람을 막기 위해 코트 깃을 세우며 나는 별다른 생각없이 추위 속을 휘적휘적 걸었다.

건널목을 네 번 건넜을 때쯤 나는 차 한 대가 천천히 따라오고 있음을 알았다. 문득 불길한 생각에 돌아보았으나 차 안은 불이 꺼져 있어 누가 타고 있는지 분간할 수 없었다.

나는 발걸음을 빨리 하며 그대로 계속 걸어나갔다. 적당한 장소가 눈에 띄면 몸을 숨길 생각도 해 보았으나, 그럴 여유가 있을지는 의문이었다. 마침 모퉁이에 다다른 나는 재빨리 돌아서려 했으나 어느새 다가왔는지 차가 내 앞을 가로막으며 급정거를 하는게 아닌가.

놀란 내가 펄쩍 뛰며 뒤로 물러서자, 차 안에서 나직한 웃음소리가 흘러나왔다. 그 웃음은 귀에 익은 소리였다. 순간 나는 주저없이 차의 앞문을 열었다.

짐작했던 대로 운전석 계기판의 희미한 불빛으로 하얀 치아를 드러내며 웃고 있는 그녀의 얼굴을 똑똑히 알아볼 수 있었다.

"저예요. 마이크."

언제나처럼 약간 쉰 듯한 목소리가 날아왔다.

"마자 ! "

나는 내 음성이 떨리고 있음을 깨달을 수 있었다. 그것은 놀라움과 추위 때문만은 아니었다. 나는 그 자리에 얼어붙은 듯 섰다.

"타세요. 태워다 드릴께요."

잠시 망설이던 내가 올라 타자, 그녀는 거침없이 차를 몰았다. 시선을 떼지 않고 정면만 바라보고 있던 그녀가 다음 네 거리 교차로에서 신호에 걸리자, 나를 돌아보았다.

"너무 늦게까지 일하시더군요. 여섯 시부터 기다렸어요."

"연락을 하지 그랬소?"

나는 비꼬는 투로 말했다.

"기다리시게 해서 죄송하기 그지없군……."

그녀는 아무 대답없이 담배를 물었다. 성냥불을 그어댈 때 보니 희미한 미소가 입가에 번져 있었다.

신호가 바뀌자, 그녀는 여전히 부담없는 자세로 운전을 하면서 다시 말을 건넸다.

"오늘 아주 멋지게 해치우시더군요. 마이크."

그녀는 자신과는 아무런 상관도 없는 일인 것처럼 말했다.

"고맙소."

그녀가 갑자기 모퉁이를 돌아 차를 세우며 엔진을 껐다. 그대로 잠시 앞만 바라보고 있던 그녀가 나직히 한숨을 내쉬며 다시 담배를 꺼내 물었다. 내가 성냥불을 붙여 주려 하자 불빛 너머로 나를 빤히 바라보며 말했다.

"오랜만이군요."

나도 담배를 피워 물었다.

"언젠가 들었던 말 같군."

그녀의 표정에 괴로워 하는 여린 빛이 떠오르는 걸 발견한 나는 뜻밖의 쾌감을 맛보며, 이 세상에 그녀를 괴롭힐 수 있는 인간이 있으리라고는 생각지 않은 것이 이상했다.

그녀의 손이 내 손을 더듬었다.

"싸우지 말아요. 우리……."

그녀의 목소리는 그 어느 때보다도 부드럽고 안타까운 느낌마저 배어 있었다.

"재판이 시작된 지금 우리가 무슨 짓을 하고 있다고 생각하시오. 우린 지금 게임을 하는게 아니라는 사실을 잊지 말기 바라오."

나는 왠지 화가 치밀어 소리라도 지르고 싶은 심정이었다.

그녀의 시선이 내 눈에서 떨어지지 않았다.

"그 문제는 우리의 개인적인 관계와는 아무 상관없는 일이에요."

나는 어느 덧 그녀의 시선에 침몰 당하는 고통을 감지했다. 깊이를 모르는 그녀의 심연에 점점 빠져들어 허우적대는 꼴이었다. 나는 조금도 변하지 않은 자신을 안타까워 하면서도 그녀의 입술을 찾았다.

그녀의 입술은 여전히 부드럽고 따뜻했다. 긴 입맞춤에 나는 그 언제처럼 강렬한 충동을 느끼고는 기를 쓰며 그녀의 입술에서 떨어졌다. 이건 미친 짓이라는 생각이 더워지는 감정을 겨우 식혀 주었다.

"마이크!"

그녀는 그대로 눈을 감은 체 속삭였다.

"왜 우리에게 이런 일이 일어나야만 할까요."

내 손을 쥐고 있는 그녀의 손에 안타까운 힘이 주어졌다.

"모르겠소. 수없이 생각해 봤지만 소용없는 일이었소."

그녀의 눈이 천천히 열렸다. 내가 보아온 그녀의 눈빛 중에서 가장 부드러운 눈으로 나를 바라보고 있었다.

"고마워요, 마이크. 변했을까 봐 두려웠어요."

나는 아무런 대답도 할 수 없었다. 잠시 후에 그녀가 다시 입을 열었다.

"가족들은 어떻게 지내세요?"

"아버진 2년 전에 돌아가셨소. 심장마비로……."

"죄송해요. 마이크! 전 몰랐어요."

그녀는 담배 연기를 뿜어낸 다음 다시 물었다.

"어머님은요?"

나는 그녀를 흘긋 보았다. '어머니가 자기를 싫어한다는 사실을 알고 있을까' 하는 생각이 들었다. 하지만, 그럴 수가 없는 일이라는 걸 나만의 비밀로 간직하고 있었다.

"잘 계시지. 지금은 시골에 가 계시는데 몇 주일 동안 그곳에서 쉬시도록 했소."

우리 사이엔 다시 침묵이 흘렀다. 두 사람 사이에 이렇게 할 이야기가 없는 것일까? 나는 피우다만 담배를 창밖으로 던지고 나서 물었다.

"딸이 하나 있다고 들었는데?"

"그래요."

그녀의 입가에 다시 미소가 피어 올랐다.

"아주 예쁘고 영리하겠군. 당신의 아이니까."

그때 그녀의 눈동자엔 알 수 없는 표정이 어렸다.

"그런 것 같아요."

다시 대화가 끊어졌다. 해야 할 이야기와 물어 볼 말이 수천 가지였으나 우리가 처한 상황과 시기로 대화는 굳어져 있었다. 나는 가슴이 답답해지는 걸 느끼며 목을 가다듬었다.

"네?"

그녀가 되물었다.

"아니, 아무 말도 하지 않았소."

"아, 그래요."

언제 다가왔는지 경찰차 한 대가 헤드라이트로 우리가 탄 차를 비추고 있었다. 나는 재빨리 손을 들어 얼굴을 가렸으나 불빛은 좀처럼 떠나질 않았다.

"우리가 만난다는 건 미친 짓이오."

그녀가 미소를 지으며 대답했다.

"전 미친 짓을 좋아해요."

"난 그렇지 못해."

다시 화가 치밀어 올랐다.

"그 점이 당신과 내가 다른 점이었소. 어쨌든 갑시다."

그녀가 말없이 시동을 걸어 차를 출발시켰다. 차가 다시 큰길에 와서야 그녀가 물었다.

"어디로 가실 거죠?"

"운하 근처까지, 그곳에 가면 택시를 잡을 수 있을 테니까."

"좋아요."

몇 분 후 운하에 이르자, 그녀는 차를 세우고 엔진을 껐다. 그대로 차에서 내리려던 나는 그녀가 무슨 말인가를 하려는 걸 깨닫고 그대로 주저 앉았다. 길 옆 상점의 진열장에서 흘러나오는 불빛에 비친 그녀의 얼굴은 너무 창백하고 나약해 보였다.

"왜 우린 이렇게 됐을까요?"

그녀의 나직한 음성이 예리한 칼날처럼 내 가슴을 찔렀다.

"이젠 너무 늦었소."

그녀는 길게 한숨을 내쉬고는 나를 그윽히 바라보았다.

"한 가지만은 그렇지 않아요. 마이크."

나는 그녀의 눈을 쏘아보았다. 이제 와서 뭘 어쩌자는 말인가?

"뭐요?"

그녀는 몸을 기울여 내 뺨에 입술을 부볐다. 나는 얼어붙은 듯 피하지 못했다.

"사랑해요. 마이크, 언제나 변함없이 당신만을 사랑해 왔어요. 어떤 일이 있었든 간에 당신에 대한 내 사랑만은 변한 적이 없었어요.

지금도 그래요."

이렇게 속삭이고 난 그녀는 살며시 내 몸을 밀어 밖으로 내보낸 다음, 곧바로 시동을 걸고는 차를 몰아 멀어져 갔다. 나는 그 자리에 우두커니 서서 점점 작아지는 차의 불빛을 바라보다가 모퉁이를 돌아 사라지고 난 다음에야 택시 정류장으로 걸음을 옮겼다.

그 때까지 내 뺨에 닿았던 입술의 감촉과 체취를 느끼고 있었다. 그녀의 그와 같은 돌발적인 행동은 아무리 생각해도 이해할 수 없는 비밀과 같았다. 알면 알수록 더욱 모르는 게 많아지는 여자가 바로 마자였다.

한 가지 사실만 기억해 봐도 알 수 있는 일이 아닌가. 그 당시 어느 주말, 그때 그녀는 틀림없는 나의 여자였다. 그런데도 그녀는 로스와 함께 가 버리지 않았던가.

나는 무의식적으로 부러져 상처 받은 코를 매만졌다. 애써 기억할 필요도 없는 지난 일이다. 코뼈를 부러뜨린 인물은 바로 그녀와 함께 사라진, 한때 가장 다정한 친구였던 로스가 아닌가.

택시에 오른 나는 운전수에게 주소를 말하고는 뒷좌석에 깊숙히 앉았다. 많은 시간이 흘렀고 되돌릴 수 없는 변화가 있었다. 이미 로스도 이 세상 사람이 아니지 않은가. 시간은 변함없이 흐르는 숙명의 강물이다.

나는 가슴 깊숙히 숨을 들이켰다. 그렇다. 모든게 변했다. 그러나, 그녀에 대한 나 자신의 감정만은 조금도 변하지 않았다는 것을 뼈저리게 느껴야만 했다.

제6부 | 외롭고 먼 강물

레스토랑에 들어선 죠커 마틴은 고문 변호사 행크 비토를 발견하자 그의 테이블로 갔다. 중년의 그에게서 예전에 볼 수 없던 품위와 무게를 엿볼 수 있었다. 그는 어느 사이에 암흑가의 어엿한 중간 보스로 성장해 영향력을 행사했다.

변호사 행크 비토는 그가 앞 자리에 앉자, 손을 들어 웨이터에게 신호를 보낸 다음 표정을 살폈다.

"좋지 않은 일이 있는 것 같군, 죠커."

뉴욕 최고의 형사 전문 변호사로 정평이 나 있는 행크 비토와 죠커 마틴이 유형 무형의 관계를 맺어온 지 이미 5년이 넘는 사이였다.

"별건 아니지만, 골칫거리가 있어."

그는 입맛이 쓰다는 표정으로 시거에 불을 붙이며 말을 이었다.

"로스 때문이지. 캘리포니아에 방대한 사업을 펼쳐 놓고 그 일을 총 지휘해야할 친구가 한 달이 멀다 하고 뉴욕으로 달려오니……."

웨이터가 오자, 비토는 술부터 주문했다.

"다른 자를 대신 보내면 어떨까?"

죠커가 고개를 저었다.

"그 생각을 안해 본건 아니지만, 그만한 인물이 없어. 우선 그쪽의 작자들이 그를 좋아해. 비교적 집안이 널리 알려져 있어 이름만으로도 상당한 영향력을 발휘 하거든. 그건 그렇다치더라도 그 친구만큼 머리가 잘 돌아가는 자도 찾기 힘들어. 물론 찾으면 있긴 하겠지만, 어떻게 믿을 수 있겠나?"

비토는 별로 할 말이 없다는 듯 연필로 천천히 테이블 보를 긁어대고 있었다.

"로스가 그곳으로 간 지 다섯 달쯤 되었겠군?"

죠커가 고개만 끄덕였다.

행크 비토가 긁던 연필을 던져 놓았다.

"그 여자 때문일 거야."

죠커의 눈썹이 꿈틀했다.

"여자라니? 어떤 여자?"

"마리안이란 여자가 있어."

비토가 무엇인가를 생각하며 천천히 말했다.

"로스가 함께 가자고 했다는 말을 그 여자한테서 들은 적이 있어. 거절했다고 하더군."

"마리안이라고 했나?"

죠커가 의아스런 표정을 지었다. 로스로부터 한 번도 들어본 적이 없는 이름이었던 것이다.

"어떤 여자지? 로스가 그 여자와 결혼하고 싶다고 했던가?"

비토가 고개를 저었다.

"아니, 청혼한 적은 없나 봐. 그런 소리는 못 들었어. 하지만, 자기 여자로 만들고 싶은 생각만은 간절한가 보더군."

비토는 이렇게 말하고 나서 의미있는 미소를 지었다.

"로스를 나무랄 수는 없어. 나 자신도 그러고 싶은 생각이 간절했으니까."

"로스는 나한테 여자 이야긴 전혀 한 적이 없는데……. 도대체 어떤 여자인가?"

"한 마디로 특출한 여자지. 비록 몸을 파는 직업을 가지고 있지만, 정신적으로는 전혀 침해 받지 않는 여자야."

"과장이 심하군."

죠커가 믿으려 들지 않았다.

"돈만 주면 무슨 짓이라도 하는 것들이 정신세계가 있을 게 뭔가."

"마리안을 몰라서 그래. 그 여자의 시간은 살 수 있을지 몰라도 그 여자 자체를 살 수는 없을 걸세."

"마리안이라……. 콜 걸 치고는 이상한 이름이군."

"마리안 프루드야."

비토가 별 생각없이 말하자, 죠커의 얼굴이 순식간에 달아오르며 눈동자가 흥분으로 번쩍거렸다.

“금발에 눈 사이가 넓고, 말할 때 상대방을 똑바로 바라보는 여자
가 아닌가?”

“그래.”

비토는 호기심이 이는 모양이었다.

“자네도 그 여자를 알고 있나?”

죠커는 그 말엔 대꾸하지 않고 주먹으로 테이블을 가볍게 쳤다.

“나쁜 자식! 날 배신하다니…….”

“아니, 왜 그래? 무슨 일로 흥분하는 거야?”

술잔을 든 죠커는 단숨에 비워 버리고 나서야 비토에게 말했다.

“그 여잔 틀림없이 마자 프루드일 거야.”

“그래, 로스도 그 여잘 그렇게 부르더군.”

비토도 놀란 표정이었다.

“그렇다면 자네도 그녀를 알고 있구먼.”

죠커가 고개를 끄덕였다.

“알고 말고. 내가 경영하던 골든 그로우 댄스 홀에서 한때 일한 적
도 있어. 일을 시킨 덕분에 하마터면 영업을 중지당할 뻔도 했지.
그때 마자는 미성년이었거든…….”

“아! 그랬었군.”

“의붓아버지를 찌른 죄로 교화소에 들어갔다가 나왔다는 것은 알고
있어. 뒤를 쫓아 잡으려다 놓쳤지. 쓸만한 여자라 나대로 계획이 있
었거든!”

목이 타는 지 죠커는 손을 들어 술을 더 주문했다.

"로스는 그녀한테 미쳐 있었지만, 그녀는 받아들이려 하지 않았어. 다른 남자가 있었거든. 로스의 가장 친한 친구였지."

"무슨 일이 있었나?"

"몰라. 교화소에서 나온 후 없어진 다음엔 어떻게 됐는지 소식도 못 들었어. 지금 자네한테 5년 만에 처음으로 그녀의 이름을 듣는 거야."

그제서야 비토에게도 이해가 되는 점이 있었다. 밀러슨 경사의 추천으로 그녀가 자신을 찾아와 알게 된 얼마 후, 우연히 로스의 초대에 동행했을 때, 그녀를 보고 기절하듯 놀라던 로스의 모습은 좀 의아스러웠던 것이었다. 그 뒤로 로스가 거의 미친 사람처럼 그녀를 찾고 있었던 것도 그에게는 이해가 잘 되지 않는 대목이었다.

"아니, 내가 묻는 건 그 로스의 친구라는 자에게 무슨 일이 있었냐는 뜻이야. 그 자는 어떻게 됐지?"

"경찰에 있으면서 법과대학을 다니다가 군대에 갔다더군. 언젠가 로스가 그런 말을 한 적이 있어."

죠커는 날라 온 술잔을 단숨에 비웠다.

"마자는 어렸을 때부터 남다른 데가 있는 아가씨였지. 남자에 대한 감각을 지니고 있었다고 할까? 여하튼 다른 계집애들과는 비교가 안 될 정도였으니까. 아직도 그렇던가?"

비토가 대답 대신 웃기만 하자, 다시 죠커가 손을 내저었다.

"아, 대답 안 해도 돼. 충분히 알만 하니까."

그리고는 다시 시거에 불을 붙였다. 비토는 불을 붙이는 죠커의 손이 떨리고 있다는 걸 놓치지 않았다. 죠커의 목소리가 들려왔다.

“그녀에 대한 내 계획은 아직도 그대로 간직하고 있어.”

요란한 전화벨 소리가 그녀의 잠을 뒤흔들어 놓았다. 베개에 얼굴을 파묻고 벨소리가 멎어 주길 기다렸으나, 그치지 않고 울려대자 하는 수 없이 손을 뻗어 수화기를 집어들었다. 호텔의 교환수는 이 시간이면 긴급한 일이 아니고서는 연결을 시켜주지 않기 때문에 받아야 했던 것이다.

“여보세요?”

“마리안?”

수화기에서 조심스럽게 목소리가 흘러나왔다.

“나요. 프랭크······.”

순간 그녀는 잠이 싹 달아나는 걸 느꼈다. 프랭크라면 형사 반장 프랭크 밀러슨이 아닌가 !

“또 무슨 일이 터졌나요?”

그녀는 이렇게 물으며 시계를 보았다. 아침 열 시였다. 사고가 아니면 이 시각에 전화를 걸 리가 없었다.

“아니, 아무 일도 없소.”

나직하게 웃는 소리가 들려왔다.

“염려할 일 없으니 안심해요.”

자신도 모르게 안도의 한숨이 흘러나왔다.

밀러슨을 알게 된 지도 벌써 오랜 옛날의 일이다. 그때 그의 손에 잡혀 유치장에서 30일간을 보냈지만, 대신 그녀는 믿을 만한 친구이자, 보호자를 얻을 수 있었다. 바로, 그가 프랭크 밀러슨 형사였다.

"그럼 무슨 일이죠?"

그녀의 목소리는 이제 가라앉아 있었다.

"날 만나고 싶으세요?"

다시 웃음소리가 들려왔다.

"고맙지만, 사양하겠어. 경관 봉급으로는 어림없는 일이니까."

"무슨 소리예요, 프랭크. 우리 사이에 돈 같은 게 무슨 문제가 될 수 있어요? 난 당신을 좋아해요."

"유혹하지 마. 마리안, 날 너무 깔보는 것 같군."

기분 좋게 웃고 난 밀러슨이 본론으로 들어갔다.

"몇 달 전에 사람을 찾아 달라고 했었지? 경관 출신으로 군대에 갔다는 친구의 오빠라는 마이크 케이스 말야……. 그 일 때문에 전화를 한 거야."

마자는 그 순간 온몸에 전율이 흐르는 걸 느꼈다. 그녀는 로스가 서부로 떠나자 밀러슨에게 마이크를 찾아 달라고 부탁했던 것이다.

"그래요? 그럼 찾았나요?"

그녀는 흥분한 목소리를 애써 진정시켰다.

"그 사람, 지금 어디에 있죠."

"성 알반스 병원에 있어. 입원한 지 3주 됐다더군. 북아프리카 전선에서 부상 당했다는 거야."

아무리 내색하지 않으려 해도 그녀의 목소리는 충격을 받은 것이 틀림없었다.

"부상 당했다구요?"

"뭐 대단치는 않나 보더군. 내일 아침에 주말 휴가를 나온다니까 친구에게 연락해서 여덟 시 이전에 가 보라고 해요. 조금이라도 늦으면 못 만날 거요. 군인이 어떻다는 건 잘 알지 않소."

밀러슨이 다시 쿡쿡거렸다.

"아마 여동생을 만나는 일은 맨 나중에야 생각날 걸."

"정말 고마워요, 프랭크."

수화기를 내려놓은 마자는 담배를 피워 물었다. 눈 앞에 피어오르는 푸른 연기 속에서 그녀는 마이크의 얼굴을 그려보았다. 마지막으로 보았을 때, 그의 눈에 어려있던 괴로움에 찬 표정을 그녀는 지금도 잊지 못하고 있었던 것이다.

그녀는 마이크가 주말 휴가에 무엇을 할 것인가를 상상해 보았다. 그의 아버지와 어머니가 캘리포니아로 이사했다는 사실을 그녀는 알고 있었다. 그가 살던 집에 전화를 걸었을 때 새로 이사 온 사람에게서 들었던 것이다. 그렇다면 여자 친구는 만날까? 그 생각은 그녀에게 아픔을 주었다. 어쩌면 그는 자기를 잊었을 지도 모른다는 생각이 들자, 그녀는 피우던 담배를 재떨이에 부벼 꺼버렸다. 그러면서, 그녀는 프랭크에게 그를 찾아 달라고 부탁한 자신의 경솔함을 후회하였다.

사랑의 시작과 끝 | 그녀는 병원 정문이 마주 보이는 길

건너편에 차를 세우고 기다리고 있었다. 정문 옆 모퉁이 길에는 대형 군인 버스가 휴가 나오는 병사들을 시내로 실어 나르기 위해 기다리고 있는 모습이 보였다.

시계를 보니 7시 반이었다. 그녀는 약간 으스스한 지 몸을 움츠렸다. 이렇게 이른 시간에 거리를 배회한 지도 아주 오랜만의 일로 기억되었다.

자신의 행동이 어리석은 짓이라는 생각이 들기 시작했다. 멀리서 그의 모습을 보기 위해 한밤중에 일어나 여기까지 달려오다니……. 말을 건넬 것도, 손이라도 한 번 잡을 것도 아니고, 그저 멀리서 병원을 나와 버스까지 몇 발자국 걷는 모습만을 보기 위해서……. 그는 그녀가 여기서 보고 있는지 조차도 모를 것이다.

세 개피째의 담배를 피우기 시작했을 때 정문이 열리면서 일단의 병사들이 몰려나왔다. 그들을 보는 순간 우선 두려움이 앞섰다. 군복을 입은 그들은 하나같이 비슷비슷해 보였다. 이러다간 그를 알아보기나 할지 의문스러웠다. 더구나 그 동안 그의 모습도 많이 변했을 게 아닌가.

적십자 요원들이 정문 옆에 수레를 가져다 놓고 나오는 병사들에게 따뜻한 도너츠와 커피를 부지런히 나눠 주고 있었다. 또 다른 버스 두 대가 달려와 먼저 대기해 있던 버스 옆에 멈춰 섰다.

병사들의 얼굴 하나 하나를 놓치지 않고 살피는 동안, 첫 번째 버스는 젊은 군인들의 싱싱한 웃음소리와 함께 출발했다.

두 번째 버스마저 떠나자, 이제 한 대 밖에 남지 않자 나오는 병사들도 줄어 잠시 들떠있던 분위기도 힘을 잃었다. 8시 15분이었다. 밀러슨이 뭔가를 잘못 안 것이 아닐까.

혼잡 속에서 그를 못 보았을지도 모를 일이었다. 이제 나오는 병사들은 몇 명 되지 않았다. 적십자 요원들도 수레를 챙겨 자리를 떴다.

더 기다리는 것이 무모한 일이라는 생각에, 그녀는 피우던 담배를 비벼 끄고 차의 시동을 걸었다. 그를 못 봤거나 병원에서 나오지 않았을 것이다. 마지막 버스마저 떠났다.

차를 출발시키면서 그래도 미심쩍은 듯 다시 한 번 정문 쪽을 돌아보던 그녀는 급히 브레이크를 밟았다. 정문을 막 나오고 있는 한 병사가 마이크를 닮은 것 같았기 때문이다.

바짝 여위었고, 광대뼈가 솟아나와 눈언저리가 꺼져 있었으나 그는 틀림없는 마이크였다. 오른쪽 다리를 약간 절고 있었으나 별로 부자연스러워 보이지는 않았다.

버스가 멀어져가는 것을 본 그는 실망했다는 듯이 손가락을 튕겼다. 그것도 눈에 익은 마이크의 제스처였다. 그녀는 멀리서도 그가 ‘빌어먹을!’ 하는 소리가 들리는 것처럼 그의 습성을 너무나 잘 알고 있었다.

오른손에 든 가방을 왼손으로 옮겨 쥔 그는 성냥을 꺼내 담뱃불을 붙인 후 천천히 걷기 시작했다. 그런 그를 그녀는 얼이 빠진 듯 바라보고 있었다.

군복을 입은 그의 모습을 한 번도 본 적이 없었지만, 왠지 낯설지 않았다. 그의 모든 동작 하나하나가 그녀에게는 친근하게 여겨졌다.

마침내 자신도 모르는 사이에 차에서 내린 그녀는 자석에 끌리는 쇠붙이처럼 그를 향해 달려갔다.

그녀는 가방을 들고 있는 그의 손을 덥석 잡았다. 자신의 목소리가 귀에 쟁쟁하게 울릴 정도로 크게 말했다.

"가방 좀 들어드릴까요. 군인 아저씨?"

그가 천천히 돌아서는 순간, 그녀는 눈앞이 뽀얗게 흐려져 얼굴을 확실히 볼 수가 없었다. 왜 그랬을까? 아니면 놀란 표정이었을까? 그녀는 다시 한 번 똑같은 말을 되풀이했다.

"가방 들어드릴까요?"

그의 입에 물려있던 담배가 떨어지는 걸 보면서 그녀는 떨며 서 있었다.

입술이 움직이는 것 같았으나 그의 입에선 아무 소리도 나오지 않았고, 얼굴이 백짓장처럼 하얗게 변하더니 비틀거리는 것 같았다. 그녀가 놀라 재빨리 그를 부축하려는 순간, 그들은 이미 굳게 포용하며 서로의 입술을 찾고 있었다. 누구의 눈물인지 소금기가 베어 있는 액체가 두 남녀의 입 속으로 스며들었다.

자물쇠를 열고 문을 연 마자가 그를 향해 돌아섰다.

"자, 이제 집에 돌아온 거예요."

마이크는 방으로 들어서며 어색한 표정으로 주위를 둘러보았다. 그녀로부터 그를 찾게 된 과정을 들었지만, 너무도 뜻밖의 일이라 믿기지 않는 표정이었다.

문을 닫고 그를 보자 그녀는 문득 마이크가 더없이 안스럽다는 생각을 했다.

"어서 앉아서 푹 쉬어요. 술을 드릴께요. 뭘 드릴까요?"

"진을 얼음에 타 줘요."

찬장에서 재빨리 술을 준비해 가지고 돌아온 그녀는 잔을 건네 주고나서 그의 모자를 벗기고 얼굴을 자세히 들여다보았다.

"많이 변했군요. 마이크."

그가 희미하게 미소를 머금었다.

"나도 이제 어엿한 성인이 됐소. 언젠가 마자가 말한대로 언제까지나 어린아이로 남아있을 수 만은 없는 일이니까?"

그녀가 말없이 그를 바라보며 고개를 끄덕였다.

마이크가 술잔을 높이 들었다.

"우리들의 어린 시절을 위하여……."

"마이크！"

그녀의 말에는 아픔이 깃들어 있었다.

"지난 일은 잊기로 해요. 지금 금방 만난 사람들처럼 행복한 내일만을 생각하기로 해요."

순간 그의 한쪽 입 가장자리가 치켜올라갔다.

"힘든 일이요. 그러기엔 우리 사이에 너무 많은 일들이 있었소."

"그럼 며칠만이라도 그렇게 해줘요. 마이크, 제발！"

그녀를 잠시 바라보던 마이크가 술잔을 내려놓고 팔을 벌렸다. 기다렸다는 듯이 안겨 오자 마이크는 그녀의 머리를 가슴에 안았다. 그녀의 목소리가 그의 가슴에서 울려나오는 걸 들을 수 있었다.

"그럴 필요없어요. 마자, 나의 바램은 언제나 당신과 함께 있는 것이었으니까."

그때 전화벨이 요란스럽게 울려댔다. 마이크가 그녀를 풀어주려 하자 마자는 고개를 저었다.

"받지 않겠어요."

"중요한 전화인지 모르잖아."

"이 주말에 중요한 일이 있다면 우리들의 일이에요."

전화벨 소리가 그치자, 그녀는 다이알을 돌려 교환수를 불렀다.

"미스 프루드예요. 이번 주말엔 여행을 떠날 계획이니 걸려오는 전화가 있으면 메모해 주겠어요?"

그녀가 전화를 끊자, 마이크가 방 안을 돌아보며 말했다.

"수입이 좋은 일거리를 잡은 모양이지? 이렇게 꾸미고 살려면 생활비가 상당히 들겠군."

마자는 미소를 지으며 애매하게 대답했다.

"운이 좋았어요."

그들이 저녁을 먹고 돌아온 시각은 거의 자정이 가까워서였다. 택시 속에서의 즐거운 이야기가 이어져 웃고 떠들었지만, 그녀는 마이크의 얼굴이 피로에 지쳐 있다는 걸 알았다.

"내가 정신이 나갔군요. 오늘 아침에 병원에서 나온 사람을 이제껏 끌고 다녔으니……."

"염려할 것 없어, 괜찮아."

"그렇지 않아요. 먼저 목욕을 하세요. 그 동안 잠자릴 봐 드릴테니 곧바로 주무세요."

"마자."

마이크가 어이없어 하는 표정을 지었다.

"날 애기로 아는 모양이지?"

"이번 주말 동안에는……."

마자가 다정한 미소를 지으며 달래듯 말했다.

"그렇게 되야 해요. 내 애기가 되야 한단 말이에요."

그녀는 재빨리 침대를 정돈하고 목욕탕으로 들어가 더운 물을 틀어 놓았다. 그녀가 침실로 돌아왔을 때 마이크는 문가에 선 체로 그녀를 바라보고 있었다.

"나 때문에 불편하게 할 생각은 없어. 난 소파에서 자도 되니까, 그냥 침대에서 자도록 해."

그녀는 가슴이 뜨거워지는 걸 느끼며 그에게 다가가 목을 힘껏 껴안았다.

"마이크, 당신은 정말 바보예요."

그녀가 입술을 부비는데도 잠시 그대로 서 있던 마이크는 그녀가 숨을 쉴 수 없을 정도로 힘차게 껴안았다.

그녀는 자신의 몸이 깃털처럼 가볍게 떠오르는 황홀함에 눈을 감았다. 이런 감정, 이런 느낌, 이렇게 흥분해 본 적은 한 번도 없었다. 이 순간이야말로 그녀를 위한 시간이었고 사랑의 행위였다. 또한 사

랑의 시작이었고 끝이었다. 그녀는 온몸이 남김없이 타오르는 격정에
몸을 맡기고 있었다.

"사랑해요, 마이크!"

남자가 흔들릴 때 | 먼저 잠에서 깬 마자는 잠든 그의 모

습을 바라보며 조용히 누워 있었다. 뽀얀 아침 햇살이 커튼을 뚫고
방 안을 밝혀 주었다. 무슨 꿈을 꾸는지 그가 미소를 지었다.

그녀는 자기의 숨소리가 그의 잠을 방해할까 봐 베개에 머리를 얹
고 눈을 감았다. 주말이 꿈같이 흘러 벌써 어제가 되었다.

"귀대하기 전에 결혼할 수 있어."

그의 목소리는 나직했지만 분명했다. 놀란 그녀는 눈을 반짝 떴다.

"주무시는 줄 알았어요."

"시간은 충분해. 정오까진 들어갈 필요가 없으니까."

마이크가 그녀의 눈을 똑바로 바라보며 미소지었다. 그러나 그녀가
아무런 대답을 하지 않자, 손을 더듬어 잡았다.

"왜, 무슨 일이 있어. 마자?"

"아녜요."

"아냐, 무슨 일이 있는 것 같아!"

마이크가 고개를 저으며 말했다.

"내가 이 이야기를 꺼낸 어제부터 뭔가를 느낄 수 있었어. 나와 결
혼할 생각이 없는 거야?"

그 말에 그녀가 그를 향해 고개를 돌렸다.

"그렇지 않다는 걸 잘 아시잖아요."

"그럼 이유가 뭐야."

마이크의 말투가 짜증스러워졌다.

"난 곧바로 간부학교에 들어갈 생각이야. 장교가 되면 급료가 아주 좋은 편이라 안정된 생활을 할 수 있을 거야."

"마이크."

그녀가 안타깝게 속삭였다.

"제발 그만둬요. 더 이상은 묻지 말아 줘요."

"그럴 수 없어. 난 당신을 사랑해. 언제나 함께 있고 싶어. 왜 그러지? 지금 하고 있는 일 때문인가? 도대체 그 일이 뭐야?"

그러나, 그녀가 고개만 저을 뿐 대답을 하지 않자, 마이크는 안타까운 듯 계속 말했다.

"제대를 하면 다시 법과대학에 가서 졸업을 하겠어. 그리고, 변호사가 될 생각이야."

"그만, 그만해요. 마이크."

마이크가 그녀를 와락 끌어안았다.

"두려워 하지 말고 말해 봐. 무엇이든 난 괜찮아. 당신이 무슨 짓을 했다 해도 우리의 사이를 갈라놓는 이유가 될 순 없어. 그러기엔 난 당신을 너무 사랑해……."

마자가 그의 눈을 빤히 바라보고 있었다. 거짓이라곤 찾을 수 없는 마이크의 눈이었다.

"진정이시죠?"

마이크가 말없이 고개를 끄덕였다.

"어떤 사람도 내게 그런 말을 한 적이 있었어요. 하지만, 결국은 변하더군요."

"누군진 모르지만, 나 만큼 당신을 사랑하지 않아서 그랬을 거야."

그의 목소리에는 가식이 없었다.

"세상의 그 누구도 나처럼 당신을 사랑할 순 없을 거야."

마자도 안타깝다는 듯 숨을 크게 들이쉬었다.

"정말 믿고 싶어요. 하지만, 언젠가는……."

"내가 변할 지 변하지 않을 지는 결혼 후에 알아 봐도 늦지 않을 거야."

이렇게 말하며 그가 미소를 짓는 순간 초인종이 날카롭게 울렸다. 마이크가 눈살을 찌푸리며 물었다.

"누굴 기다리고 있었나?"

"아뇨. 아마 우유 배달일 거예요. 곧 가겠죠."

그러나, 초인종은 계속 울려댔다.

"안 되겠어. 누군지 나가 보지 그래?"

"알았어요."

가운을 걸친 그녀는 침실문을 조심스럽게 닫은 후에 홀을 지나 현관문을 열었다.

"집에 있을 줄 알았어."

로스가 빙글거리며 서 있었다.

“주말 내내 전화를 받지 않았지만 집에 있으리라고 믿었지.”

그녀는 얼어붙은 듯 그 자리에 서 있다가 재빨리 속삭였다.

“들어올 수 없어요. 미리 약속을 하기 전엔 절대로 오지 말라고 했 잖아요!”

나직하게 속삭이고 있었지만, 그녀의 목소리는 다급했다.

로스가 미간을 좁히며 그녀를 노려보았다.

“전화조차 받지 않는데 무슨 수로 약속을 해?”

“오늘 오후에 다시 와요.”

이렇게 말하며 마자가 문을 닫으려 하자, 로스가 세차게 밀어 젖히 며 아파트 안으로 들어섰다. 그에게서 역한 술냄새가 풍겼다.

“오후에 다시 오라구? 어림없는 소리 하지도 마! 난 이제 서부로 아주 떠나는 길이야! 널 꼭 데리고 가야겠어!”

“로스, 미쳤군요!”

그녀도 날카롭게 소리쳤다.

“내가 왜 당신과 같이 가야 하죠? 난 안 가겠어요!”

로스가 그녀의 팔을 힘주어 거머쥐었다.

“가야 해!”

침실문이 열리며 마이크가 나왔다. 그는 로스를 알아보지 못하는 것 같았다.

“마자, 무슨 일이야? 도와줄까?”

그러나 로스는 그를 단번에 알아보았다.

“마이크!”

놀랐다는 듯 소리쳐 부르고 난 그는 미친 사람처럼 웃어댔다.

마이크는 당황한 표정이 되었다.

"이 친구가 왜 이러지?"

"취했어요."

로스가 비틀거리며 마이크에게로 다가섰다.

"자네 내 불알 친구지? 그렇다면 이 계집애에게 나와 함께 캘리포니아로 가도록 말해 주지 않겠나? 이 더러운 사창굴을 떠나라고 말이야……."

마이크가 날카롭게 소리쳤다.

"그만두지 못하겠나, 로스! 이게 누구 앞에서 하는 수작이야?"

로스가 갑자기 웃음을 멈추고 두 남녀를 번갈아 보더니 알 만하다는 듯 고개를 끄덕였다.

"아, 그래서 주말 내내 전화를 안 받으셨군?"

마자에게 물었으나 그녀가 대답하지 않자, 그는 마이크에게로 돌아섰다.

"나보다는 좀 싸게 해 줬겠지? 하루밤에 백 달러라면 군인에겐 무리일테니까. 아침에 베이컨과 계란 프라이를 준다 해도 확실히 비싸긴 비싸……."

마이크가 영문을 몰라 그녀를 바라보았다. 마자는 새파랗게 질려 사색이 되었다. 마이크의 표정을 살피던 로스가 빙글거렸다.

"아니, 이 여자가 아무 말도 않던가? 그건 좀 곤란한데……. 마지막 순간에 손을 내밀었다가 돈이 없으면 어쩌려고 그랬을까?"

두 사람을 번갈아 보며 이렇게 말하던 로스가 주머니에서 지폐 몇 장을 꺼내 그녀에게 내밀었다.

"자, 받아 마자. 이 친구 몫은 내가 주는 거야."

그녀는 꼼짝하지 않고 서 있었다. 그러나 로스를 노려보는 그녀의 눈에는 살기가 번뜩였다.

로스가 마이크에게 돈을 내밀었다.

"자네가 받아야겠군. 난 자네에게 지난 주말에 뉴욕에서 제일 가는 창녀를 사준 거야. 군인한테 늘 무엇인가 해 주고 싶었는데 잘 됐어. 난 군대엘 안 가서 항상 미안했거든……."

마이크의 입에서 짐승의 신음소리와도 같은 절규가 터졌다고 생각되는 순간, 그는 로스에게 달려들었다. 그러나 로스의 손에 들려 있던 쇠붙이를 보지 못한 것이 그의 실수였다. 머리에 무엇인가 딱딱한게 닿은 격렬한 충격으로 그는 바닥에 쓰러졌고, 이어 한쪽 귀부분에 터지는 듯한 통증을 느끼자마자 암흑의 세계로 떨어졌다.

실신해 쓰러진 마이크를 마구 짓밟는 로스의 두 눈은 증오로 불타고 있었다.

"이 순간을 오랫동안 기다려 왔어! 옛날 너한테 빚진 걸 톡톡히 갚아주마!"

"그만 둬요! 그러다간 죽겠어요!"

마자가 울부짖으며 그에게 매달렸으나 로스는 아무것도 보이지 않는 듯 권총 손잡이로 마이크의 얼굴을 내리찧고 있었다.

"그래! 죽여줄 테다!"

"당신을 따라갈께요! 제발 그만 둬요!"

순간 로스의 손이 공중에서 머물렀다. 그는 정신을 가다듬으려는 듯 머리를 흔들고 난 다음에야 그녀를 돌아보았다.

"지금 뭐라고 했지?"

"그만 두면 당신과 같이 가겠다고 했어요."

그녀의 음성은 가라앉아 있었다.

로스가 천천히 일어서며 들고 있던 권총을 주머니에 찔러 넣었다. 그리고는 아무 일도 없었다는 듯한 목소리로 그녀에게 명령하듯 말했다.

"짐을 챙겨. 곧 떠나야 하니까."

마이크가 눈을 뜬 것은 날이 거의 어두워질 무렵이었다. 타는 듯한 갈증과 온몸 구석구석이 찢어지는 듯한 통증으로 상처 받은 짐승처럼 신음소리가 계속 터져 나왔다.

"마자!"

대답이 없었다.

아침의 일들이 서서히 되살아났다. 그는 이를 악 물고 침대에서 일어섰으나 까마득해지는 현기증으로 한동안 침대 모서리를 붙잡고 서 있어야만 했다.

겨우 몸을 움직일 수 있게 되자, 그는 비틀거리며 목욕탕으로 들어섰다. 어둠 속에서 수도 꼭지에 입을 대고 정신없이 받아마셨다. 온몸에 차가운 물이 퍼지자 정신이 좀 맑아지는 것 같아 제대로 일어설 수 있었다.

불을 켜고 거울을 들여다보았다. 전혀 낯선 그리고, 흉하게 일그러진 얼굴이 그를 마주 보고 있었다. 부러진 코허리와 광대뼈가 무섭게 솟아오르고, 입술까지 갈라져 퉁퉁 부어있었고, 두 눈은 제대로 보이지 않을 정도로 푹 꺼진 체 고통의 빛으로 얼룩져 있었다.

눈물이 샘 솟듯 흐르기 시작했다. 그러나, 그 고통의 얼룩은 영원히 지워지지 않을 것 같았다.

나와 너 | 캘리포니아의 찬란한 햇살이 언덕 너머로 서서히 넘어갈 무렵, 잿빛 머리의 키가 훌쩍 큰 중년 신사가 어느 집의 현관 계단을 올라가 초인종을 눌렀다. 집안 깊숙한 곳 어디선가 차임벨이 울리는 소리를 들으며, 그는 집 주위를 돌아보았다.

울창한 수목으로 에워싸인 초원에 세워진 아름다운 집이었다. 수영장에 가득 찬 푸르도록 맑은 물은 햇살에 부딪혀 수 천 개의 다이아몬드처럼 반짝였다. 그 안에서 헤엄치는 어린 아이의 해맑은 웃음소리와 수영장 주위를 맴돌며 아이를 돌보고 있는 흑인 간호원의 다정한 목소리가 간간이 들려왔다. 그가 만족한 표정으로 고개를 끄덕이고 있을 때 문이 열렸다.

문을 열고 나온 늙은 흑인은 그를 알아보고는 미소를 지으며 고개를 숙였다.

"어서오십시오. 마틴 씨."

깊고 굵은 목소리였다.

"드레고 부인께 오셨다고 말씀드리겠습니다."

늙은 하인의 뒤를 따라 드넓은 거실에 들어선 죠커는 창가로 다가
가 밖의 수영장 쪽을 바라보았다. 엄마의 머리를 그대로 닮아 거의
흰색으로 보일 정도의 아름다운 금발의 어린 계집아이가 물에서 올라
오고 있었다. 흑인 간호원이 달려가 커다란 터키 타월로 아이의 몸을
감싸고는 닦아 주기 시작했다.

어느 면으로 보나 엄마를 그대로 축소해 놓은 듯한 아이였다. 아무
리 찾아보려고 해도 로스의 흔적은 보이지 않았다. 죠커는 무슨 생각
을 했는지 야릇한 미소를 지었다. 저 미셸이 정말 로스의 아이일까?

그 대답은 마자만이 할 수 있을 것이다. 로스도 그와 같은 생각을
하지 않았을 리 없을테고……. 어쩌면 그녀에게 물었을 지도 모를 일
이었다. 만약 그랬다면, 마자는 그가 좋아할 대답이든 아니든 사실을
말했을 것이라고 죠커는 생각했다.

다가오는 발자국 소리에 죠커가 돌아섰다. 그녀를 볼 때마다 언제
나 그랬듯이 가슴 깊은 곳에서 무엇인가 뜨거운 것이 움직이는 것을
느꼈다. 세월이라는 흐름도 그녀에게서는 아무것도 빼앗아가지 못하
는 것 같았다.

오히려 그녀를 더 돋보이게 하는 매력을 줄 따름이었다. 그 동안
그녀에게는 한층 더 성숙되고 흔들리지 않는 안정감과 활력이 깃들어
있어, 때로 그것은 그녀의 내부를 떠나 상대방에게까지 전해지는 인
간의 향기를 만들어 주었다.

"잘 있었소. 마리안?"

마주 잡은 마자의 손은 따뜻하면서도 힘에 넘쳤다.

"어서 와요. 정말 오랜만이군요."

"4년 만이지."

죠커가 이렇게 덧붙이며 창 밖을 내다보았다.

"그땐 미셸이 네 살짜리 어린애였는데, 제법 소녀 티가 나는군."

마리안의 얼굴에 미소가 번졌다.

"여덟 살이에요."

"엄마를 꼭 빼닮았더군. 사내녀석들 가슴 꽤나 태우겠어."

죠커가 웃어댔으나 마자는 고개를 세차게 저었다.

"안 돼요. 절대로 그렇게 돼선 안 돼요."

잠시 후 담배를 피워 문 죠커가 정색을 하며 말했다.

"상태가 나쁜 것 같진 않군."

순간 그녀의 눈에 그늘이 드리워졌다.

"글쎄요. 보기 나름이겠죠. 누구든지 한꺼번에 모든 면을 볼 수는 없으니까요."

"그건 사실이야."

죠커가 천천히 고개를 끄덕이며 말했다.

마자가 창가의 벨을 누르며 그를 바라보았다.

"기다리시는 동안 뭘 좀 마시겠어요? 로스는 한 두 시간 지나야 돌아올 거예요."

"고마워요. 좀 마시는게 좋겠군."

이렇게 말하는 그에게서 무엇인가를 느낀 마자의 눈초리가 날카로 워졌다.

"무슨 일이 있나요?"

죠커가 즉시 대답하지 않고, 다시 담배를 피워 문 후에 그녀를 바라보았다.

"로스 때문이 아니라, 당신을 만나러 온 거요."

"그래요?"

마자의 표정이 굳어졌다.

"부르셨습니까, 드레고 부인?"

늙은 하인 톰이었다.

"마틴 씨에게 마실 것을 갖다 드리세요."

톰이 나가자, 그를 바라보고 있던 죠커가 말했다.

"저 사람 오랫동안 있는군."

마자가 고개를 끄덕였다.

"톰이 없으면 어떻게 살아갈지 모르겠어요. 훌륭한 친구예요."

"비행기 사고로 죽었다는 그 백만 장자의 집에서 일했었다지? 그 친구 이름이 뭐였더라……?"

"고든 페인터예요. 죽었다는 기사를 읽고 바로 그곳으로 갔어요. 톰을 만나기 위해서였어요. 내 부탁을 거절하지 않고 따라와 줘서 정말 다행이었어요. 고든이 먹고 살만한 충분한 재산을 남겨줘 일을 할 필요가 없는 사람이거든요."

"말하는 걸 들으니 페인터를 알았던 모양이군."

“그랬어요.”

그녀는 별다른 감정 없이 말했다.

“그 사람과 난 결혼할 뻔했어요.”

술병과 술잔과 얼음을 들고 톰이 들어왔다.

“제가 술을 따를까요?”

마자가 고개를 끄덕였다. 두 사람은 톰이 술을 따라 잔을 죠커에게
건네주고 나갈 때까지 입을 다물고 있었다.

술잔을 받아든 죠커가 높이 치켜들었다.

“당신의 건강을 위해……”

“고마워요.”

공손하게 대답하고 난 그녀는 벽난로 앞 의자에 앉아 그의 말을 기
다리며 빤히 보고 있었다. 그런 그녀의 모습은 어딘가 고양이를 연상
케하는 데가 있다는 생각이 들었다. 민감하고 조금도 빈틈이 없는 그
녀의 태도가 그런 생각을 하게 했을지도 모른다.

“요사이 로스에게 무슨 변화가 있는 것 같지 않던가요?”

눈빛이 약간 달라졌을 뿐 그녀는 별다른 감정을 나타내지 않았다.

“무슨 뜻이죠?”

그러나 죠커의 말투는 틈을 주지 않았다.

“무슨 의미인지 당신이 잘 알텐데……”

마자는 입을 다물었다.

“로스는 너무 큰 인물이 되어가고 있는 것 같소. 누구도 넘볼 수
없는……”

"로스는 열심히 일하고 있어요."

"그건 나도 마찬가지요."

죠커가 그녀의 반발을 누르듯 말했다.

"열심히 일하는 사람은 많아요. 하지만, 로스처럼 행동하진 않아요."

"로스를 잘 아시잖아요. 그 사람은 어떤 면에선 어린아이 같은 데가 있어요."

"알고있소. 그렇기 때문에 내가 여기까지 온 거요."

마자의 눈빛이 날카로워졌다.

"죠커, 내가 어떻게 하길 바라시는 거죠?"

말없이 돌아서서 술을 한 잔 다시 따른 죠커는 창가로 다가가 아이를 바라보았다. 간호사와 함께 집으로 다가오던 아이의 모습이 모퉁이를 돌자 사라졌다.

"로스를 사랑하오?"

"그건 어리석은 질문이 아닐까요?"

마자의 음성에는 상대를 타이르는 듯한 기색이 엿보였다.

말없이 창밖을 내다보고 있던 죠커가 돌아서서 그녀를 노려보았다.

"모르겠소. 어리석은 일인지 아닌지 당신이 판단해 주시오."

그녀가 아무런 대답을 않자, 그가 다시 말했다. 틈을 주지 않고 몰아붙이는 말투였다.

"당신은 지금까지 7년 동안 로스와 함께 살고 있소. 만약 그에 대한 아무런 감정을 지니지 않았다면, 당신은 지금 이 자리에 없었을 것이오."

잠시 여유를 주듯 술을 마시고 난 죠커가 말을 맺었다.

"그 감정이 사랑인지 아닌지를 묻고 있는 거요."

마자가 그의 시선을 똑바로 받아들이며 자르듯 말했다.

"난 로스를 좋아해요. 꼭 아시고 싶다면 그렇다고 말씀드릴 수밖에 없어요."

죠커가 머리를 저었다.

"내가 알고 싶은 건 그게 아니오. 당신이 그를 사랑하느냐 않느냐 하는 것이오."

그제서야 마자의 시선이 떨어졌다.

"아뇨. 그 사람을 사랑하는 건 아니예요."

죠커의 입에서 긴 한숨이 새어나왔다. 안도의 한숨처럼 들렸다. 그는 이미 그녀의 이런 대답을 예상하고 있었던 것 같았다.

그녀와 마주 보는 자리에 앉은 그의 표정은 조금 홀가분해진 듯한 안도감이 엿보였다.

"로스에게는 불치병이 있어. 야심이라는 병이지. 그게 그를 죽일 거야."

"정말 불치병일까요? 사람들이 그렇게 결정해 버린게 아닐까요?"

죠커가 머리를 저었다.

"아니, 병세가 이미 너무 깊어서 치유가 불가능해. 환자를 신용해 줄 사람은 아무도 없는 법이오."

"지난 번에 완공한 호텔 때문인가요?"

"그것 뿐만이 아니오. 하지만, 그것이 마지막 기회였던 것 만은 분명한 사실이오. 조직의 돈으로 자신을 위해 쓰기 보다는 더 좋은 방법을 생각해야 옳았을 거요."

"하지만, 돈은 다 갚았을 텐데요?"

"물론 돈이야 돌려받았지. 하지만 조직의 돈으로 독자적인 개인 사업을 하라고 이곳에 보낸 건 아니오. 게다가 이익 배당을 한푼도 내놓지 않았소. 신용을 회복할 기회가 많았었는데……."

"지금이라도 내가 그 사람을 설득시킬까요?"

"늦었소. 조직에선 이미 결정을 내렸소."

"그럼 그 일 때문에……. 당신이 여기에……."

마자의 목소리가 떨렸다. 그러나 죠커는 천천히 머리를 저었다.

"아니오. 내가 여기에 온 목적은 당신의 안전을 위해서요."

죽음의 통고 | 죠커가 그녀와 로스를 만나고 돌아간 지도

거의 한 달이 가까워지고 있었다. 그 동안 마자는 간호사 버니와 함께 미셸을 캠프장으로 보냈고, 로스는 자신이 새로 손잡은 지하조직의 경호원들에 둘러싸여 지내고 있었다.

그는 미셸이 캠프장으로 떠난 데 대해 별로 신경을 쓰는 것 같지 않았다. 태어나기 이전에 이미 마이크의 아이라는 사실을 알게 된 그는 평소에 아이에게 악의도 보이지 않았지만, 거의 무관심한 상태로 지내왔던 것이다.

그것은 마자와의 약속이기도 했다. 아이의 출산이 가까워졌을 때 그녀는 로스의 집을 떠날 것을 결심하고 마이크의 아이라는 걸 밝혔던 것이다.

"안 돼. 누구의 아이든 상관없어. 나에게 필요한 건 당신이야. 어떤 경우라도 당신을 보낼 수는 없어."

그리고 아이에 관해서는 일체 간섭하지 않겠다고 약속했던 것이다.

죠커로부터 '죽음의 통고'를 받은 이후 밤낮으로 긴장과 불안 속에서 지내던 로스도 시간이 흐를수록 자신의 행동에 대한 자신감을 되찾고 있었다. 아무리 그들이라지만 자기에게 만은 쉽게 행동하지 못하리라는 생각이 굳어갔다. 자신이 대중에게 널리 알려져 있으므로 그 수 많은 눈을 의식하지 않을 수 없기 때문에 자신은 안전하리라는 거의 막연한 기대가 섞인 판단에서였다.

'이제 멀지 않아 그들이 조건을 제시하며 다시 제휴할 것을 제의해 오겠지. 그렇게 되면 유리한 쪽은 결국, 내가 되는 거야.'

이런 생각을 하며 그는 가벼운 기분으로 휘파람을 불며 집 안으로 들어섰다.

그를 맞이하던 마자는 놀라지 않을 수 없었다. 불안과 공포 속에서 제대로 잠을 못 이루던 그가 너무 변해 있었기 때문이다. 그녀는 재빨리 그의 뒤를 살폈다. 아무도 없었다.

"경호원들은 어떻게 된 거죠?"

로스가 미소를 지으며 대답했다.

"아, 모두 보내 버렸어. 그런 녀석들이 주위에서 오락가락하니 짜증이 나 견딜 수가 있어야지."

그녀의 눈이 가늘어졌다.

"현명한 일일까요?"

거실에 들어선 로스는 손수 술을 따라 단숨에 들이켰다.

"죠커의 말은 경고에 불과해. 그들은 나한테 만은 아무 짓도 못 할
거야."

그러나 마자는 말없이 무표정한 눈길로 그를 바라볼 뿐이었다. 한
잔 더 따라 마시고 난 로스가 그녀에게 미소를 지었다.

"우리 내일 캠프에 가서 미셸을 데리고 라스베가스로 갑시다. 거기
서 몇 주 동안을 푹 쉬는 거야."

마자가 머리를 저었다.

"내 생각으로는 좀더 기다려 보는게 좋을 것 같아요."

"기다리긴, 뭘 기다려 !"

로스가 벌컥 화를 냈다.

"이렇게 빈둥거리는데 이제 아주 지쳤어. 아무것도 두려워할게 없
단 말야 ! 내일 당장 떠나는 거야 !"

"저녁 준비가 됐는지, 톰에게 가 보겠어요."

마자는 이 말만 남기고 거실에서 나가 버렸다.

그녀가 나가는 것을 바라보고 있던 로스는 문이 닫히자, 다시 술잔
을 가득 채웠다. 아무래도 이해할 수 없는 여자, 지금의 상태가 두렵
다면, 왜 그의 곁에 남아 있는 것일까? 그녀가 여기 있어야 할 이유
는 없다. 정식적으로 결혼한 사이도 아니지 않는가. 만약, 그녀가 이

곳에서 떠난다 해도 그로서는 욕하거나 원망할 처지도 아니었다.

로스는 천천히 술잔을 기울였다.

'언젠가는 이해할 수 있는 날이 오겠지. 그녀와 나 사이에 가로 놓여 있는 벽이 무너지겠지.'

마자가 다시 거실로 나왔다.

"저녁 준비가 됐어요."

술잔을 손에 든 체 그 자리에서 잠시 그녀를 바라보던 그는 알 수 없는 뜨거운 감정이 끓어오르는 걸 느끼자, 잔을 내려놓고 그녀에게 다가가 손을 잡았다.

"마자."

그의 목소리는 격한 감정으로 떨리고 있었다.

"우리 내일 결혼식을 올립시다. 그리고, 신혼여행을 떠나는 거야."

그녀가 그의 눈을 올려다보았다. 왠지 가슴 깊은 곳에서 아련한 아픔이 몰려왔다.

"진정으로 원해서 하는 말인가요, 로스?"

그가 천천히 고개를 끄덕였다.

"이제 알겠어. 난 당신이 필요해. 지금까지와는 다른 당신의 모든 것이 필요해."

그녀는 자신의 손을 내려다보았다. 로스의 굵은 갈색 손가락이 그녀의 손을 쥐고 있었다. 로스의 말이 진심임을 그녀도 알 수 있었다. 그에게도 변화가 온 것이다. 어느 날 갑자기 어른이 되는 것처럼……. 그녀는 그의 눈을 다시 올려다보았다. 그에게서 처음으로 가식이 없는 모습과 한 남자의 외로움을 발견할 수 있었다.

"좋아요. 로스 !"

그녀가 속삭였다.

"그럼 내일부터 우린 정식 부부가 되겠군요."

로스가 힘차게 그녀를 껴안았다.

"후회하지 않게 할 거야."

이것은 로스의 처음이자 마지막 약속이었다.

그날 저녁 식탁에서 로스는 오랜만에 마냥 즐거워했다. 결혼 후의 갖가지 계획을 세우며 한껏 들떠 있었고, 톰에게 샴페인까지 가져오게 하여 축배를 들었다. 그의 기쁨과 행복은 그녀의 가슴에까지 전해졌다.

톰이 아래층에서 그녀를 불렀을 때 로스의 품에 안겨 이층 침실에서 텔레비전을 보고 있었다. 아래층에서 전화벨이 울리는 소리가 희미하게 들려왔으나 그녀는 별로 신경을 쓰지 않고 있었는데, 톰이 부르는 소리가 들려왔던 것이다.

"왜 그러죠?"

그녀가 아래층을 바라보니 톰이 서 있었다.

"전화왔습니다. 부인 !"

그녀가 아래로 내려갈 때 "빨리 돌아와." 하는 로스의 목소리가 뒤이어 침실에서 들려왔다.

"여보세요?"

마자가 무심코 전화를 받았으나 수화기에서는 아무런 소리도 들려오지 않았다. 순간 온몸이 싸늘해지는 불길한 예감이 스쳤다.

"여보세요? 여보세요?"

귀에 익은 듯한 속삭임이 수화기에서 흘러나왔다.

"마자!"

"네, 누구시죠?"

"마자!"

그 목소리가 다시 한 번 그녀의 이름을 부를 때, 그녀는 손가락이 하얗게 변할 정도로 수화기를 틀어쥐었다. 그녀는 그 목소리의 주인공이 누군지 알 수 있었고, 그가 왜 전화를 했는지도 짐작할 수 있었기 때문이다.

"로스!"

다음 순간 그녀는 수화기를 내던지고 이층으로 황급히 달려갔다. 계단을 반쯤 올라갔을 때 벌써 침실 쪽에서 기침 소리가 몇 번 들리더니 이어 물건들이 떨어지는 파열음이 들려왔다.

로스는 그녀가 나갈 때와 같은 모습으로 안락의자에 앉아 있었다. 그러나 등받이에 얹힌 그의 얼굴은 백짓장처럼 하얗게 질린 체 눈은 경악과 공포로 가득 차 있었다.

"마자……."

그녀를 보는 순간 로스는 숨을 헐떡이며 속삭이듯 불렀다. 가슴을 틀어쥔 손가락 사이에서 피가 흘렀다. 침실의 창문이 반쯤 열려 있는 것이 보였다.

"톰!"

그녀가 로스한테 달려들며 악을 썼다.

"의사를 불러요!"

로스가 그녀에게 쓰러져 오자, 그의 몸을 받아안고 머리를 가슴에 묻었다.

"아! 로스, 안돼! 안돼!"

격렬한 고통으로 로스가 떨고 있다는 것을 느꼈다. 그래도 그는 힘겹게 그녀를 향해 고개를 들었다.

"내가 틀렸어. 마자……. 하지만, 난 열심히 했어……."

"알고 있어요, 로스!"

어느 새 눈물이 뺨 위로 줄지어 흘러내렸다. 그녀는 그의 검은 머리에 입술을 비벼댔다. 땀으로 흠뻑 젖어 있었다.

"마자……."

"말씀하세요."

"전화가 와 줘서 다행이었어……. 진정으로 사랑했어……."

고통으로 인하여 중간중간 말이 끊어졌다.

"저도 사랑했어요."

"당신도……. 정말……?"

희미하게나마 놀라는 기색이 엿보였다. 마자가 눈물을 흘리며 고개를 끄덕였다.

"그래요. 내가 왜 떠나지 않았겠어요?"

로스가 힘에 겨운 듯 눈을 감았다.

“그래, 당신은 떠나지 않았지.”

그가 다시 눈을 떴을 때, 그의 눈에는 기쁨의 빛이 떠올라 있었다.

“내 곁에 있어 줘서……. 얼마나 기뻤는지 몰라……. 당신이 떠날 까봐……. 두려웠어.”

“난 언제까지나 당신 곁에 있을 거예요, 로스!”

그녀는 마침내 울부짖으며, 그의 머리를 다시 가슴에 껴안았다.

몇 번인가 쿨룩거리던 로스의 입에서 따뜻한 액체가 밀려나와 그녀의 새하얀 블라우스를 물들였다. 피였다. 다음 순간 그의 머리가 옆으로 힘없이 무겁게 기울어졌다. 눈이 감겼다.

그녀는 블라우스에 얼룩진 자국을 내려다보았다. 붉게 붉게 번져나갔다. 아직도 켜져 있는 텔레비전에서 수 많은 사람들이 왁자하게 웃는 소리가 들려오고 있었다. 그녀는 조심스럽게 그를 안아 소파에 뉘였다.

조용히 일어서서 돌아보니 하인 톰이 문가에 서 있고, 그의 검은 얼굴이 흙빛으로 굳어 있었다.

“의사를 불렀습니다. 미즈 마리안.”

“고마워요, 톰.”

들릴락말락하게 대답하고 난 그녀는 텔레비전의 스위치를 껐다.

다시 흐르는 강물 | 아무것도 변한 게 없었다. 지난 번 방문 때와 다른 점을 굳이 찾는다면 수영장에서 들려오던 아이의 웃

음소리가 사라졌다는 것 뿐이다. 죠커는 뒤에서 들려오는 발자국 소리에 돌아섰다.

장식이 없는 검은 드레스를 입은 그녀가 다가오고 있었다. 그런 옷차림을 한 그녀의 모습이 더욱 고혹적이라는 어이 없는 생각을 하면서 죠커는 그녀를 맞았다.

"마리안."

"어서 와요, 죠커."

그녀는 손도 내밀지 않은 체 그의 눈에서 시선을 떼지 않았다.

"전화를 해 주셔서 고마워요."

"전화를 하다니?"

"그러실 필요 없어요."

그녀의 목소리는 차분했다.

"아무리 작게 말해도 당신의 음성은 알아들을 수 있어요."

죠커는 그 말엔 대답하지 않고 소파에 앉아 그녀를 올려다보았다.

"이제 어떻게 할 거요."

마자가 어깨를 움찔해 보인 다음 대수롭지 않게 대답했다.

"글쎄요. 일거리가 생기면 일을 해야겠지요."

"아니, 로스의 재산이 많을 텐데?"

"천만예요. 나한테 남겨 놓은 건 아무것도 없어요."

그녀의 표정은 담담하기만 했다.

"그래도 그럴 수가 있나……. 당신은 그의 미망인인 셈인데, 지금 상복을 입고 있지 않소."

"내가 그의 미망인일지 모르겠으나 그의 아내는 아니었어요."

그녀의 입가에 쓸쓸한 미소가 번졌다.

"이 드레스는 상복이 아녜요. 검은 옷이 그저 입고 싶어서 입었을 뿐이에요."

죠커가 고개를 끄덕였다.

"확실히 잘 어울리는 빛깔이군."

그러나 다음 순간 죠커는 다시 한 번 놀라야 했다. 언제나 직선적으로 파고드는 성품의 그녀라는 걸 알고 있지만, 이 때만은 그런 생각을 깜빡 잊고 있었는데 마자의 날카로운 질문이 날아들었던 것이다.

"내 모습이 어떻다고 칭찬해 주시려고 여기까지 오신 건 아니겠죠? 오신 목적이 뭐죠?"

"조직의 친구들이 당신을 걱정하고 있소."

마자가 피식 웃었다.

"그 사람들이 왜 날 걱정해 줄까?"

"농담이 아니오."

죠커가 정색을 하며 그녀를 바라보았다.

"당신의 사정이 어려워지면 언젠가 입을 열지도 모른다고 생각하고 있소."

"난 그렇게 미련하진 않아요."

"알고 있소. 하지만, 그건 내 경우이고, 그들은 안심할 수 없다고 생각하는 것 같소."

마자는 입술을 지그시 깨물며 무엇인가를 골똘히 생각하며 물었다.

"그 사람들을 안심시키려면 내가 어떻게 해야 하죠?"

"나와 함께 동부로 갑시다. 이미 우리는 당신이 할 수 있는 일거리를 준비해 놓고 있소."

"어떤 일이죠?"

그녀가 조심스러운 표정으로 물었다.

"모델 소개소를 운영해 주시오."

죠커는 간결하게 말하고 있었지만 거절할 수 없도록 누르는 힘이 깃들어 있었다.

"그들도 자신들이 살필 수 있는 곳에서 당신이 일하기를 원하고 있으니까."

"모델 소개소라구요?"

그녀가 미간을 좁혔다.

"난 그 방면의 일은 전혀 모르는데요."

죠커가 희미하게 미소를 지었다.

"너무 순진하게 굴지 말아요, 마자."

순간 마자는 깨달았다. 모델 소개소, 그것은 허울 뿐일 것이다. 불법 고급 매춘이 틀림없을 것이다.

"만약 내가 거절한다면?"

죠커가 담배갑을 꺼내 그녀에게 내밀었다. 그러나, 그녀가 고개를 젓자 그는 한 개피를 뽑아 피워 물고는 연기를 뿜어내다가 주머니에서 사진 한 장을 꺼내 그녀에게 건네주었다.

금발의 어린 소녀가 간호사와 함께 잔디 위에서 놀고 있는 사진이
었다.

"미셸?"

그녀의 목소리는 경악과 공포로 떨려 나왔다.

죠커가 천천히 고개를 끄덕였다.

"걱정할 것 없소. 아이에겐 아무 일도 없으니까. 당신이 보면 좋아
할 것 같아 지난 주에 알로헤드 캠프에서 찍은 거요."

잠시 넋이 나간 듯 그 자리에 서 있던 마자는 몸을 돌려 창가로 갔
다. 잠시 후 돌아보지도 않고 말하는 그녀의 음성은 그 어느 때보다
도 나약했다.

"그 이외엔 그들을 만족시킬 방법이 없을까요?"

"그 방법 밖엔 없소."

"만약 내가 그 일을 하게 된다면 다른 조건은 없나요?"

"무슨 뜻이지?"

마자가 천천히 돌아서며 의미있는 눈길로 죠커를 바라보았다.

"이번엔 당신이 순진하게 구는군요."

죠커의 얼굴이 달아올랐다.

"다른 조건은 없소. 하지만, 희망을 지니고 있는 상대를 멀리 할 순
없을 것이오."

그녀의 입에서 한숨이 새어나왔다. 이미 갈 길은 결정되어 있는게
아닌가.

"좋아요."

"그럼 승낙을 한 걸로 생각해도 좋겠소?"

그녀가 고개를 끄덕이자, 죠커의 표정이 밝아졌다.

"정말 다행이오. 마리안 ! 당신이 고집을 부릴까봐 걱정이었소."

"마리안이라고 부르지 마세요. 앞으로는 마담이라고 불러주세요."

그녀의 음성은 차가웠다.

파크 에비뉴 모델협회는 파크가 79번지의 우중충한 건물에 사무실을 가지고 있었다. 처음 지을 땐 고급 아파트 건물이었을 갈색 빌딩에는 소위 연예계와 관련된 사무실로 차 있었다.

「파크 에비뉴 모델협회」라는 명패가 붙어 있는 복도를 지나 아무 표시도 없는 문을 연 마자는 거침없이 안으로 들어섰다.

아늑하게 꾸며진 방이었다. 벽에는 아름다운 그림이 두어 점 걸려 있었고, 한가운데에 묵직한 책상이 놓여 있었다. 자리에 앉은 그녀는 우선 책상 위를 살폈다. 서류함에는 모델들의 사진이 명단과 함께 정리된 체 놓여 있었다.

그녀가 부저를 누르자 잠시 후에 성실해 보이는 중년 여인이 성급한 걸음걸이로 들어섰다.

"회장님, 일찍 돌아오셔서 다행이에요. 바로 전에 경찰에서 전화가 왔었어요."

마자의 눈빛이 날카로워졌다.

"뭐라구요? 경찰에서 전화가 왔었다구요?"

"네."

“무슨 일이죠, 모리스 부인?”

“플로렌스 리즈가 병원에 있답니다. 임신 중절 수술을 했는데…….”

급히 말하던 여인이 숨을 몰아쉬며 계속 말했다.

“여기서 일한 적이 있는지 묻더군요.”

“그래서 뭐라고 했죠?”

“물론 그런 적이 없다고 했어요. 그런 일로 우리 협회의 이름이 들먹거려지면 좋을 게 없을 것 같아서요.”

그녀의 말을 듣고 무엇인가를 생각하던 마자가 고개를 저었다.

“쓸데없는 거짓말을 한 것 같군요. 그 불쌍한 아이가 궁지에 몰려 우리의 도움을 기다리고 있을지도 모르잖아요?”

그러나, 모리스 부인이라는 비서는 중년 여인의 몸짓으로 손을 내저으며 반발했다.

“천만예요. 그런 아이들한테 쓸데없는 친절을 베푸실 생각은 아예 마세요. 쓰레기 같은 것들이예요. 아무리 잘해 줘도 그 공을 모르고 돌아서서 욕이나 하기 일쑤죠. 그런 아이들에게 신경을 쓰다니 시간이 아까워요.”

마자는 잠자코 그녀를 바라보았다. 그녀의 충성심은 잘 알고 있었다. 비서로서는 그녀보다 더 적합한 여자도 없으리라. 더욱이 그녀는 이 소개소의 비밀스런 영업 행위를 전혀 모르고 있다는 점에서 아주 편리한 여자였다.

“좋아요, 모리스 부인! 수고하셨어요. 그밖의 다른 곳에서는 연락 온 게 없나요?”

"두 군데 있었어요. 제랄드 씨 한테서 왔는데요. 오늘 오후에 지방에서 바이어들이 오기 때문에 쇼를 해야 한답니다. 쓸만한 모델 세 명이 필요하다는 거예요. 제가 추천했더니 회장님과 직접 상의하신다더군요. 그리고 14번가의 가죽제품 매장에서 왔는데, 쇼 윈도우 모델이 필요하다고 해서 레이 마니를 보냈습니다."

"잘 하셨어요. 제랄드 씨에게는 내가 전화를 하죠."

마자는 비서가 나가길 기다려 다이알을 돌렸다.

불쌍한 플로렌스, 그렇게 말렸는데도…… 아이를 낳아서 양자로 보내는 게 자신을 위해서도 훨씬 좋은 방법이었을 텐데……. 하지만, 그럴 여유가 없었을 것이다.

'인간 백정 같은 놈들!'

불쌍한 플로렌스는 틀림없이 돌팔이에게 갔을 것이다. 마자는 분노가 치미는 걸 어쩔 수 없었다. 그 애는 틀림없는 창녀다. 그러나, 창녀도 인간이 아닌가!

수화기에서 남자의 목소리가 흘러나왔다.

"마리안이에요."

"아, 마리안!"

반색하는 목소리였다.

"점심 시간 전에 당신한테서 연락을 받지 못하나 해서 걱정이 이만저만이 아니었소. 텍사스에서 굵직한 놈들 몇이 왔는데, 점심 시간엔 약속을 해야 하거든……"

"너무 급하군요, 제랄드 씨."

"어쩔 수 없었어. 나도 오늘 아침에야 연락을 받았으니."

"풀 코스 상대인가요?"

"그렇다니까."

"비용이 많이 들텐데요?"

"얼마지?"

"1천 달러."

수화기에서 휘파람 소리가 들려왔다.

"이봐 마리안. 너무 이러지 마."

"어쩔 수 없어요. 우리도 영업하기가 갈수록 어려워지고 있어요. 쓸 만한 아이들을 구하기도 힘들구요."

"그럼 할 수 없지."

잠시 망설이던 제랄드가 승낙했다.

"장소를 알려줘야겠군."

연필로 받아 적고 난 마자가 수화기를 내려놓고 나서 잠시 생각한 다음 다이얼을 돌렸다. 이번엔 젊은 여자의 목소리가 들려왔다.

마자가 천천히, 그러나, 분명히 말했다.

"데이트가 있어. 캐시 에스터와 밀리를 불러 함께 가도록 해. 풀 코스야."

여인의 다급한 목소리가 들려왔다.

"다른 데이트 약속이 있잖아요?"

"바꾸겠어. 여기엔 네가 가야만 해."

마자가 잘라 말했다.

전화를 끊은 후 다시 생각에 잠겨 있을 때 전화벨이 울렸다.

"마리안?"

전에 없이 당황한 프랭크 밀러슨 형사 반장의 목소리였다.

"무슨 일이 있나요?"

"루즈벨트 병원에 있는 플로렌스 리즈라는 아가씨 문제가 커질 것 같아. 그 사무실에 있는 여자가 쓸데없는 거짓말을 하는 바람에 사태가 악화됐어. 그러지만 않았더라면 내 손에서 끝낼 수 있었는데, 이젠 너무 늦었어. 검찰에서 직접 손을 대기 시작했으니까……."

"내가 어떻게 하면 될까요?"

"모르겠어."

"플로렌스는 어때요?"

"오늘, 내일해."

"불쌍한 것……. 내가 그런 짓은 하지 말라고 말렸는데도……."

"지금 그 여자 걱정이나 하고 있을 때가 아냐."

밀러슨의 목소리는 거의 절망적이었다.

"너무 늦었지만, 지금이라도 무슨 대책을 강구해야 해. 이러다간 나까지도……."

"알았어요. 비토에게 연락을 할께요. 너무 초조하게 굴지 말아요. 무슨 방법이 나오겠죠."

그러나, 담배를 문 그녀의 손끝도 가볍게 떨리고 있었다.

"비토에게 단단히 부탁해. 만만치 않은 친구가 덤볐으니까."

"그게 누군데요?"

"마이크 케이스라는 검사보야. 영감이 가장 아끼는 친구지."

갑자기 목이 콱 막히는 충격에 마자는 다시 한 번 확인했다.

"마이크 케이스라고 했나요?"

"그래……."

이렇게 대답하던 밀러슨이 뭔가 떠오르는 듯 말투를 바꾸며 물어왔다.

"혹시 그 친구 당신이 나한테 찾아 달라던 그 사람 아냐?"

"글쎄요. 잘……, 기억이 나질 않는데요."

그녀는 자꾸만 더듬거려지는 걸 어쩔 수 없었다.

"너무 오래 전의 일이라……."

수화기를 내려 놓은 그녀는 허공의 한 점을 노려보았다. 그러나, 그 시선은 그 어느 때보다도 힘이 없었다.

까마득한 옛날의 일같이 생각되던, 그리고, 자신과는 거리가 먼 다른 세계의 사람으로 여기고 싶었던 그가 다시 현실의 세계로 돌아와 그녀 앞에 나타났다는 사실에 그녀는 전율했다.

마지막 순간 | "사직을 하겠다고?"

영감이 뿔테안경 속의 날카로운 눈으로 책상 건너편에 서 있는 마이크를 노려보며 묻고 있었다.

"네, 그렇습니다."

"이유는?"

"개인적인 이유에서 입니다."

영감이 의자를 돌려 창 밖을 내다보며 물었다.

"여기의 일들이 마음에 들지 않나?"

"아닙니다."

순간적으로 침묵이 흘렀다. 영감이 다시 입을 연 것은 얼마 동안의 시간이 흐른 뒤였다.

"자네가 날 실망시킬 줄은 생각지도 못한 일이야."

마이크는 입을 다물고 서 있었다.

"이번 파크 에비뉴 모델협회는 중대한 사건이야. 우리 검찰에게도 그렇지만, 나 개인에게도 더없이 중요한 일이라는 것은 누구보다도 자네가 더 잘 알걸세. 그런데 직접 담당했던 자네가 그만두겠다 고?"

그래도 마이크가 아무런 대답을 하지 않자, 영감의 목소리가 날카 로워지기 시작했다.

"만약 이런 중요한 사건을 앞두고 그만둔다면 다른 사람들이 자넬 어떻게 평가할 지 생각해 봤나? 물론 잘못될 경우를 생각하면 다행 이라고 말할지 모르지만, 세상에선 자넬 겁쟁이, 기회주의자라고 손 가락질 할게 틀림없어. 그렇게 되면 법조인으로서의 생명은 끝이 야!"

"죄송합니다. 이제 그만 나가봐도 되겠습니까?"

좀체로 흥분하지 않기로 유명한 검사의 표정이 일그러졌다.

"내가 사람을 잘못보는 경우는 거의 없다고 자부해 왔는데, 자네의 경우. 만은 실수였군. 난 자네를 총알이 무섭다고 전쟁터에서 꽁무니를 빼는 놈으로는 보지 않았거든."

마이크의 얼굴이 달아올랐다. 그는 하고 싶은 말이 목구멍까지 치미는 걸 참느라 입술을 깨물었다.

"좋아!"

영감이 결단을 내린듯 소리쳤다.

"정말 원한다면 그만 둬! 하지만, 그 동안의 정리를 생각해서라도 그만두는 이유만은 밝혀야 해. 끝까지 비열한 인간이 되기 싫으면……."

가슴이 터질 것 같아 마이크는 심호흡을 했다. 그 때에서야 자신의 손이 떨리고 있다는 걸 깨달을 수 있었다.

"이야기해, 마이크."

영감이 누그러뜨린 말투로 재촉했다.

"자네는 훌륭한 경관이었고 능력있는 검사보였어. 왜 그만 두려는 거지?"

"그 여자는 내 여자였습니다."

마이크는 자신의 대답이 바보스럽게 느껴졌다.

"그 여자라니?"

의외의 말에 영감의 눈이 가늘어졌다.

"누굴 말하는 건가?"

"마자, 아니 마리안 프루드를 말하는 겁니다."

"아니, 이 마리안 프루드가?"

영감이 책상 위에 놓인 사건 기록을 가리키며 물었다.

마이크가 말없이 고개를 끄덕이자 영감이 안경을 고쳐 썼다.

"뭐라고?"

"몇 주 전까지만 해도 그녀가 이 사건의 주인공이라는 사실을 까맣게 몰랐습니다."

마이크는 격해지는 감정을 누르기 위해 담배를 피워 물었다.

"만약 알았더라면, 아예 손도 대지 않았을 겁니다."

검사의 눈에 이제야 알겠다는 듯한 표정이 떠올랐다.

"그래, 내가 자네를 잘못 본게 아니었어."

영감은 혼잣말을 하듯 중얼거리며 고개를 끄덕였다.

"사실을 알고 난 후부터 도저히 수사를 계속할 수 없을 것 같아 죠엘에게 사건 처리를 넘겼던 것입니다."

"그때 자넨 병가를 신청했지 않았나? 난 병이 난 줄로 알았었지."

"마음의 병도 병입니다."

사무실 안에 침묵이 흘렀다. 그러나 이번의 침묵에는 고조된 감정과 고통이 흐르고 있었다. 그렇게 얼마간의 시간이 흐른 후 영감이 결정을 한 듯 책상을 치며 일어섰다.

"마이크, 이번 사건을 계속 맡게. 일은 이미 저질러진 거야. 자네가 아직도 그녀를 사랑하고 있다면, 그녀의 운명을 다른 사람의 손에 맡길 순 없지 않나 ! 처단을 하더라도 자네가 하게. 그게 사내가 취할 행동이야. 자네의 진퇴 여부는 이 재판이 끝난 다음에 생각하세."

  이렇게 말하며 영감은 그가 제출한 사표를 찢어 버렸다. 고개를 떨군 마이크는 영감이 사무실에서 나갈 때까지 아무 말도 못하고 그 자리에 서 있었다.

  영감의 입원 소식을 마이크가 전해 들은 것은 바로 그날 밤의 일이었다.

제7부 | 아름다운 눈물

사무실에 들어서자, 죠엘이 심상치 않은 표정으로 나를 보았다.

"영감이 난리를 치면서 자넬 찾고 있어. 빨리 가 보는게 좋을 거야."

"왜, 또 그런데?"

나는 모자와 코트를 의자 위에 던져 놓으며 대수롭지 않게 물었다.

"모르겠어. 비토가 와 있다나 봐. 그 작자는 언제 봐도 기분 나빠."

"비토가 왔다고?"

나도 모르게 미간을 찌푸렸다.

죠엘이 고개를 끄덕였다.

"그렇다니까. 무슨 수작을 하고 있는지 모르니 빨리 가봐."

영감의 비서는 나를 보자마자 손짓으로 어서 들어가라고 재촉했다.

자기 자리에 버티고 앉아 있는 그의 표정은 일그러져 있었고, 눈매
는 차가웠다. 예삿일이 아님을 직감할 수 있었다. 그와 책상을 사이에
두고 앉아있던 비토는 내가 들어서자 등을 돌렸다.

"찾으셨습니까?"

일부러 비토를 못 본 척 지나쳐서 영감의 책상 바로 앞까지 다가
갔다. 내 말에 고개를 끄덕이는 그의 눈초리는 여전히 싸늘했다.

"마리안 프루드와의 관계를 왜 솔직하게 털어놓지 않았나?"

그의 목소리도 눈매 못지 않게 싸늘했다.

울컥 화가 치미는 것을 어쩔 수 없었다. 이번만은 그대로 물러서고
싶지 않았다. 뼈를 깎는 아픔을 참아가며 마자와의 일을 털어놓았지
않았던가. 내가 그만둔다고 했을 때 한사코 말린게 누구였던 말인가.

나도 가능한 한 차갑게 들리도록 힘주어 말했다.

"죄송합니다만, 무슨 말씀인지 이해할 수 없는데요."

나를 노려보고 있는 영감의 눈밑 근육이 떨리는 것으로 보아 그의
분노가 어느 정도라는 걸 짐작할 수 있었다.

"도대체 무슨 일을 가지고……?"

"그럼, 이것도 모른다고 잡아 뗄 텐가?"

영감이 비비꼬인 목소리를 내뱉으며 내 앞으로 서류 한 장을 내던
졌다. 그것은 출생 증명서였다. 그것을 읽어나가는 사이에 나는 온몸
의 피가 역류하는 충격에 휩싸였다.

「이름 ; 미셀 케이스 어머니 ; 마리안 프루드, 아버지 ; 마이크 케
　이스」

나는 재빨리 날짜를 살펴보았다. 순간, 나의 심장이 격하게 요동 쳤다. 그렇다면 사실일 것이다. 우리가 함께 있던 날짜와 맞아 떨어졌다. 돌연, 나의 뇌리에 마지막으로 만났을 때의 그녀의 얼굴이 떠올랐다. 그때 아이의 이야기가 나왔을 때, 그녀의 표정이 이상했다는 것을 똑똑히 기억할 수 있었다.

영감의 노한 목소리가 귀청을 때렸다.

"왜 내게 말하지 않았지?"

"어떻게 말합니까?"

내 목소리는 고조되어 있었다.

"저도 지금에야 안 사실입니다."

"내가 그 말을 믿을 것 같은가?"

"믿으시거나 안 믿으시거나 그것은 제 책임이 아닙니다!"

"이 일이 이번 재판에 어떤 영향을 미칠 지 생각해 봤나?"

영감의 얼굴이 시뻘겋게 달아 있었다.

"우리는 찍 소리 한 번 못하고 당하는 거야!"

나는 이기는 것만이 진실이라고 믿고 있는 영감의 신념을 알고 있었다. 그러나 물러설 일이 아니었다.

"이해할 수 없군요. 비토가 범죄 사실에 대한 반증을 제시하지 못하고 있는데, 우리가 당할 이유가 없지 않습니까?"

"내가 굳이 애쓸 필요가 없지."

내가 그 방에 들어온 후 처음으로 비토가 입을 열었다.

"배심원들이 이걸 보고 나서도 자네의 주장을 믿어줄까? 모든 게 개인적인 원한에서 나온 멜로 드라마라고 생각지 않을까?"

나는 그의 얼굴에 침을 뱉어주고 싶은 걸 참으며 말했다.

"난 당신이 훌륭한 변호사라고 들어왔소. 뉴욕에서 가장 뛰어난 변호사라고도 합디다. 그러나 사람들은 당신이 뒷조사나 해서 협박이나 하고 돌아다니는 쓰레기라는 건 몰랐을 거요."

비토가 의자에서 뛰쳐 일어나려 했으나 내가 한 손으로 밀어버리자, 그대로 주저앉아 노려보았다.

책상 위의 인터폰이 울리자, 영감이 소리쳤다.

"뭔가?"

"미스 프루드 양이 오셨습니다."

"들여보내."

문이 열리면서 마자가 들어섰다. 그녀는 재판이 시작된 이래 푸른색 드레스를 입고 언제나 아름다운 금발을 길게 빗어 내리고 있었다.

그녀는 내 존재는 무시해 버릴듯 비토에게 물었다.

"무슨 일이죠?"

그녀의 목소리는 쉰 듯이 가라앉아 있었다.

"검찰측에서 우리에게 협상을 제의할 것 같아서……."

의기양양한 미소가 비토의 입가에 흘렀다.

"어떻게 된 거죠?"

흘깃 나를 바라보고 나서 마자가 비토에게 다시 물었다.

나는 말없이 들고 있던 서류를 그녀에게 내밀었다. 그것을 받아든 순간, 그녀는 파랗게 질린 체 나를 바라보았다. 그녀에게서는 보기 힘든 고통과 경악에 찬 표정이었다.

"이걸 어디서 구했죠?"

목소리까지 떨리고 있었다. 나는 이번에도 말없이 눈으로 비토를
가리켰다.

"톰이 가져다 주더군. 내가 찾아보라고 했지. 죠커의 귀뜸도 있고
해서……."

"왜 내겐 아무 말도 하지 않고, 그런 짓을 했죠?"

비토에게로 향하는 마자의 목소리는 얼음처럼 차가웠다.

"아니 그럼, 옛날 남자를 보호하기 위해 우리가 당해도 괜찮단 말
이오?"

비토의 목소리도 날카로워졌다.

"난 당신의 변호인이오. 당신이 원하든 원치 않든 간에 어떤 방법
을 동원해서라도 당신을 보호해야 할 의무가 있소."

마자가 심호흡을 하고 난 다음 입을 열었다.

"누굴 보호한다구요? 천만에요. 내가 염려하는 건 미셸이에요. 그
애는 지금 행복하게 자라고 있어요. 아버지는 전사한 걸로 믿고 있
구요. 만약, 그 애가 자신이 어떻게 태어났다는 사실을 알게 되면
어떨 것 같아요?"

"그럼 엄마가 감옥에 들어가 있다는 사실을 알면 어떻게 되지?"

"사생아라는 걸 아는 것보다는 나아요!"

마자가 날카롭게 소리쳤다.

"내 운명은 내가 결정하겠어요. 만약, 쓸데없는 짓을 한다면, 그것

은 내 의사가 아니라는 것과 이 사람이 그 사실을 전혀 모르고 있었다는 것을 증인을 세워 증명해 보이겠어요!"

그리고는 서류를 핸드백 속에 넣었다. 비토의 안색이 질렸다.

"진정이오? 후회하게 될거요."

"염려마세요. 내 운명은 이미 결정되어 있어요. 난 사랑하는 사람의 손에 의해 벌을 받도록 태어났다는 걸 알고 있어요."

그녀의 시선이 떨구어졌다. 사무실 안은 잠시 동안 무거운 침묵에 휩싸였다.

"난 이 사건에서 손을 떼겠소."

비토가 천천히 일어나더니 나갔다. 고개를 들어 그의 뒷모습을 바라보는 마자의 얼굴은 체념의 무표정으로 덮혀 있었다.

"마자!"

나는 자신도 모르게 다가가 그녀의 손을 잡았다. 해야 할 말들이 너무나 많은 것 같았으나 아무 말도 떠오르지 않았다.

"왜 내게 말하지 않았지?"

겨우 이 말만은 물을 수 있었다. 대답없이 나를 마주보며 그녀의 눈동자가 빛났다. 젖은 눈이 수많은 말을 전해 주고 있었다.

"왜 그랬지, 마자?"

내가 다시 묻자, 그녀는 눈을 깜박이며 말했다.

"첫 번째 아이는 키울 수 없다고 해서 뺏겼어요. 그러나, 미셸만은 잃기 싫어서……."

그녀는 채 말을 맺지 못하고 시선을 떨어뜨렸다.

"미안해요, 마이크."

잠시 후 들릴락말락하게 속삭인 그녀는 내 손에서 손을 빼고는 사무실에서 나갔다. 그녀의 뒷모습을 바라보는 내 머리 속은 텅 빈 것 같았다. 슬픔도 기쁨도 안타까움마저 깊은 상실감에 빠졌다. 영감의 손길이 내 어깨를 두들겼다.

"미안하네, 마이크! 자넬 믿지 않은 건 내 실수였어."

"괜찮습니다."

나는 고개를 저으며 공허한 목소리로 말했다.

"그건 중요한 일이 아닙니다."

"자, 나가서 마지막을 준비해야지, 30분 후면 개정이야."

영감이 등을 밀어 나를 방에서 내보내고 있었다.

이제 남은 것은 그녀에 대한 판결 뿐이었다.

판사의 판결이 내려지는 동안 그녀의 얼굴은 창백했으나 눈빛은 차분했고 어떠한 두려움도 찾아볼 수 없었다.

"……피고의 범죄 제1항, 매춘 교사. 징역 2년. 벌금 5천 달러. 제2항, 공직자에 대한 뇌물 공여. 징역 1년. 벌금 5백 달러. 제3항, 공갈 협박. 징역 1년. 벌금 5백 달러에 처한다."

법정 안은 일순간 술렁대기 시작했으나 판사의 정숙을 요구하는 방망이 소리에 다시 조용해졌다. 다시 판사의 굵직한 목소리가 법정 안을 울렸다.

"그러나 이 소송의 원고인 검찰측에서 피고가 개심의 면이 뚜렷하

고, 이 사회의 일원에 대한 관용을 베푼다는 뜻에서 피고의 범죄
사실 중 가장 형량이 무거운 항목에 대해서만 처벌을 요구했기 때
문에 본 재판부는 피고에게 징역 2년과 벌금 5천 달러의 실형을
언도한다.”

재판봉이 울리자 법정 안은 일시에 다시 소란스러워졌다. 전혀 예
상치 못했던 검찰의 후퇴였다. 나는 놀라움과 의아스러움에 싸여 옆
의 죠엘을 돌아보았다.

그는 이미 알고 있었다는 듯이 미소를 지었다.

“영감의 솜씨야, 마이크!”

재빨리 피고석을 바라보았다. 예상했던 대로 마자의 시선이 내 쪽
을 향하고 있었고, 그 눈빛에는 감사하는 빛이 뚜렷이 떠올라 있었다.
나는 그녀에게 이런 온정을 베푼게 내가 아니라 영감이라는 걸 알려
주고 싶었다. 그러나 내 뜻을 전할 방법이 없었다.

“영감이 앓고 나더니 약해진 모양이군.”

함께 법정을 나서며 조엘이 이죽거렸다.

“여하튼 홀가분한데 한 잔 하지 않겠나?”

나는 고개를 가로젓고 그와 헤어져 내 방으로 향했다. 문 앞에 이
르렀을 때 문이 활짝 열리며 영감의 모습이 나타났다. 그의 손에는
봉투 한 장이 들려져 있었다.

“자네, 내가 이걸 받을 걸로 생각했나?”

영감은 그 봉투를 흔들어대며 기분이 나쁘지 않은 지 빙글거렸다.

그것은 내가 다시 제출한 사표 봉투라는 걸 알 수 있었다.

“네, 저로선 당연한 처사라고 생각합니다.”

“그렇다면, 자넨 생각했던 것보다 어리석군.”

이 말과 함께 그는 그것을 갈갈이 찢어 버렸다.

잠시 동안 나는 바닥에 흩어진 종이 조각을 바라보았다. 먼지와 함께 나뒹구는 그것들은 아무 의미도 없는 종이에 불과했다.

영감은 벌써 내 앞을 떠나고 있었다. 나는 재빨리 뒤를 쫓아가 그의 팔을 잡았다.

“감사합니다. 영감님.”

그는 빙긋이 미소를 지었다.

“감사할 것까지 없네, 마이크. 내가 능력있는 부하를 그렇게 쉽사리 포기할 줄 알았나?”

나도 미소를 지었다.

“제 일 때문이 아니라, 마자에게 베풀어 주신 고마움에 대해 감사를 드리는 겁니다.”

영감이 정색하며 나를 바라보았다.

“잊지 말게, 마이크! 관용이야말로 가장 정확한 정의의 행사라는 사실을…….”

나는 잠시 아무 말도 못하고 그 자리에 서 있었다. 관용! 얼마나 멋진 말인가! 그렇다면 나 자신은 단 한 번이라도 그 말을 실천해 본 적이 있었던가?

내가 막 입을 열려고 할 때 그가 먼저 내 어깨를 두드렸다.

“어서 자네 사무실로 가 보게. 기다리고 있는 사람이 있으니…….”

그가 멀어져가는 것을 보고 나서야 나는 사무실로 향했다. 문을 열고 들어섰으나 아무도 보이지 않았다.

'영감이 또 장난을 쳤군.'

그러나 막 자리에 앉는 순간, 나는 부스럭거리는 인기척에 놀라 고개를 들어야 했다.

문 뒤 벽에 기대 놓은 의자에 앉아있던 조그마한 계집아이가 나에게로 다가왔다.

아이의 머리는 내가 보아오던 중에 가장 빛나는 금발이었고 커다랗고 둥근 두 눈은 한없이 푸른색이었다. 그 눈을 바라보는 동안 나는 거울을 보고 있는게 아닌가 하는 착각을 일으켰다.

그것은 바로 내 눈이었던 것이다. 가슴이 답답해져 왔으나 숨을 쉴 수가 없었다. 내 책상 앞에 멈춰 선 아이는 눈 한 번 깜빡이지 않고 나를 바라보며 입을 열었다.

"저는 미셸이라고 해요."

맑고 밝은 목소리였다.

나는 고개만 끄덕였다. 말이 나오지 않을 것 같아서였다.

"엄마가 얼마 동안 함께 지내라고 하셨어요."

나는 다시 고개만 끄덕였다. 이번엔 무슨 말을 하려 했으나 생각이 나지 않았다.

"잘 돌봐주실 거라고 하셨어요."

그 푸른 눈에 눈물이 고이기 시작했다. 아이의 아픔이 어느 새 내게로 전해져 와 눈이 타는 듯이 뜨거워졌다. 의자에서 일어선 나는 천천히 책상을 돌아 무릎을 꿇고 아이의 두 손을 모아 쥐었다.

"그럼 잘해 주고말고……."

어느 덧 내 뺨에도 눈물이 줄지어 흘러내렸다.

── 끝 ─

이 책을 읽는 분에게

삶의 의미를 묻는다는 것은 괴로운 일이다. 그것을 물으면서 고민해야 한다면, 그것은 쓰라린 인생임에 틀림없다. 그러나, 우리는 그러한 물음을 망각한 체 '행복한 돼지' 같은 삶을 살려고 하지 않는다.

불행하지만, 소크라테스의 인생이 더 인간답다고 믿고 생각한다.

여자의 운명이란 이 세상에 던져진 굴러가는 돌멩이와 같은 존재일까? 파도처럼 밀려오는 시련 속에서도 상처 받지 않는 진실한 사랑을 그려간 이 소설은 자신의 운명을 자기 스스로 책임지지 않으면 안 되는 한 여인의 고뇌와 용기를 주제로 하고 있다.

원저자가 소설의 머리에 인용하고 있는 성경 구절의 의미가 바로 그것을 잘 말해 주고 있는 내용이다.

세 번씩이나 결혼 직전에 운명을 달리 해야 했던 여자, 어쩔 수 없이 세 번이나 이름을 바꿔야만 했던 운명, 그리고, 끝내 사랑하는 사람의 손에 의해 법정에 서야 하는 인생행로는 한 여인의 숙명이라기보다 바로 우리에게도 주어질 수 있는 원초적인 물음이 아닐까?

이 작품 속에서 원작자는 이 문제에 대해 이렇게 대답하고 있다.

"너에게 돌을 던질 자는 없을 것이다. 그러나 너를 구해 줄 사람도 없을 것이다. 네가 두려워하고, 네가 의지할 곳은 너의 운명을 책임질 수 있는 너 자신 뿐이다."

이 작품을 쓴 헤롤드 로빈스(Harold Robins)에 대해서는 새삼 부연할 필요가 없는, 전 세계의 독자들로부터 사랑을 받고 있는 미국 최고의 작가이다.

오랜 창작 생활을 통해 다른 작가에 비해 다작도 아니면서 1억 5천만부라는 기하학적 수량의 책이 팔려나갔고, 바로 오늘도 세계 각지에서 2만 명 이상의 독자들이 그의 책을 찾고 있다니, 그의 인기와 더불어, 그가 제시하는 인간의 문제와 삶에 대한 이야기가 우리 현대인들과 얼마나 밀착된 것인가를 쉽게 짐작할 수 있을 것이다.

물론, 재미있고 많이 팔린다고 해서 반드시 좋은 책이라고 단정할 수는 없다. 그러나, 오랜 세월을 두고 수 많은 독자가 그의 책을 찾는 데는 그만한 이유와 가치가 있다는 걸 재론할 필요가 없을 것이다.

인생에 있어서 가장 중요한 전기가 될 자아 발견과 이를 바탕으로 한 운명에 대한 순응과 개척, 이 상반된 논리의 수용과 실천만이 진실한 인간의 삶을 이룰 수 있다는 평범한 진리를 새삼 절감하며, 오늘을 살며 내일을 책임져야 하는 젊은이들에게 이 책을 권한다.

옮긴이 씀

옮긴이 : **김 성 렬**

고려대학교 영문학과 졸업.

언론 분야에 종사. 현재 번역에 전념.

옮긴 책으로는 『거기 누구 없소』, 『마을 사람들』(윌리암 사로안 작), 『솔 벨로우 단편집』, 『솔로몬의 노래』(토니 모리슨 작), 『벌거숭이』(죤 업다이크), 『바보들의 아내』(죤 치버), 『깊은 밤 깊은 곳』(시드니 셀던), 『러브스토리』(에릭 사갈), 『두 갈래의 취향』, 『거울 속의 나그네』(어윈 쇼 작)외 많음.

위험한 사랑

2006년 **8**월 **25**일 초판인쇄
2006년 **8**월 **30**일 초판발행

지은이 | 헤롤드 로빈스
옮긴이 | 김 성 렬
펴낸이 | 홍 철 부
펴낸곳 | **문 지 사**

등록일 | 1978. 8. 11(제 3-50호)

서울특별시 은평구 갈현1동 423-16
영업부 | 02) 386-8451
　　　　 02) 386-8452
편집부 | 02) 382-0026
기획실 | 02) 6407-1314
팩　스 | 02) 386-8453

____

값 9,500원